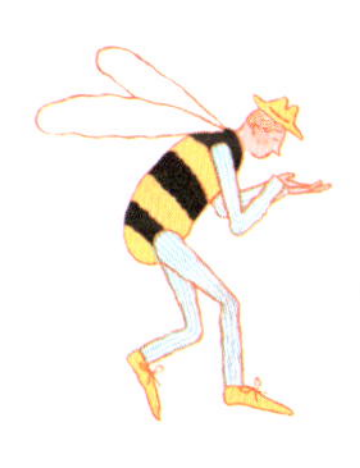

___________________ 에게

당신에게 사랑한다고 말해야지.
날이 좋으니까!

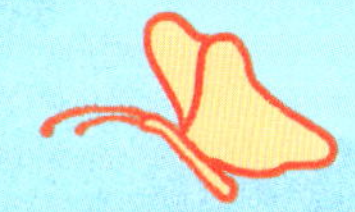

사랑한다고 말해야지 날이 좋으니까

규하나 에세이

삶과 사랑의 조각들을 엮은 감성 그림 에세이

드림셀러

—— 소녀가 소년을 만나다.
　　　　남자가 여자를 만나다.
　　　　　　　한 사람이 다른 사람을 만나다.
　　　　　　　　　우주가 우주를 만나다.
이 따사로운 계절에!

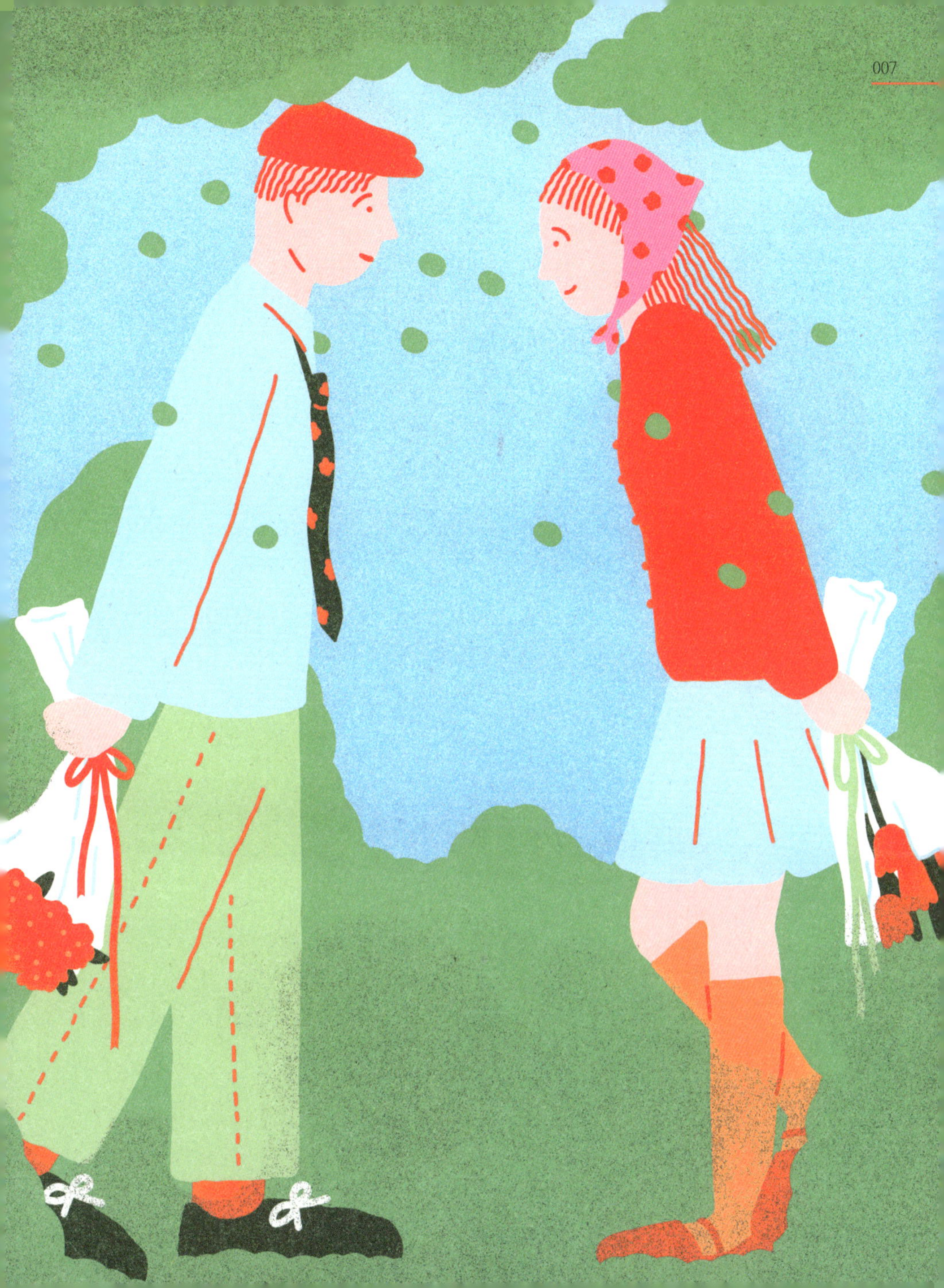

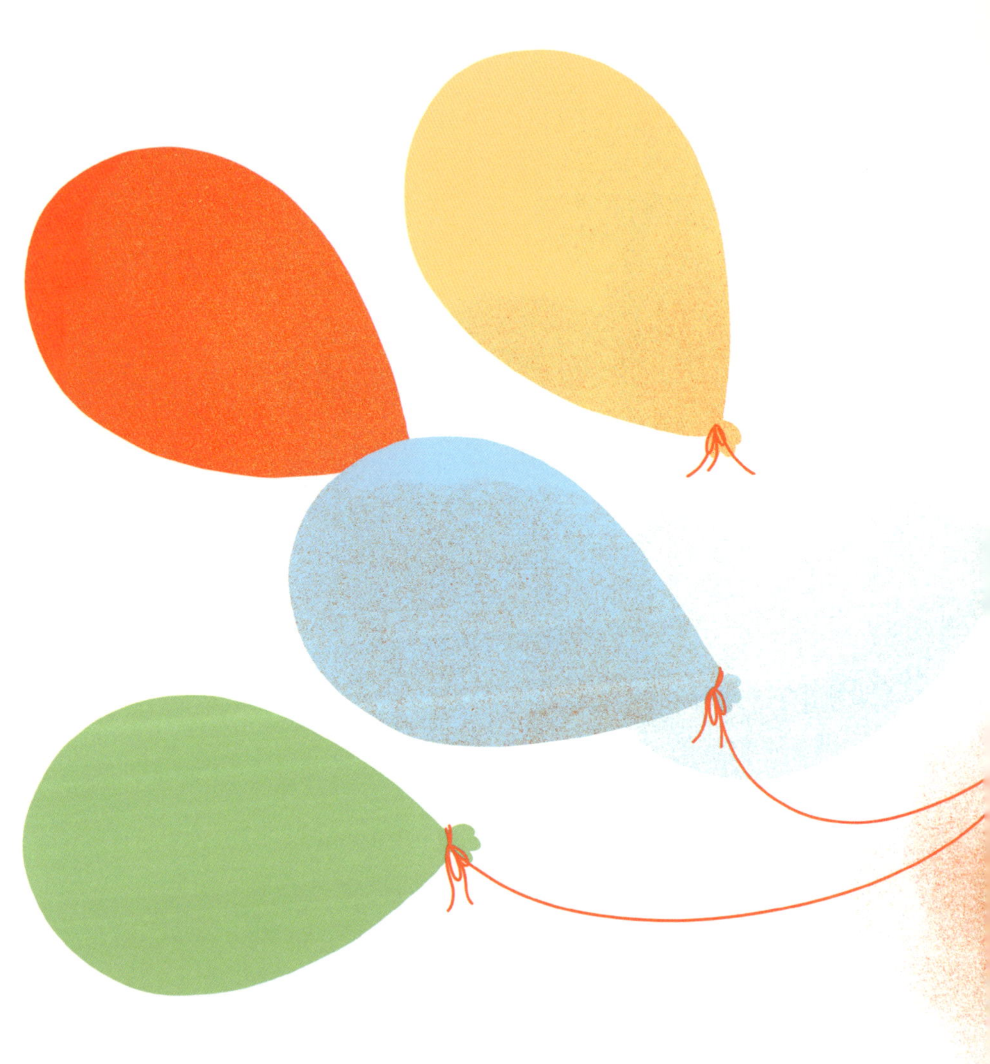

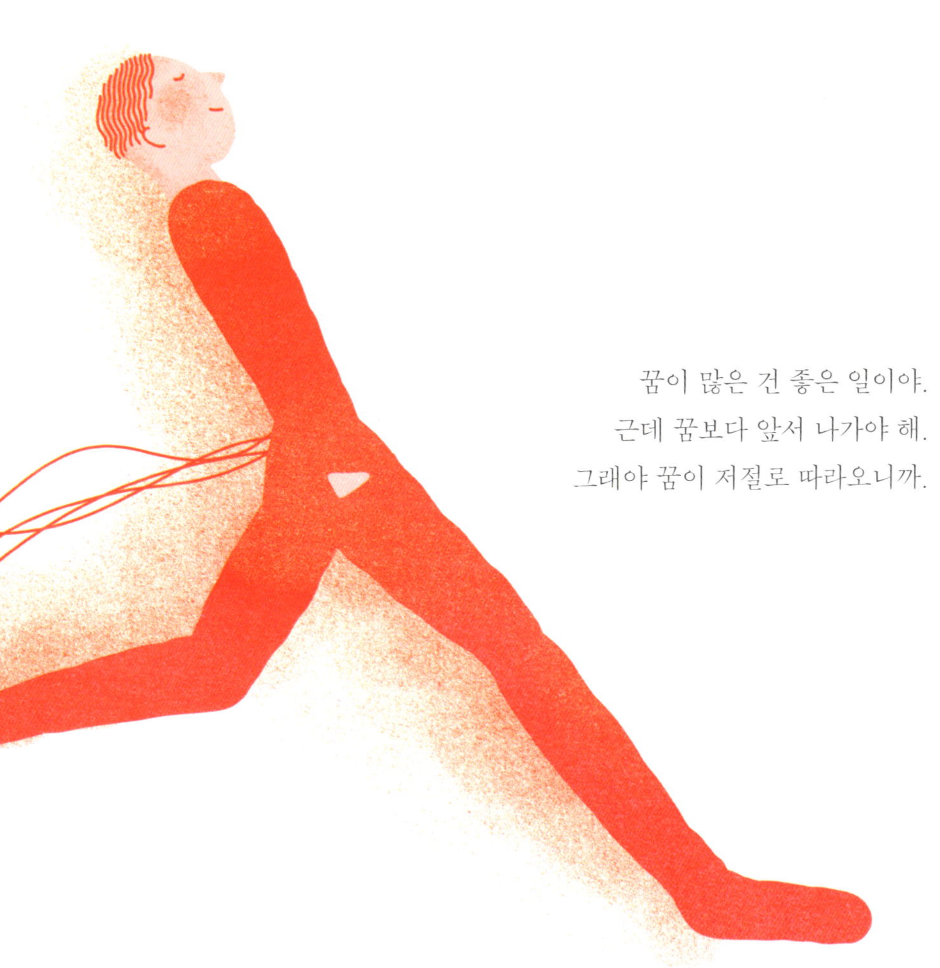

꿈이 많은 건 좋은 일이야.
근데 꿈보다 앞서 나가야 해.
그래야 꿈이 저절로 따라오니까.

━━━━━ 나를 위해 존재하는 것 같은 당신.

당신을 위해 존재하는 것 같은 나.

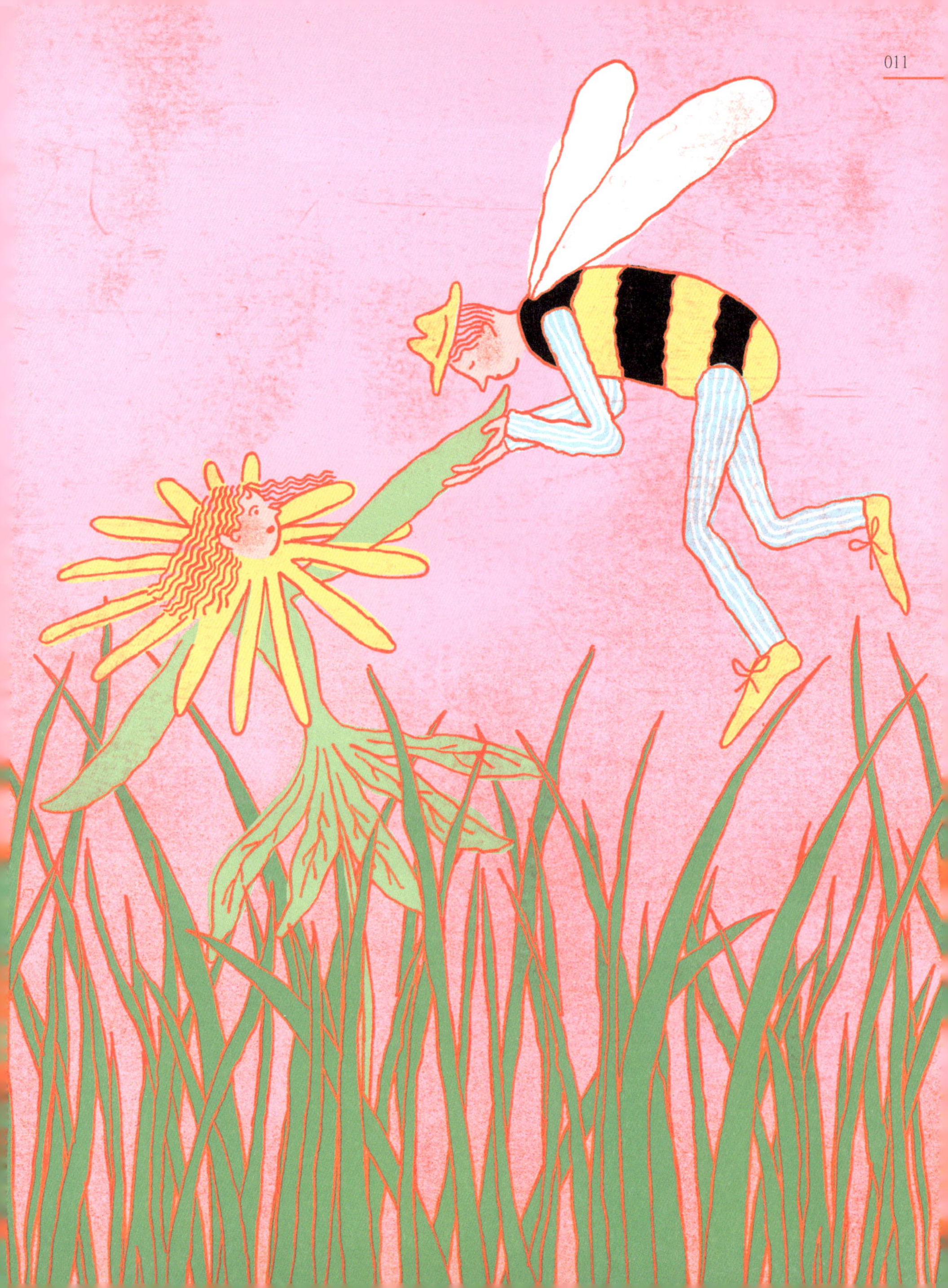

용기를 내어 장막을 열고 첫걸음을 떼 봐.

네 꿈이 보일 거야.

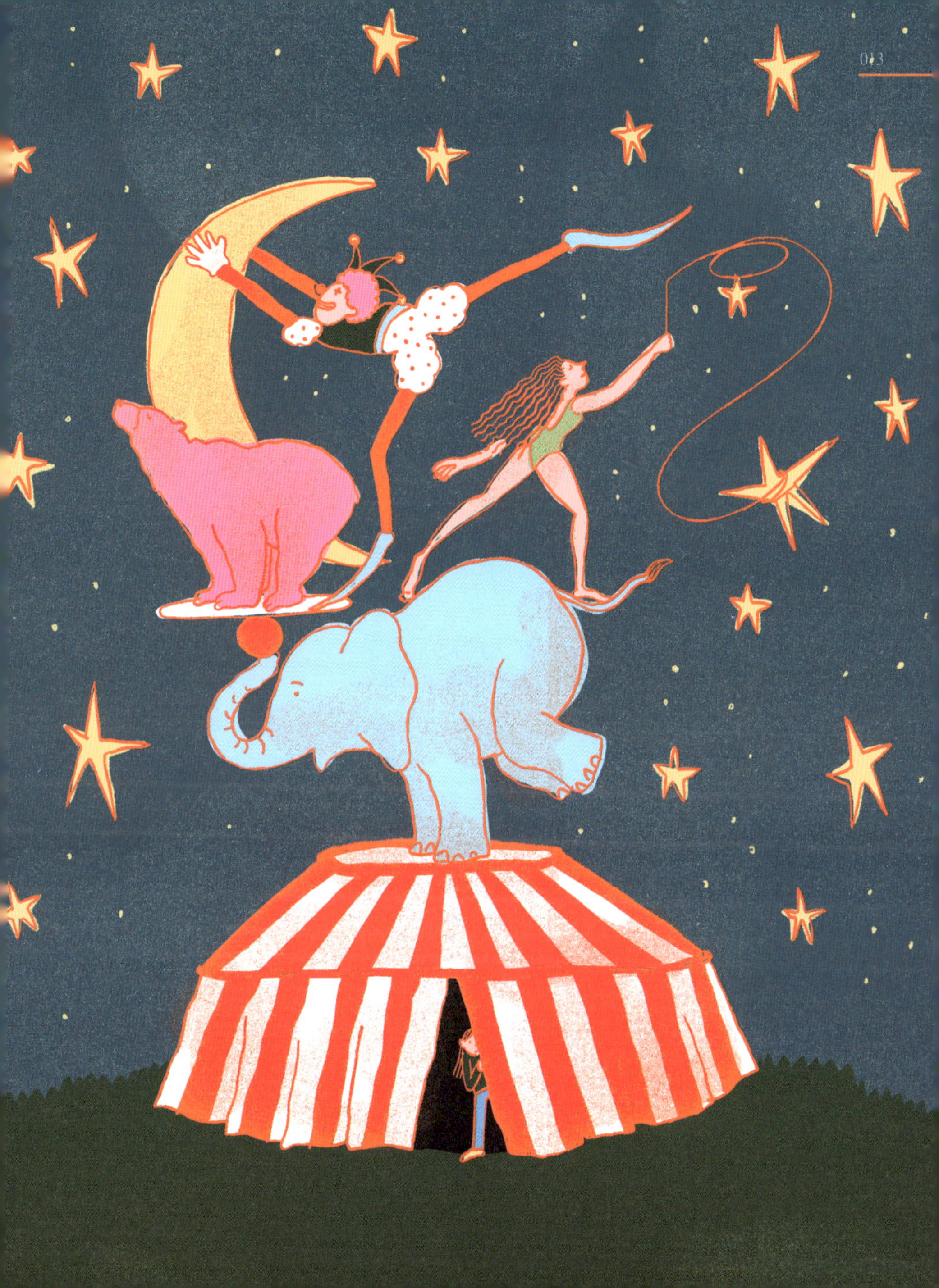

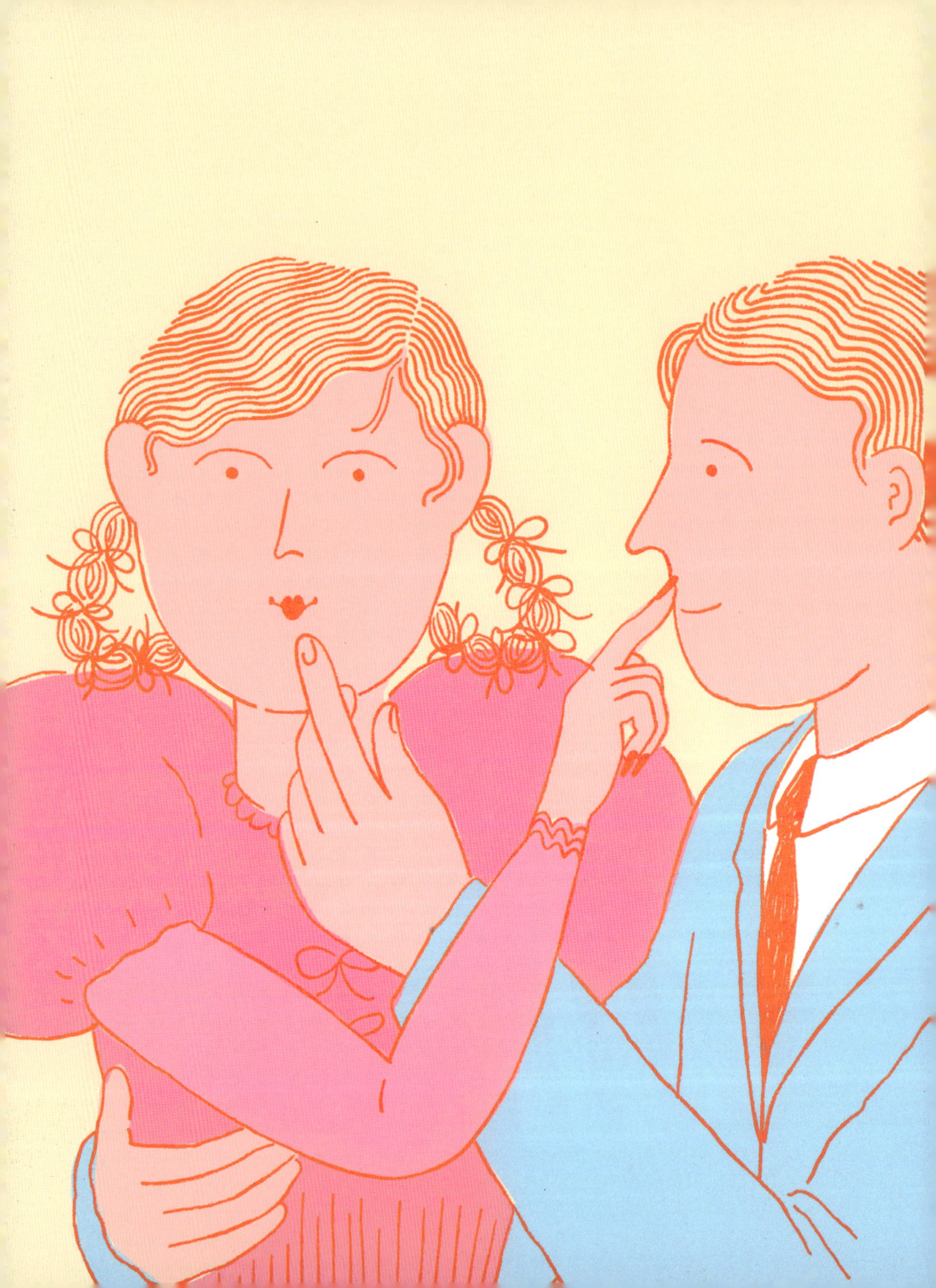

사랑이 뭐냐고 묻는다면
원하는 게 같은 거라고 말하겠어.

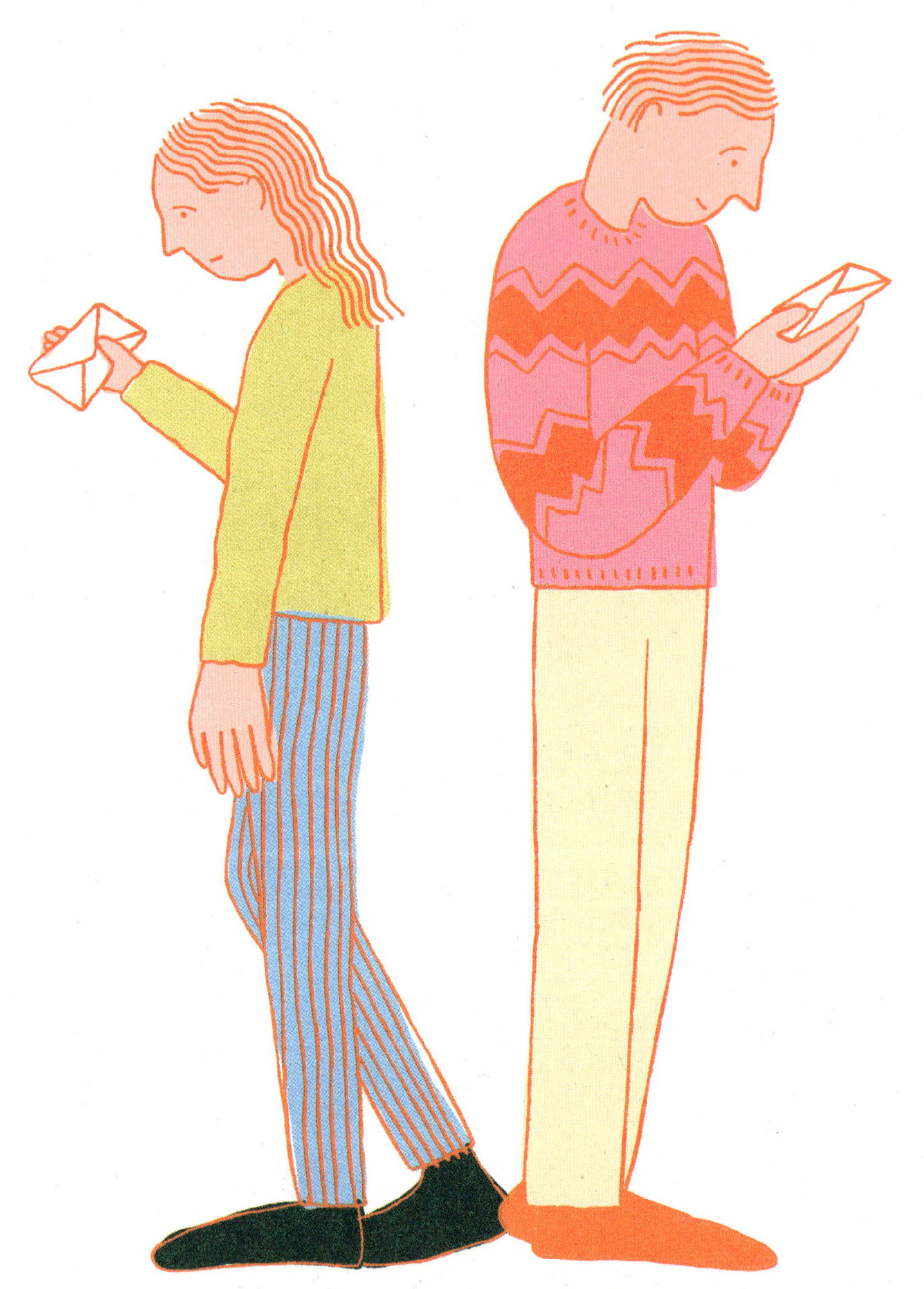

마음을 전하는 것만이라도 쉽다면 얼마나 좋을까?
그래도 사랑은 쉽지 않으니 말이지.

—— 괜찮아, 괜찮아.
잠시 쉬면 돼.
다 잘될 거야.

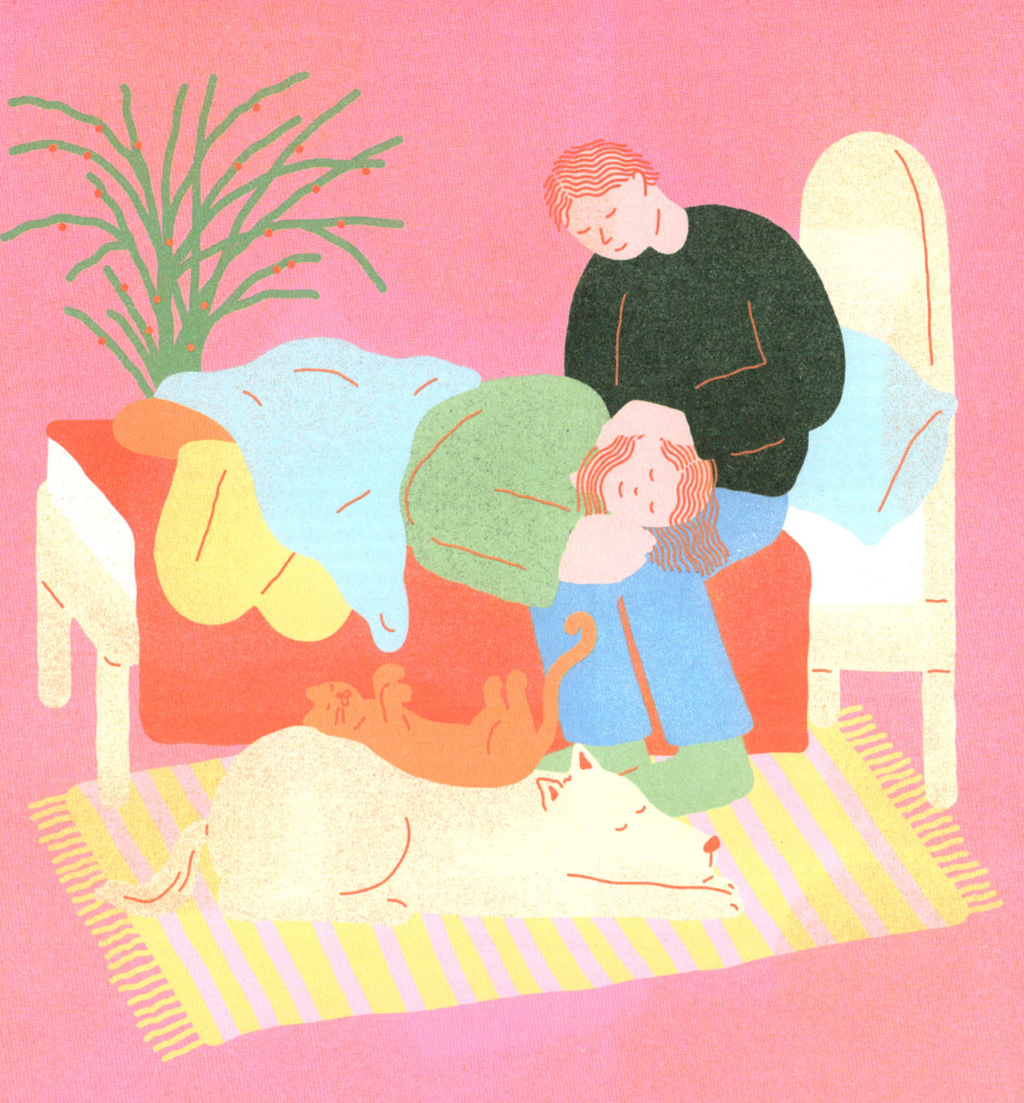

———— 꽃 피는 봄이 오고 따뜻한 바람이 불면

당신의 절도 행각을 낱낱이 따질 테야.

어떻게 내 마음을 몽땅 훔쳐 갔는지!

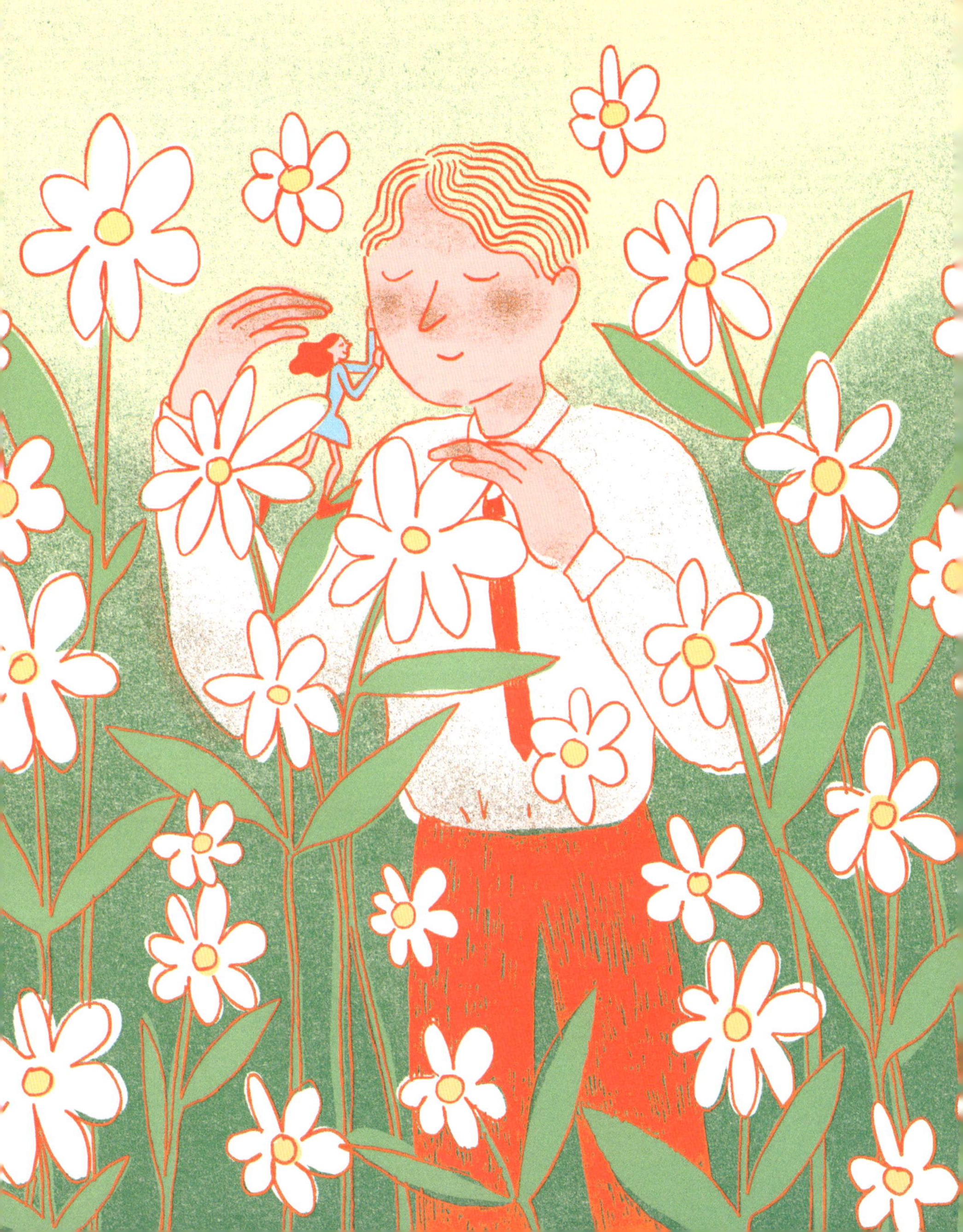

—— 아무리 가파르고 높은 사다리라도 끝은 있겠지.
그 끝에서 별을 딸 수 있을지도 몰라.

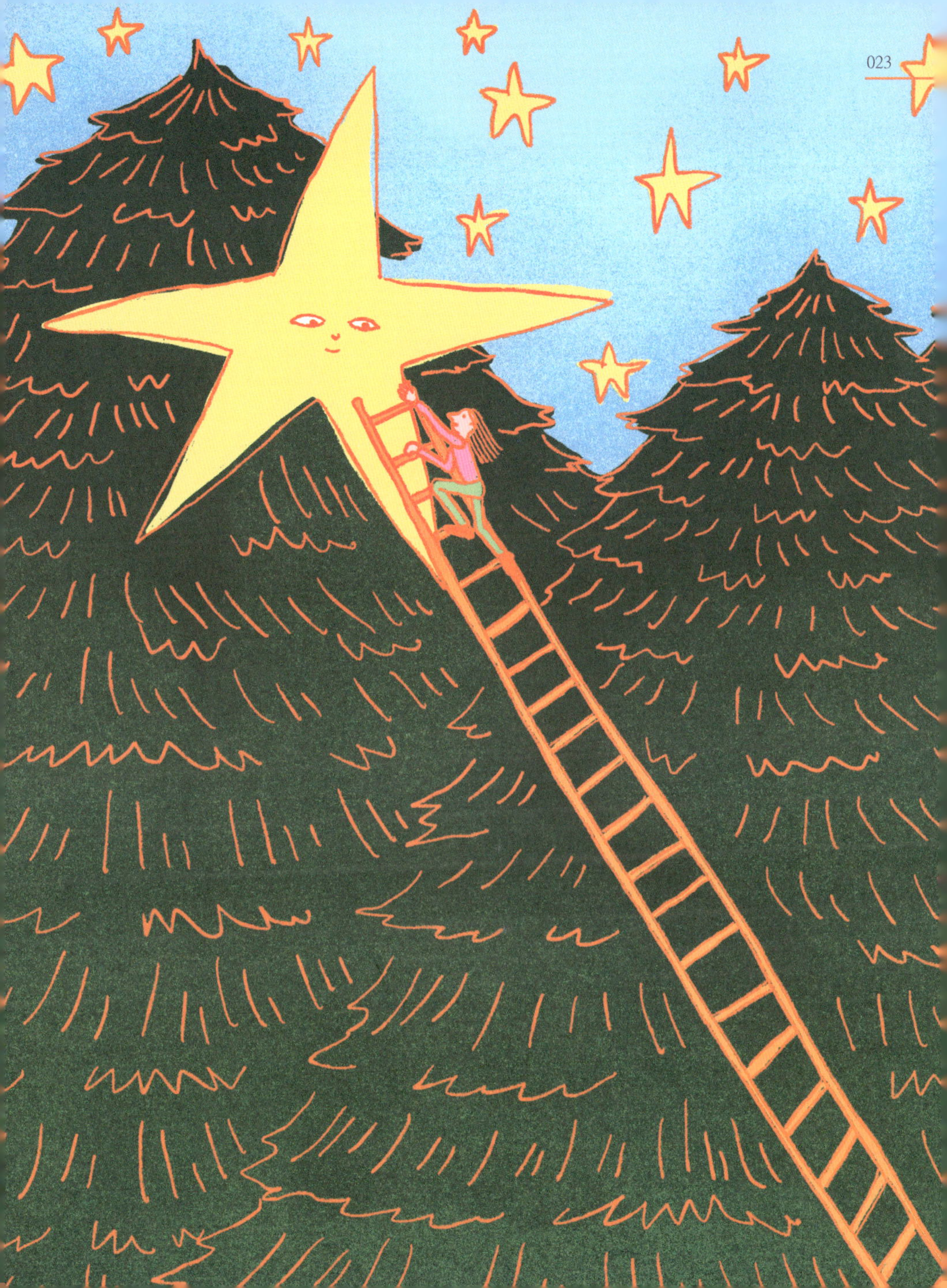

—— 춤을 좀 춰 본 사람은 알지.
춤은 '각'이라는 걸.
그간 각 잡고 일한 우리.
오늘은 각 잡고 즐겨 보자고!
룰루랄라, 룰루랄라…….

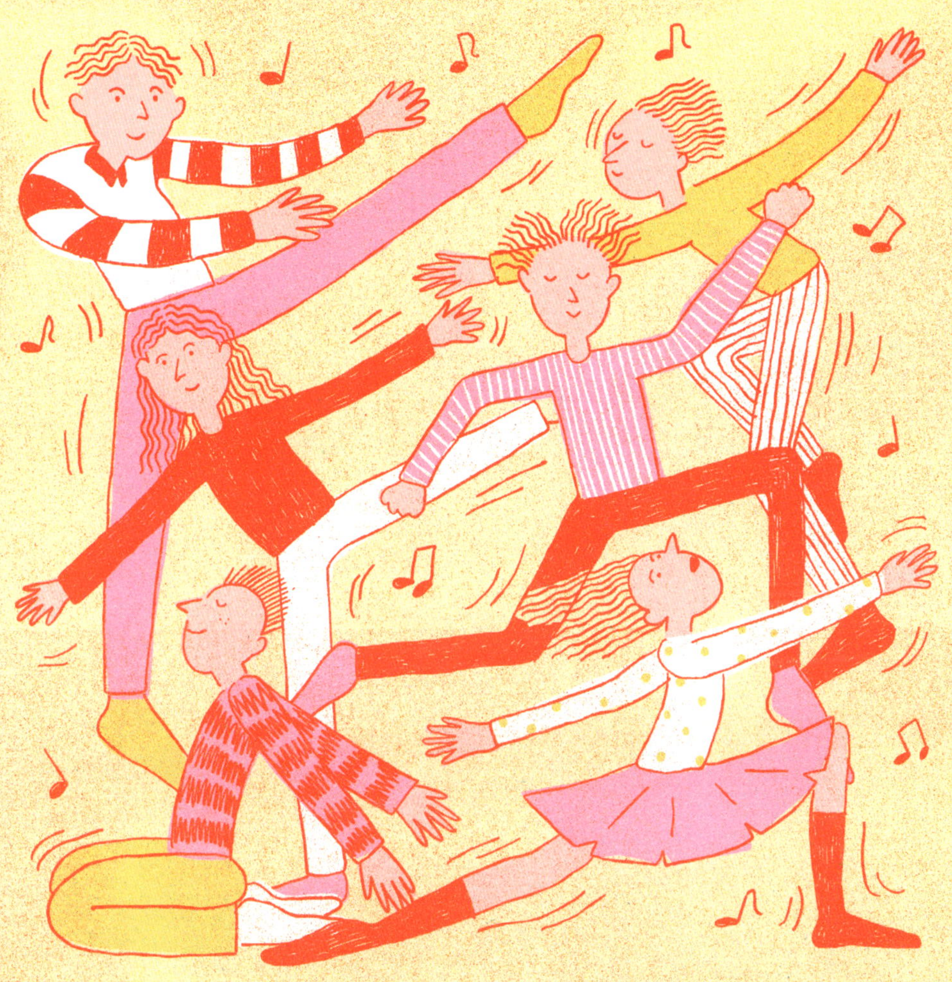

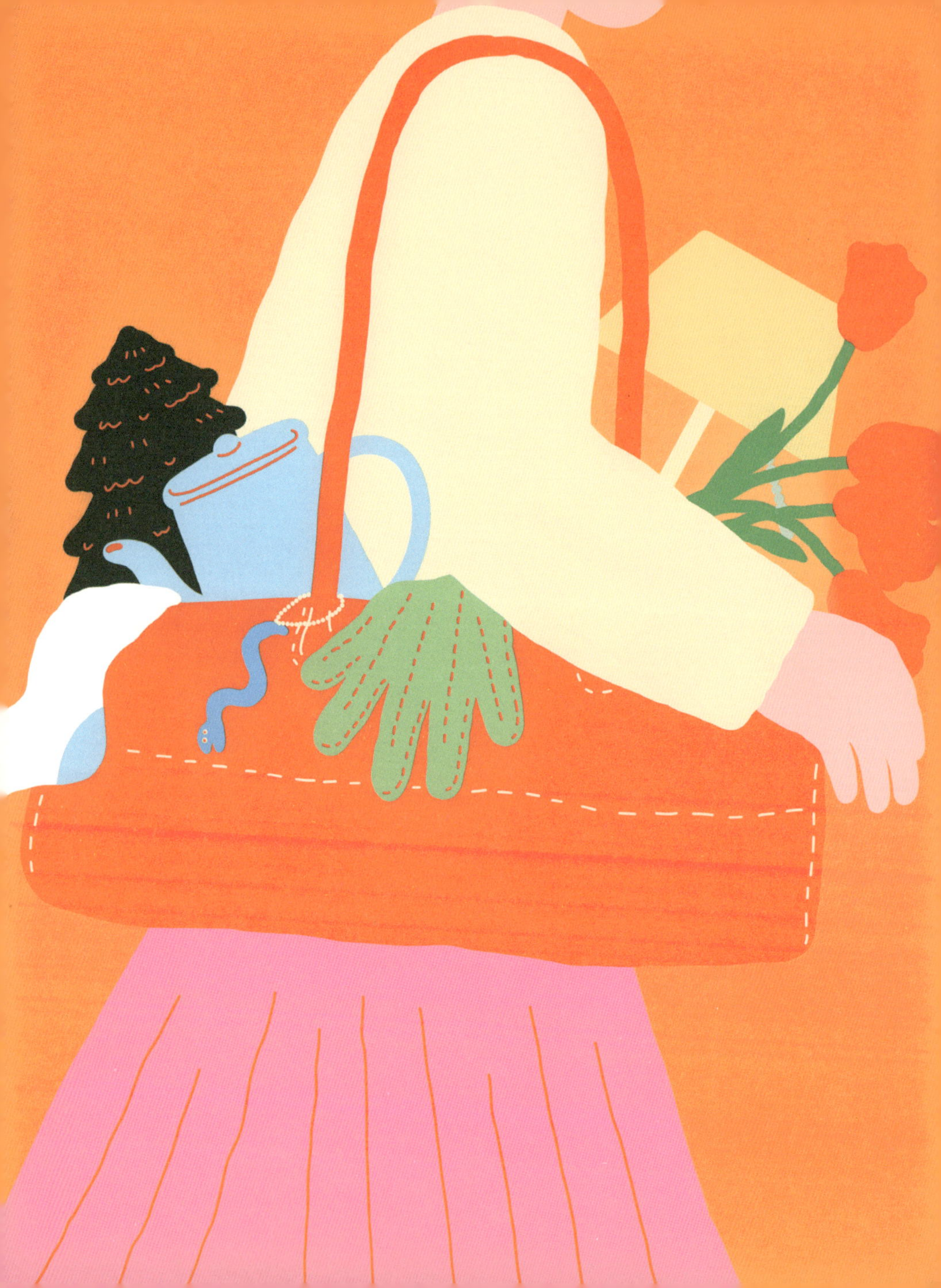

내일의 가방에는 당신이 애정하는 것만 가득하기를!

───── 세상에서 가장 멋진 일은
　　내가 사랑하는 사람이 나를 사랑하는 것.

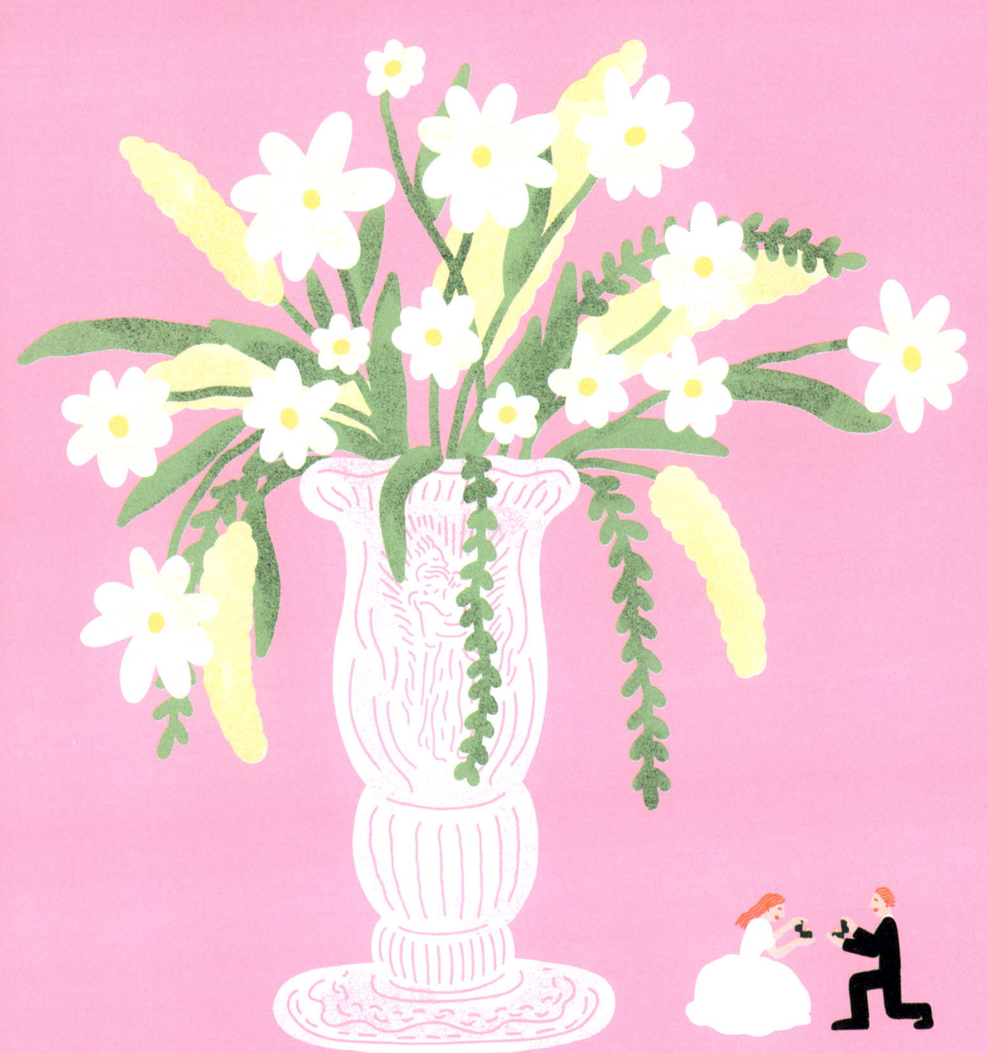

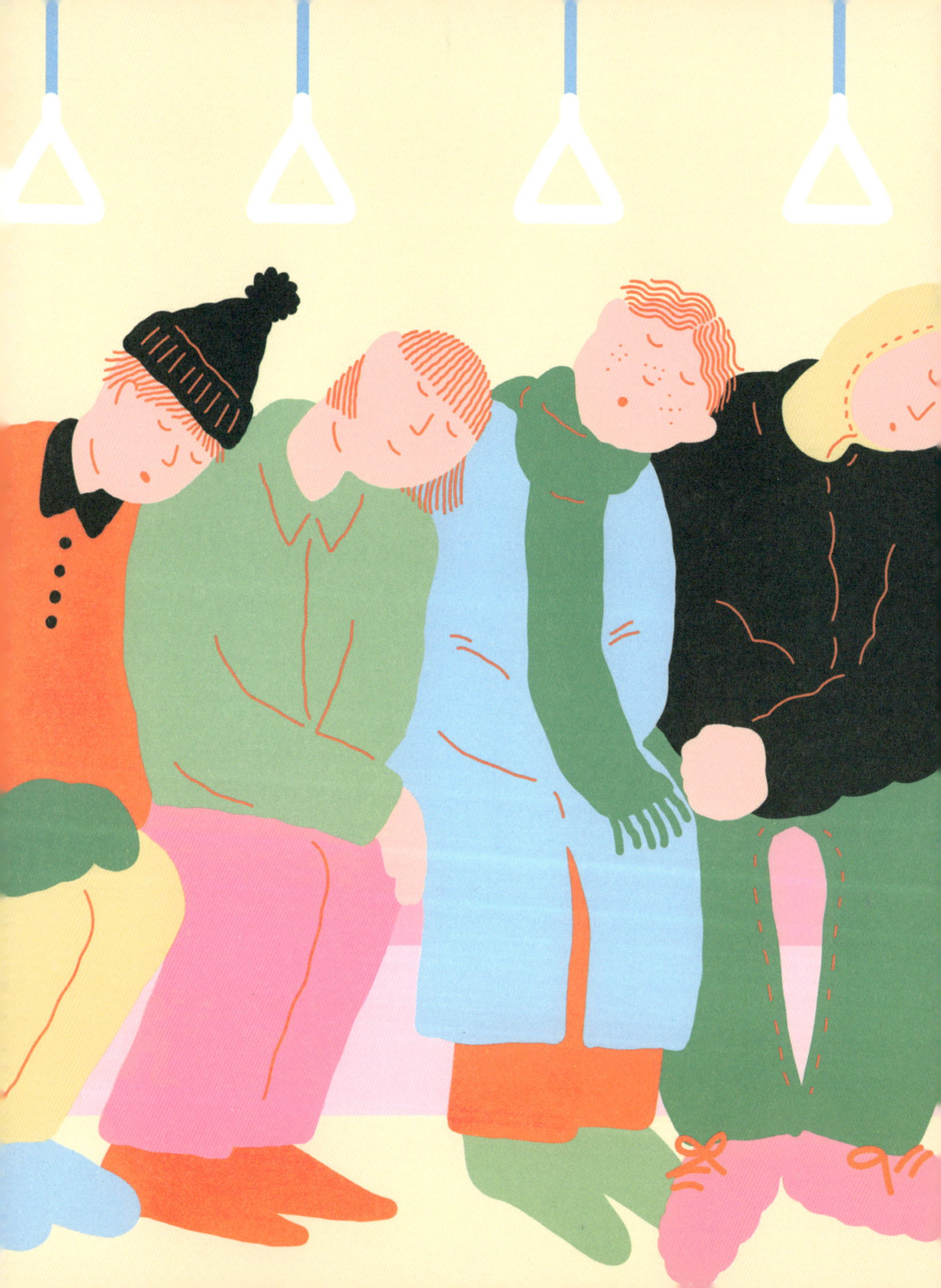

친구란 잠이 덜 깬 하루의 시작에서 서로 어깨를 빌려주는 사이.

────── 새로운 결심은 어제의 나와 작별하는 것.

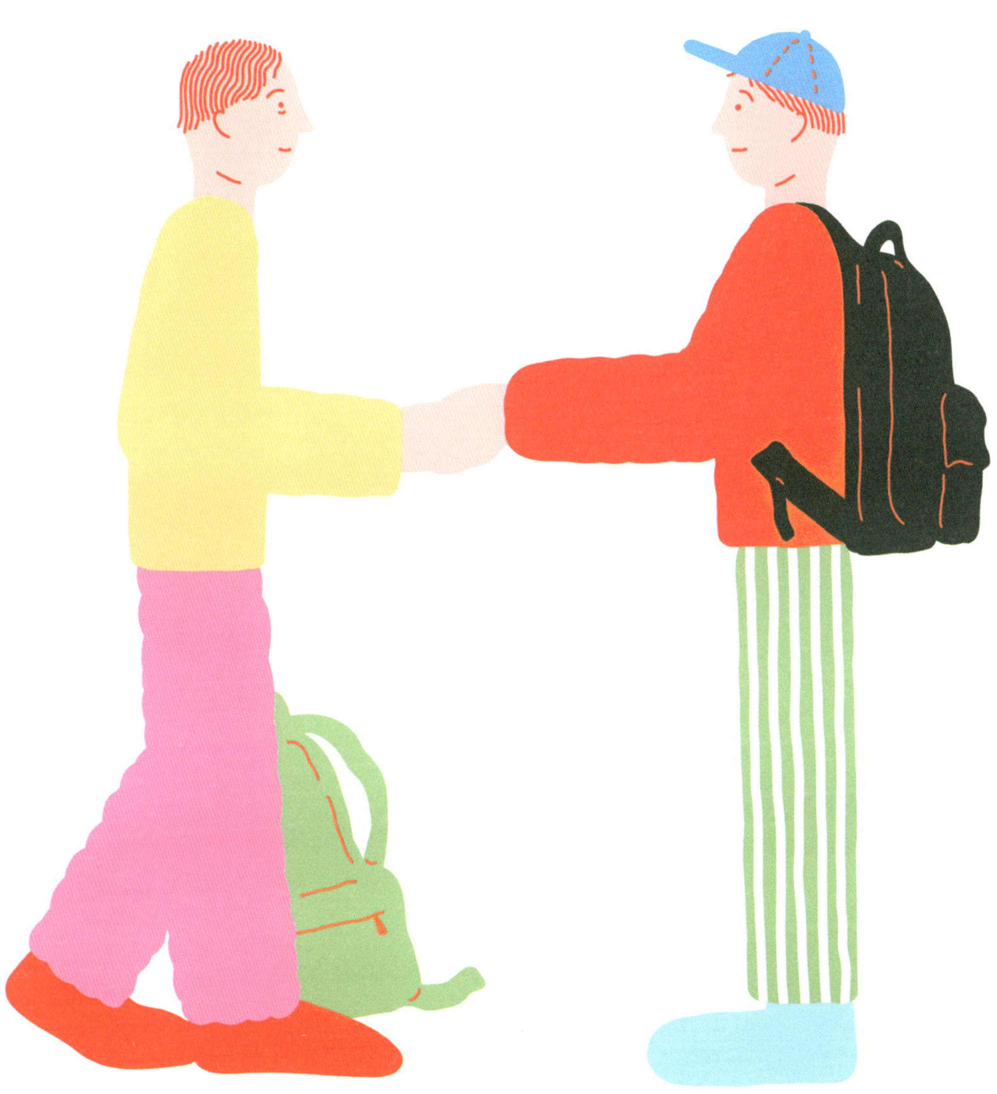

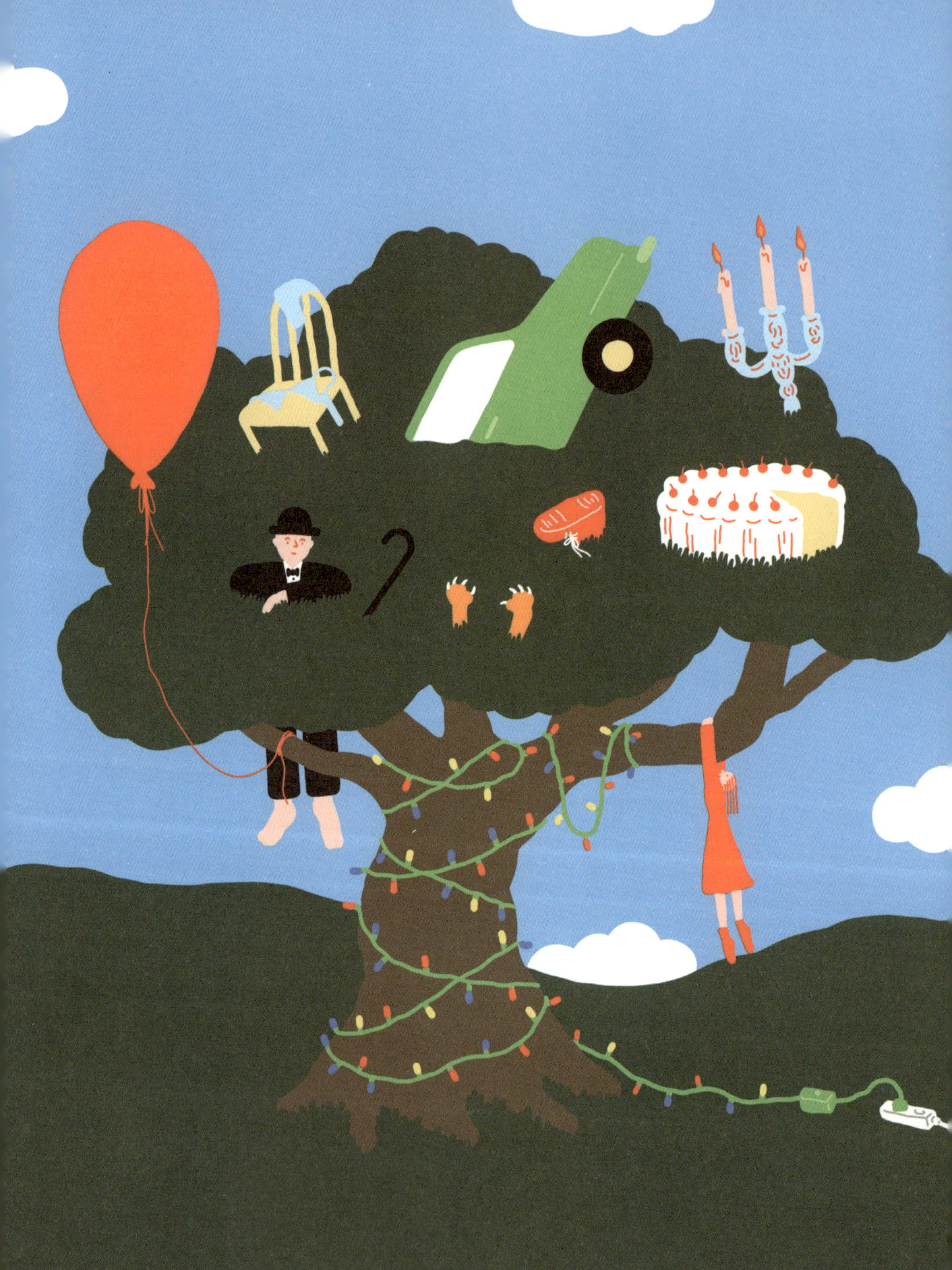

"참 이상한 꿈을 꾸었어. 내가 커다란 나뭇가지에 간신히 매달려 있고, 트리를 장식하는 전구들이 줄기를 타고 올라가 있는데, 잎이 무성한 가지에는 의자랑 신발이랑 케이크, 촛대 뭐 이런 것들이 잔뜩 걸려 있는 거야. 더 이상한 건 네가 검은색 양복에 보타이를 매고 중절모까지 쓴 채 매달려 있는데 맨발이지 뭐야. 지팡이는 옆에 따로 걸려 있고. 근데 너는 아주 편안해 보였어. 나는 금방이라도 떨어질 것처럼 위태로웠는데 말이야."

"나도 그렇게 편하진 않았어."

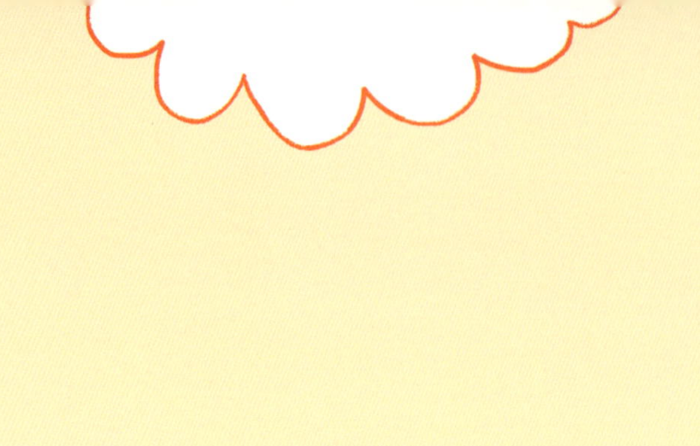

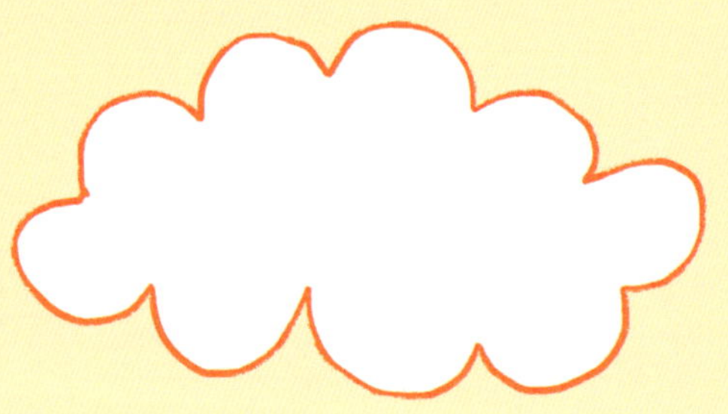

—— 뭉게구름 노니는 따사로운 하늘.
짓궂은 꽃바람이 치마를 날려도
나는 진격하네, 봄의 심장으로!

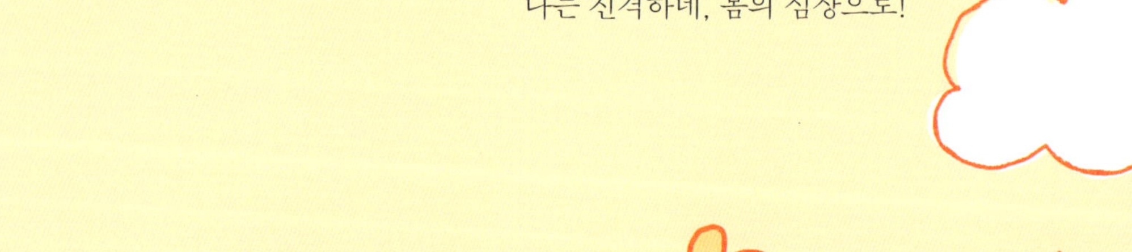

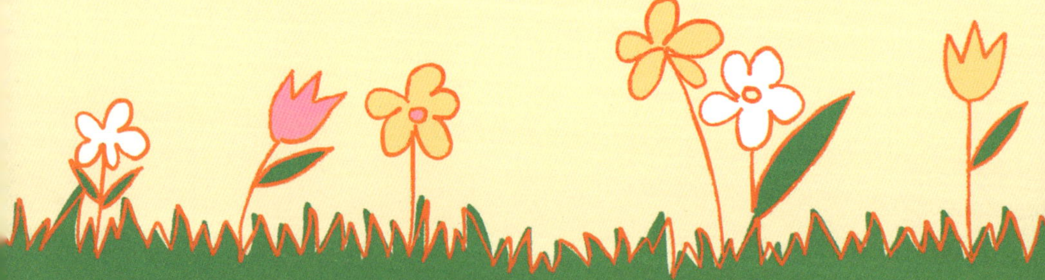

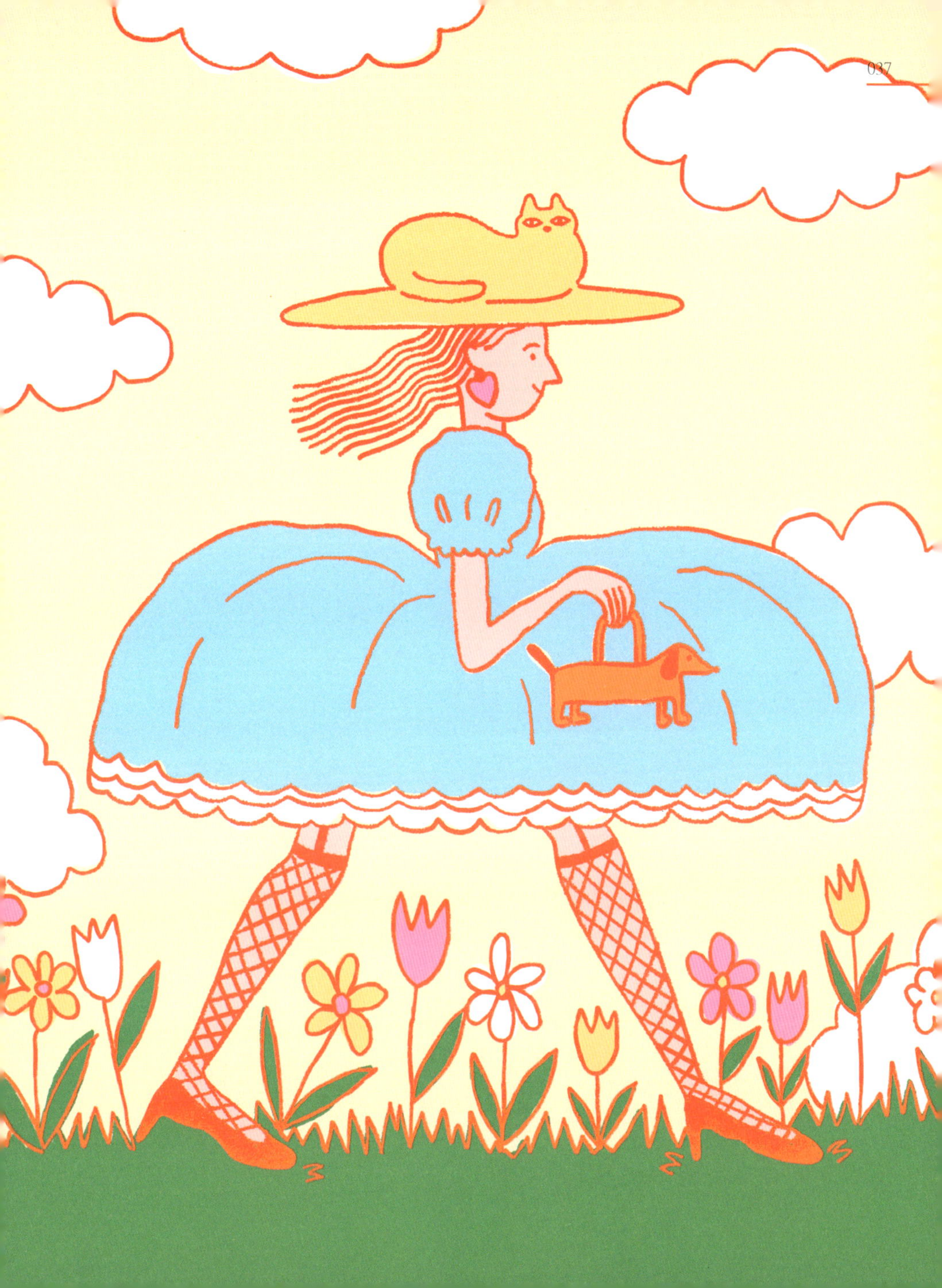

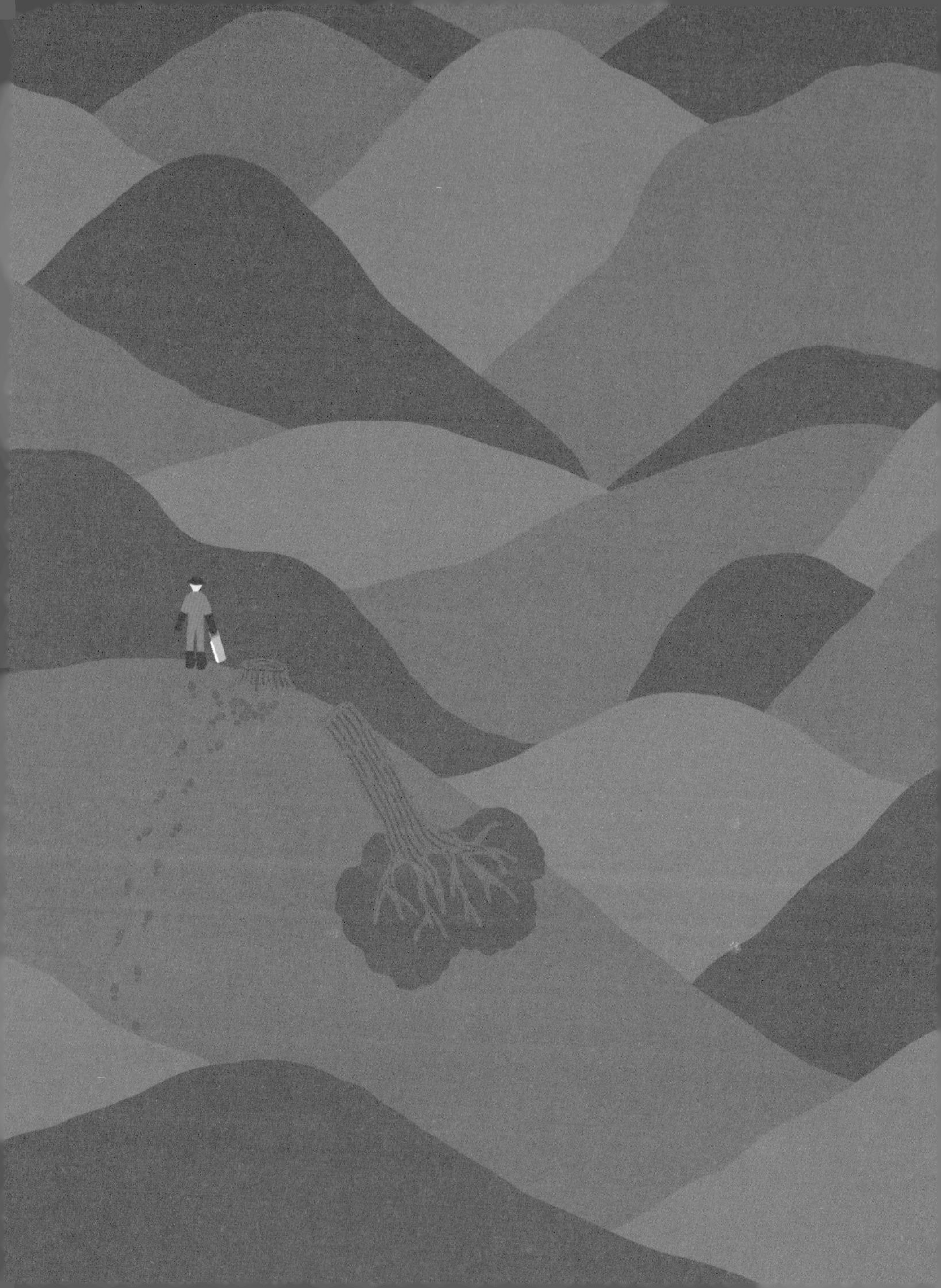

헐벗은 산에 피땀 흘려 나무를 심었지.
오래 걸렸지만 결국 울창한 숲이 되었어.
옛날이 좋았다며 당신은 도끼로 나무를 베기 시작했지.
하지만 그건 바보짓이야.
나무 몇 그루를 벨 수는 있어도 숲을 벨 수는 없어.
숲은 살아있고 점점 더 크게 자라고 있으니까.

—— 내가 당신에게 바라는 건 아주 간단한 거야.
따뜻한 포옹, 다정한 눈길,
내 걱정을 열심히 들어주는 귀,
진심을 담은 반응 뭐 그런 것들…….

그냥 공감해달라는 거야.
수없이 얘기했는데도 당신이 여전히 잘 모르는 것 같아서.

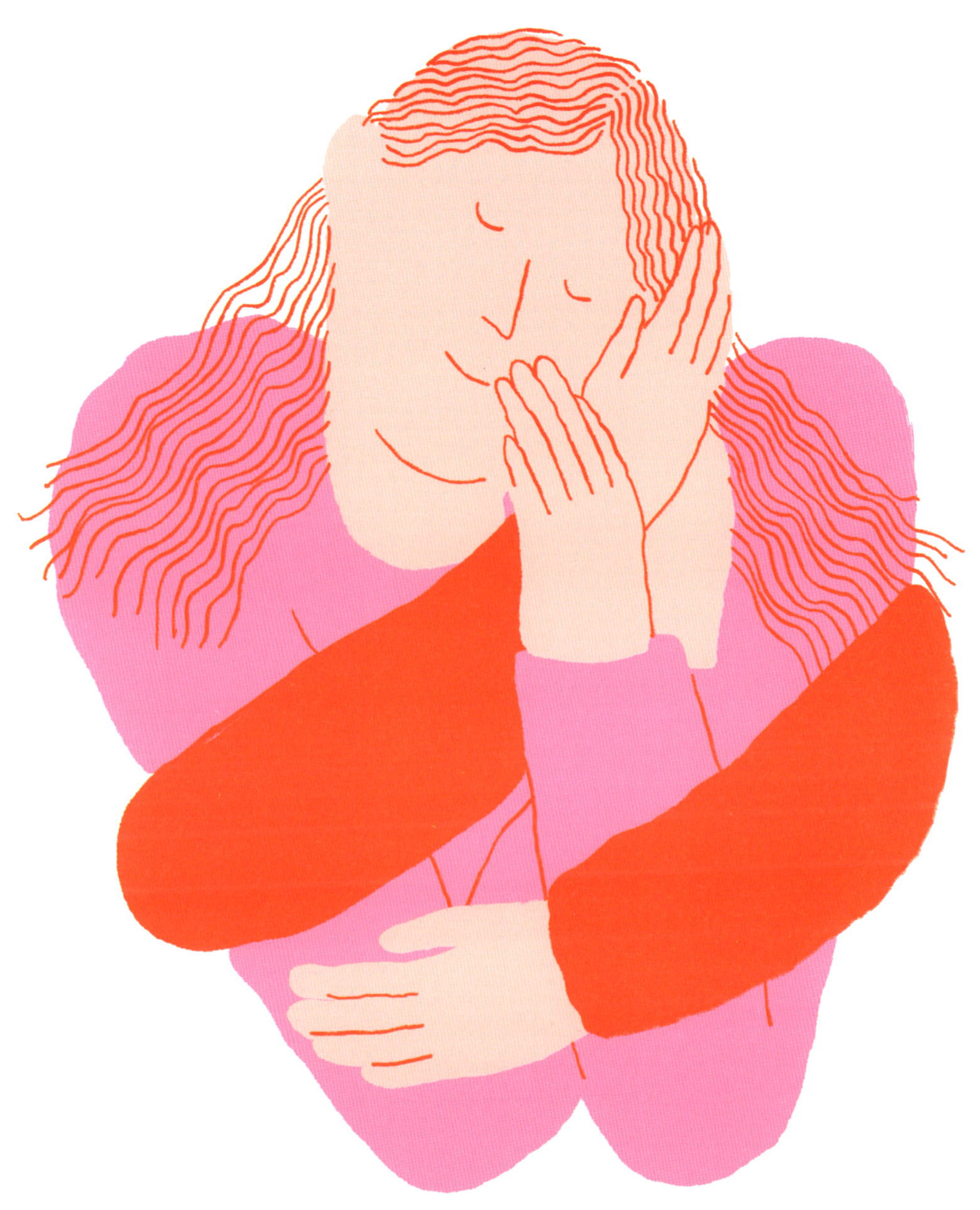

—— 말을 타고 아침 안개 속을 걸었어.
문득 당신을 생각했지.
        아직 만나지 못한 당신은 어디에 있을까?
        만나면 오랫동안 기다렸다고 말해줄 거야.

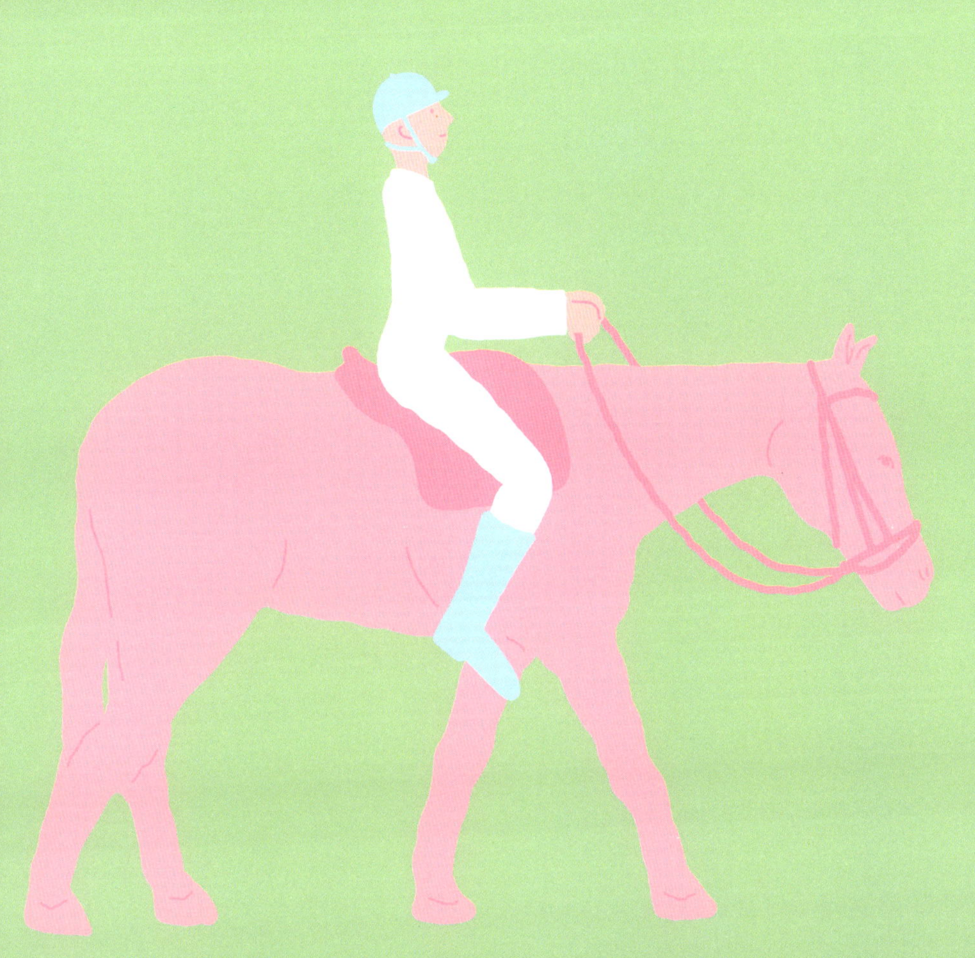

―――― 만약 이 우울한 숲속에서 멋진 춤을 춘다면
나무들도 당신에게 예쁜 꽃 한 송이를 바칠 거야.
내가 당신을 위해 사랑의 노래를 불러줄게.

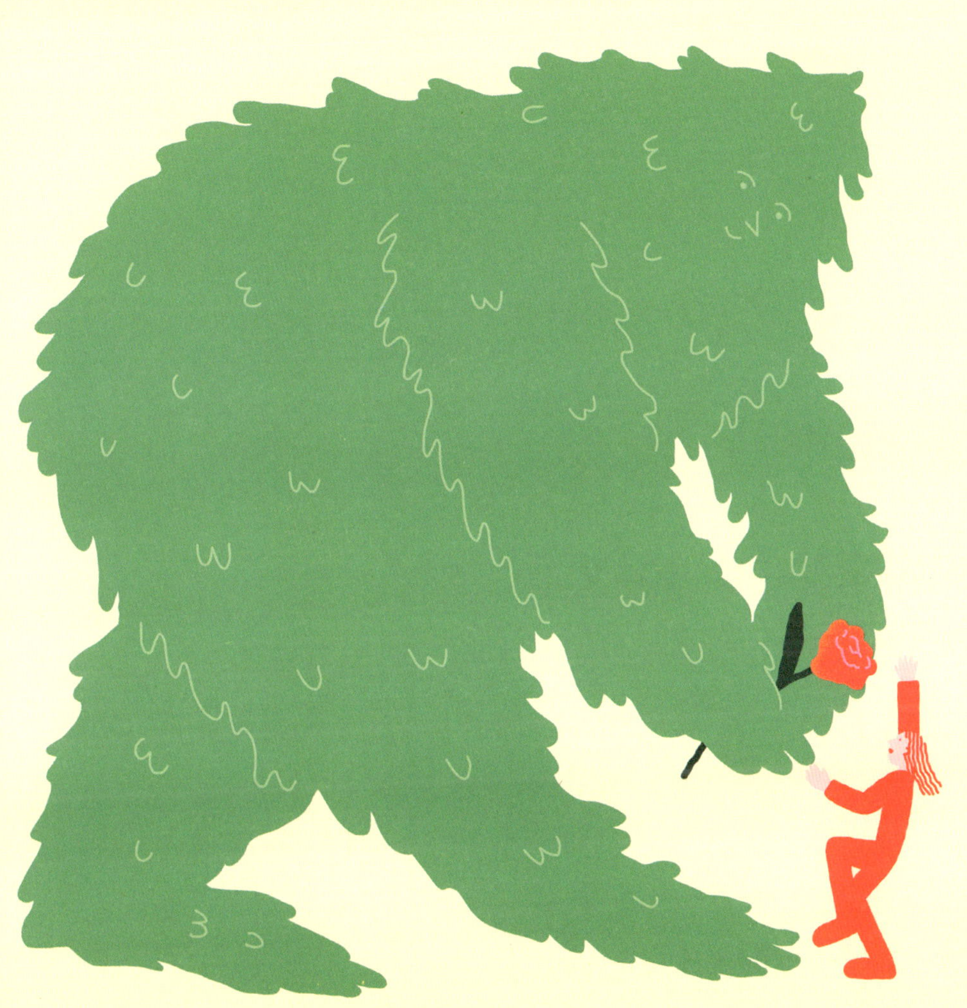

————— "내 소망들이 머리에서 흘러넘쳐 눈앞을 가리는 것만 같아."
"그건 소망이 아니라 자잘한 욕심이 아닐까?"

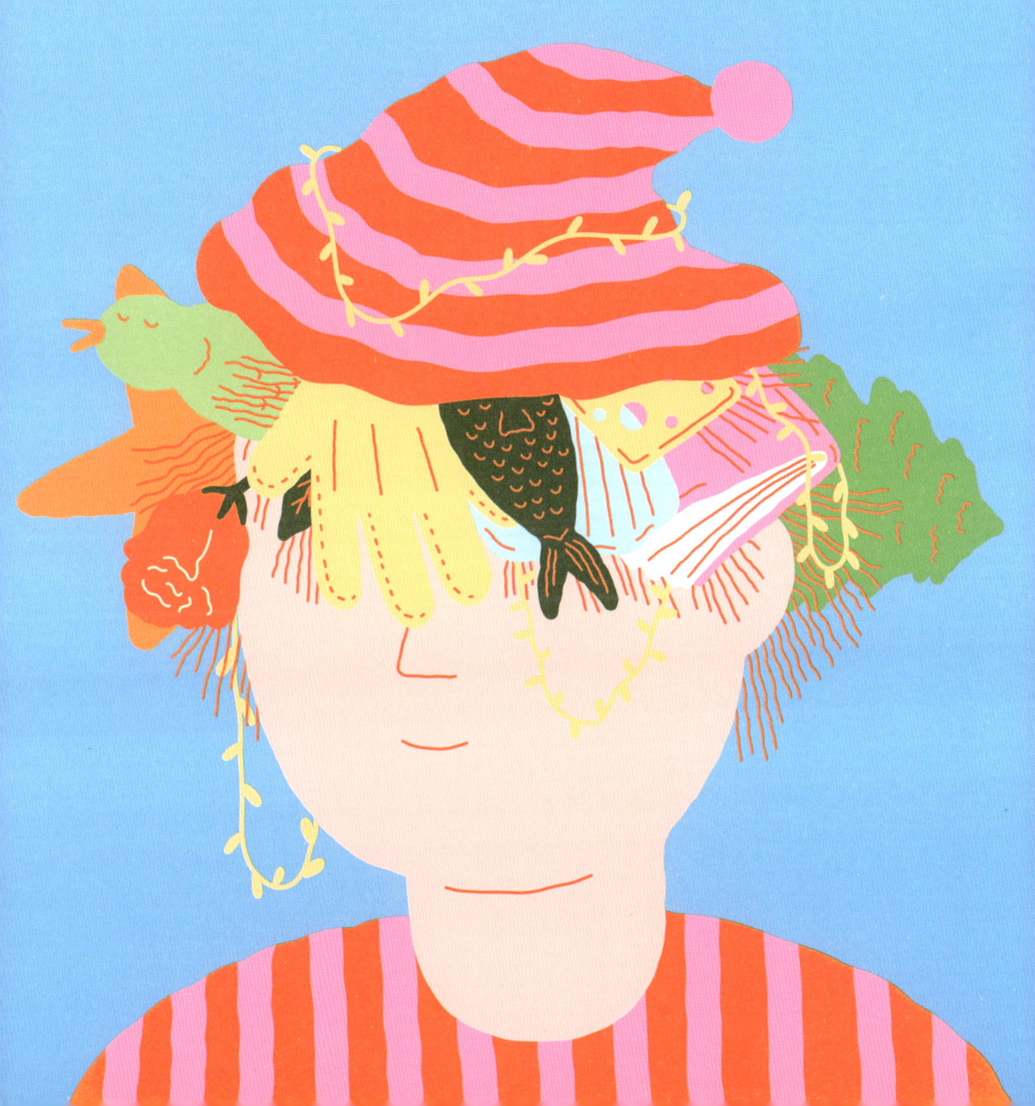

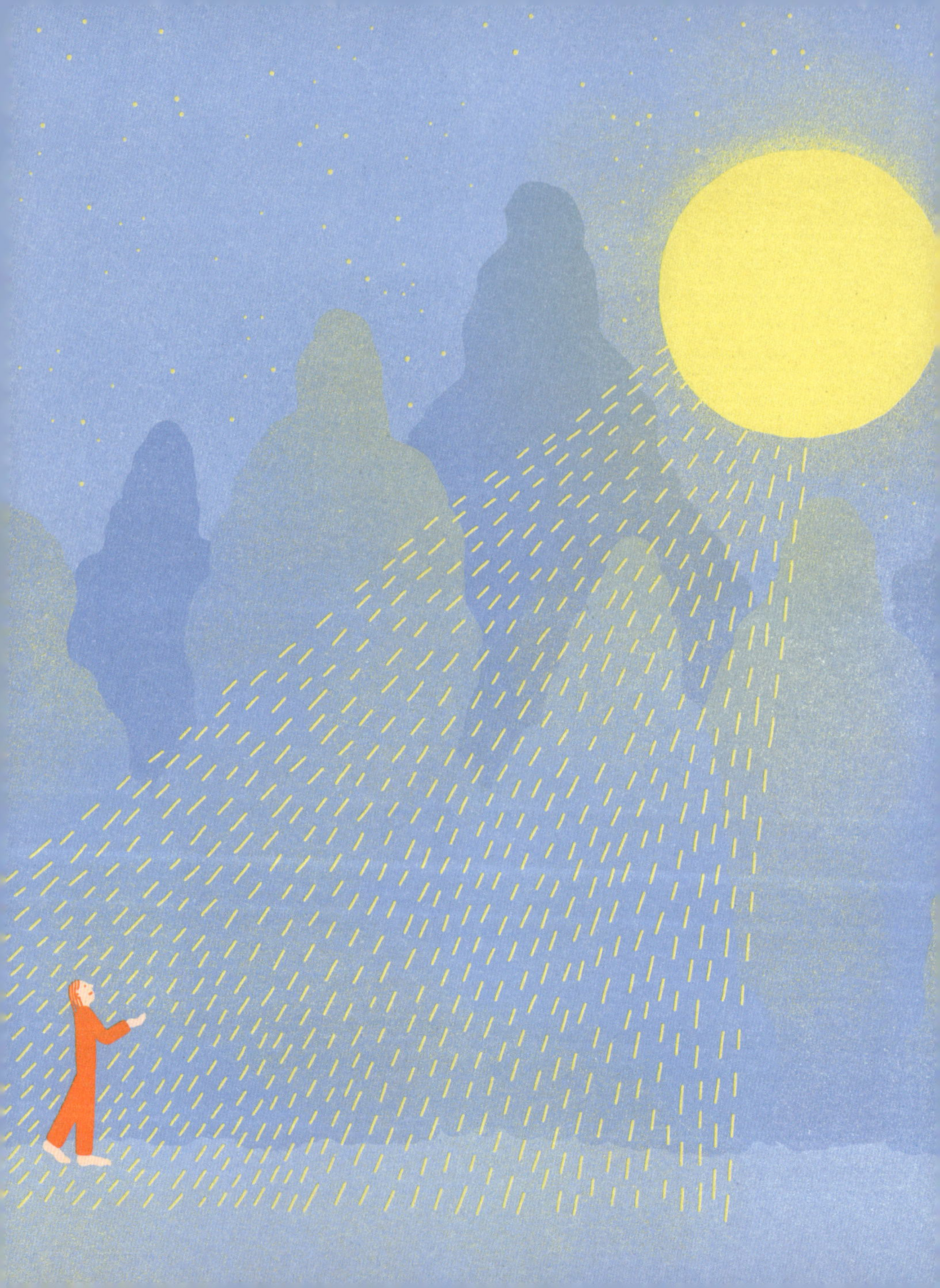

숲속의 고요한 밤.
별은 반짝이고 달은 낮게 떠서 내게 비를 뿌리네.
때로는 홀로 걷는 게 너무 아름다워 눈물이 나려 해.
당신이 없어도 여전히 멋진 세상!

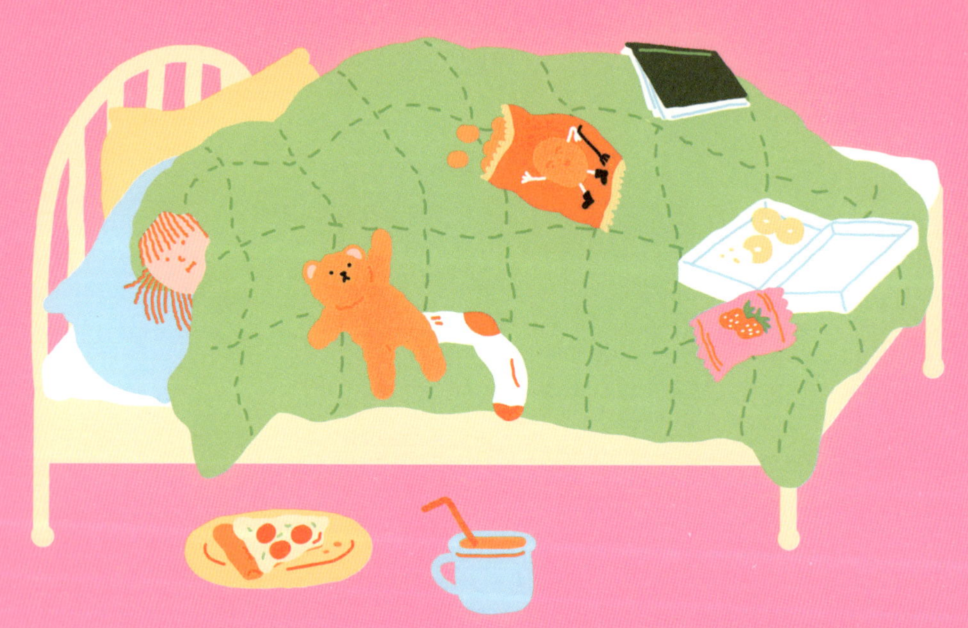

긴 연휴가 끝나는 날의 아침엔 ———
이불이 너무 무거워서 꼼짝할 수가 없어.

———— 나른한 오후
나른한 구름
나른한 무지개
나른한 내 손가락을
열심히 기어오르는 한 마리 무당벌레.

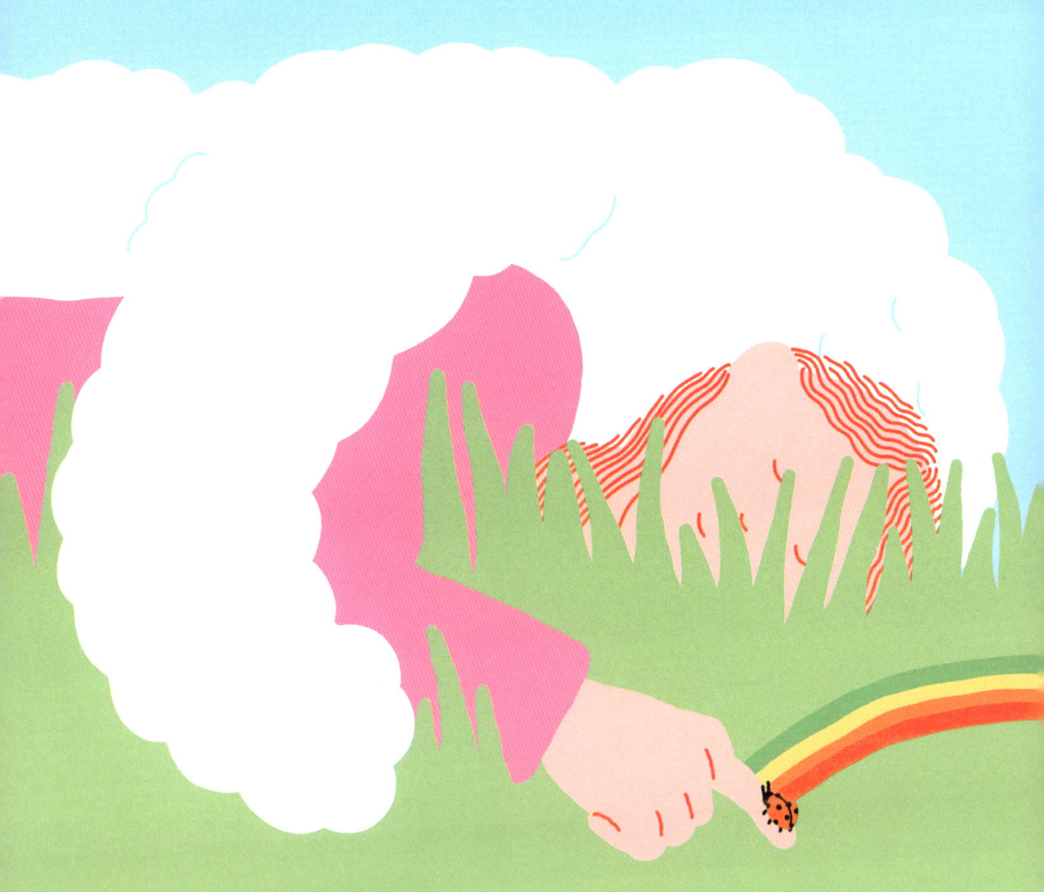

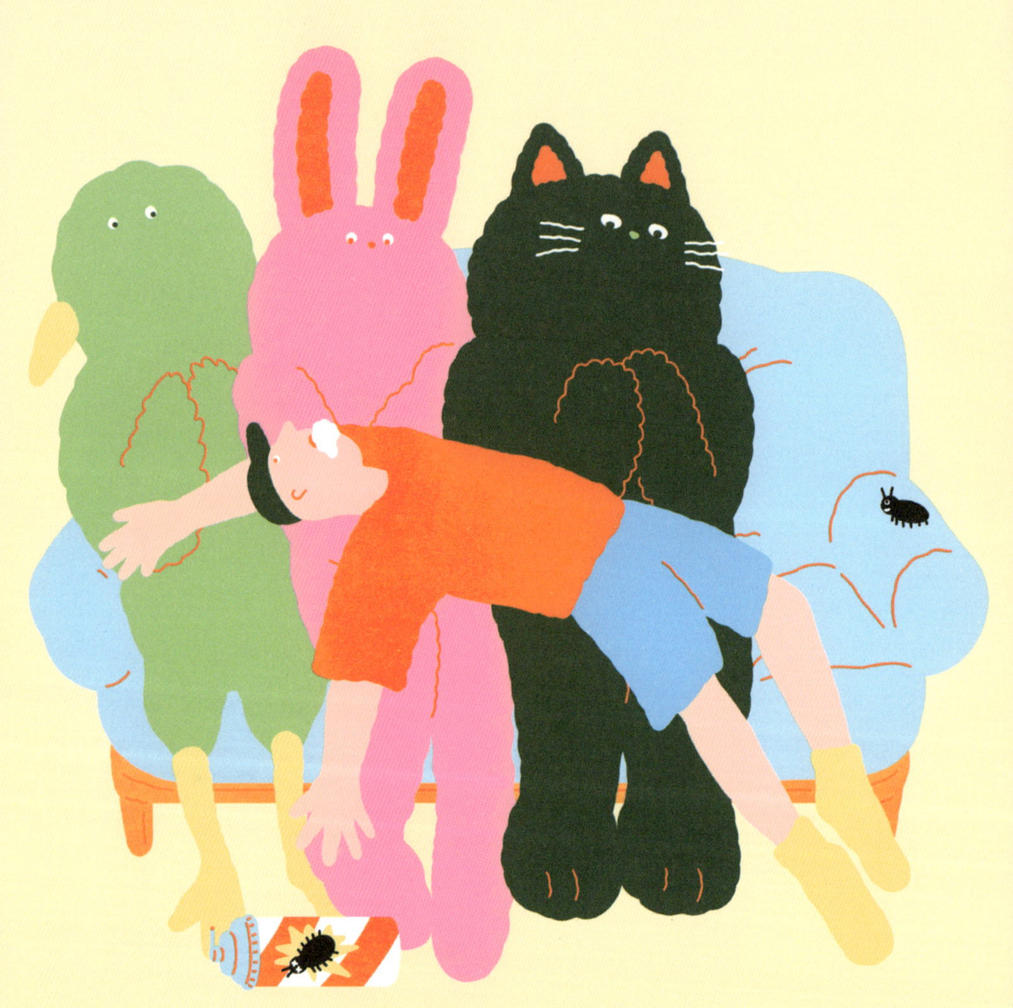

"곤충공포증이래."
"그런 것도 있어?"
"아이씨, 우린 네가 더 무서워."

—— 소심하고 수동적인 나를 훌쩍 뛰어넘기!

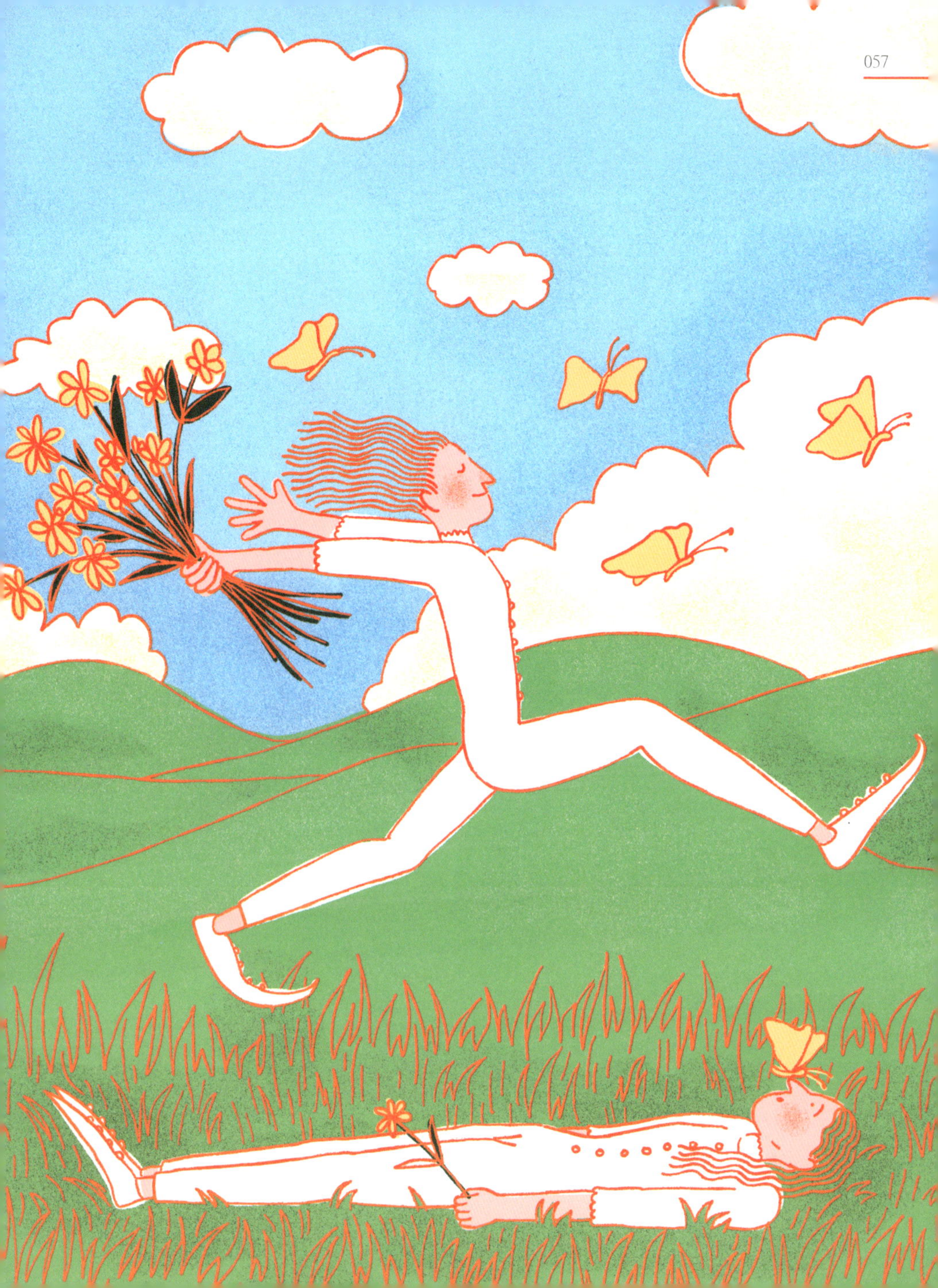

—— 가만히 있어도 우스운 사람.

가만히 있어도 무서운 사람.

너는 어떤 사람이 되고 싶어?

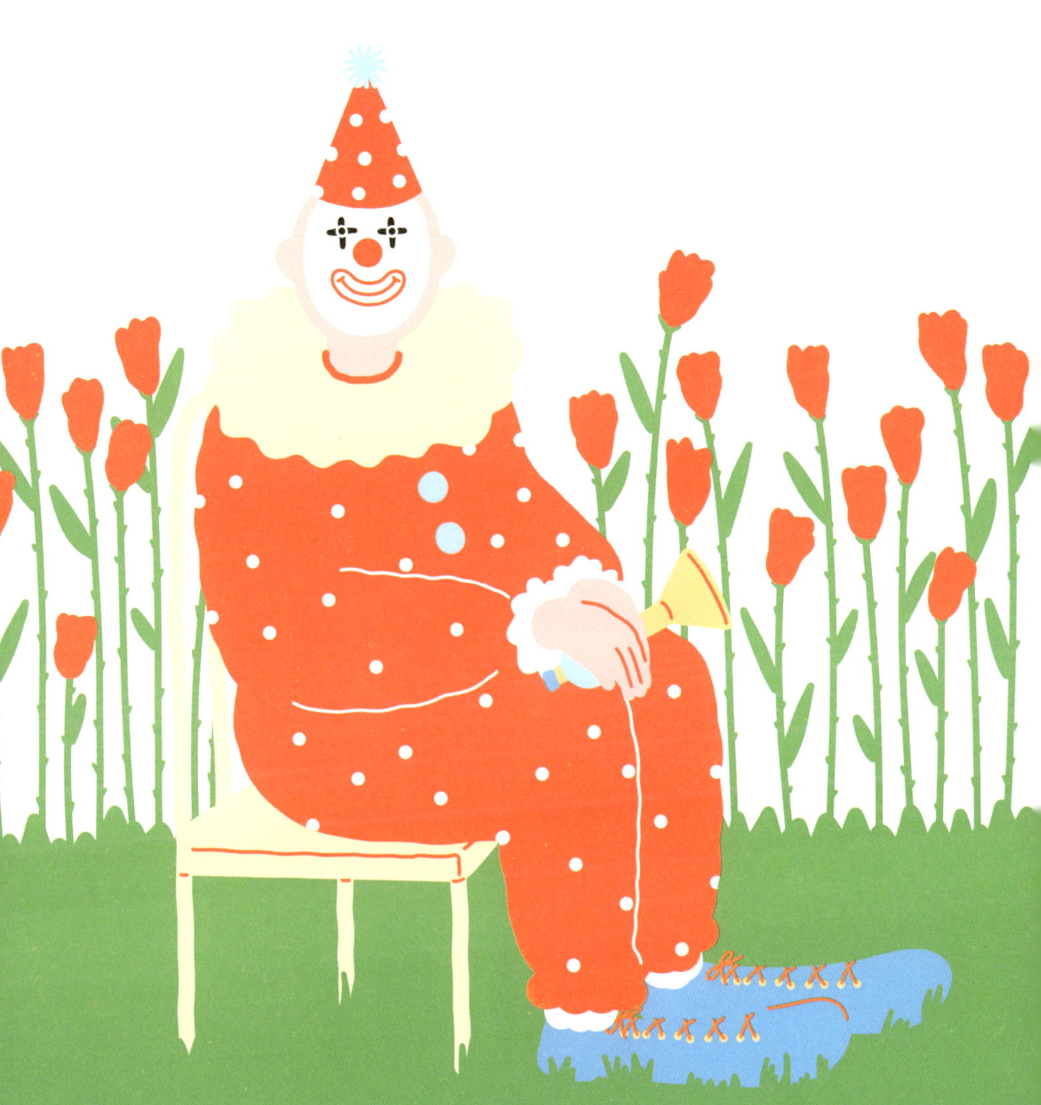

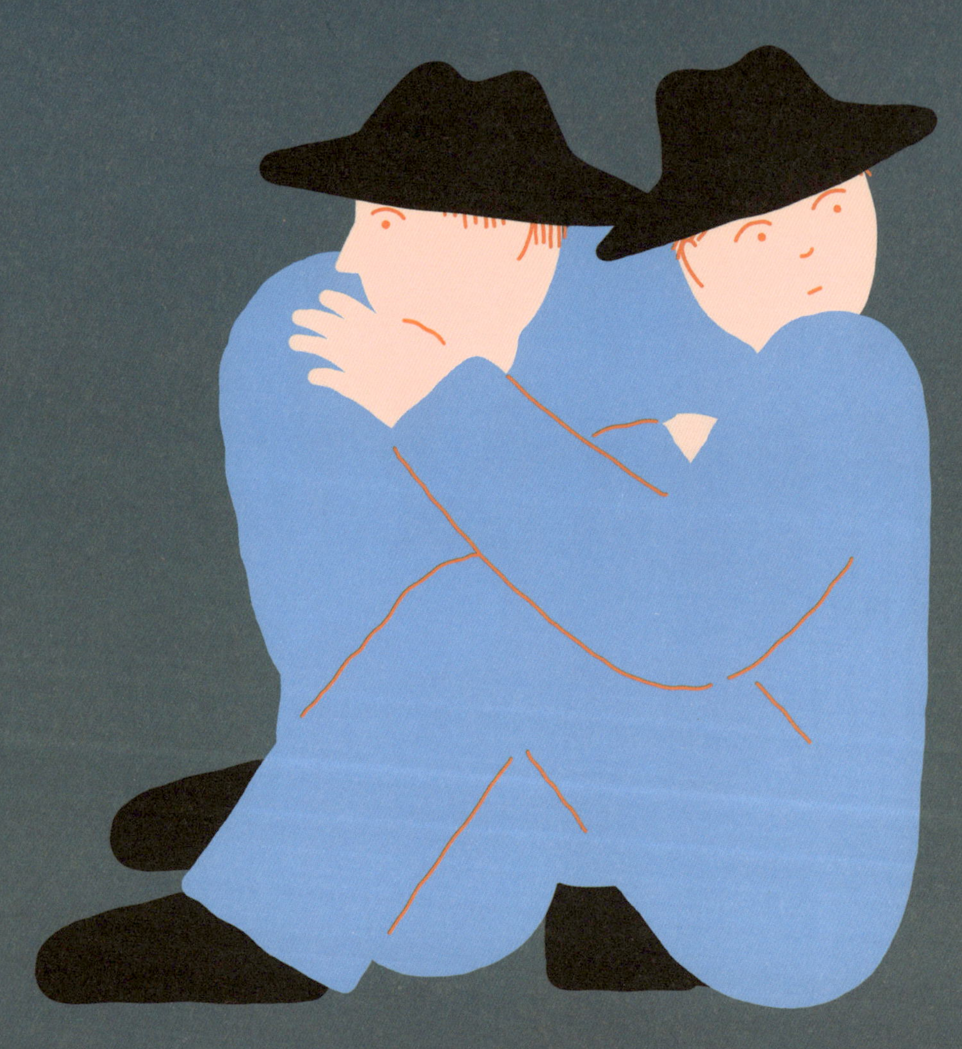

나의 적이 정말 내 뒤에 있을까? ──────

아니면 나의 적이 정말 밖에 있을까?

내 안이 아니라?

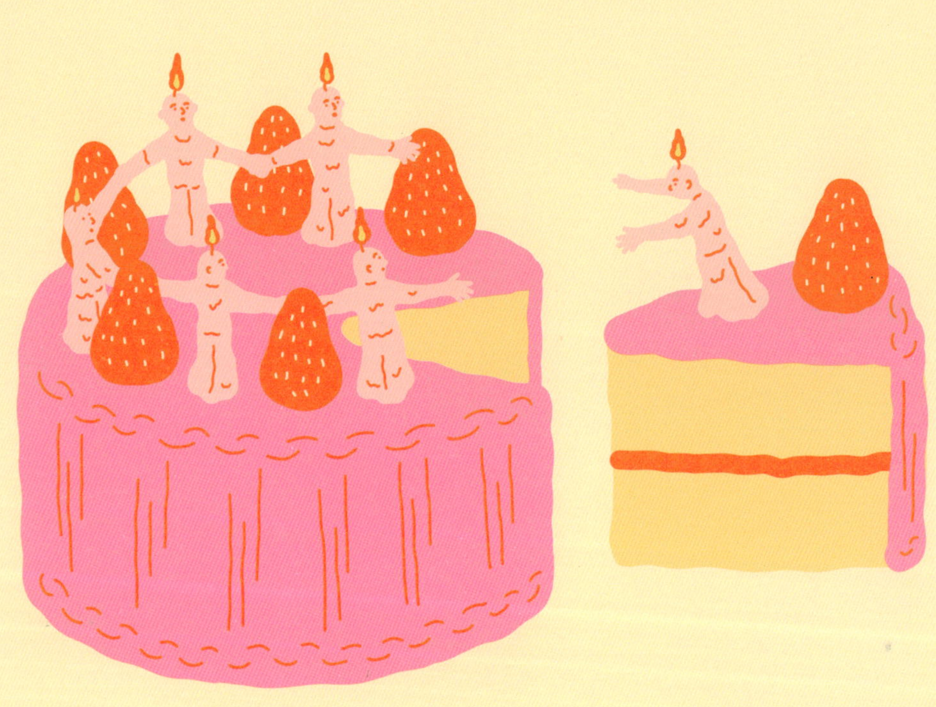

이렇게 좋은 날 우리가 헤어져야 하다니!

—— "조심해! 그러다 데일지도 몰라!"
"그렇게 데이는 게 바로 사랑이야!"

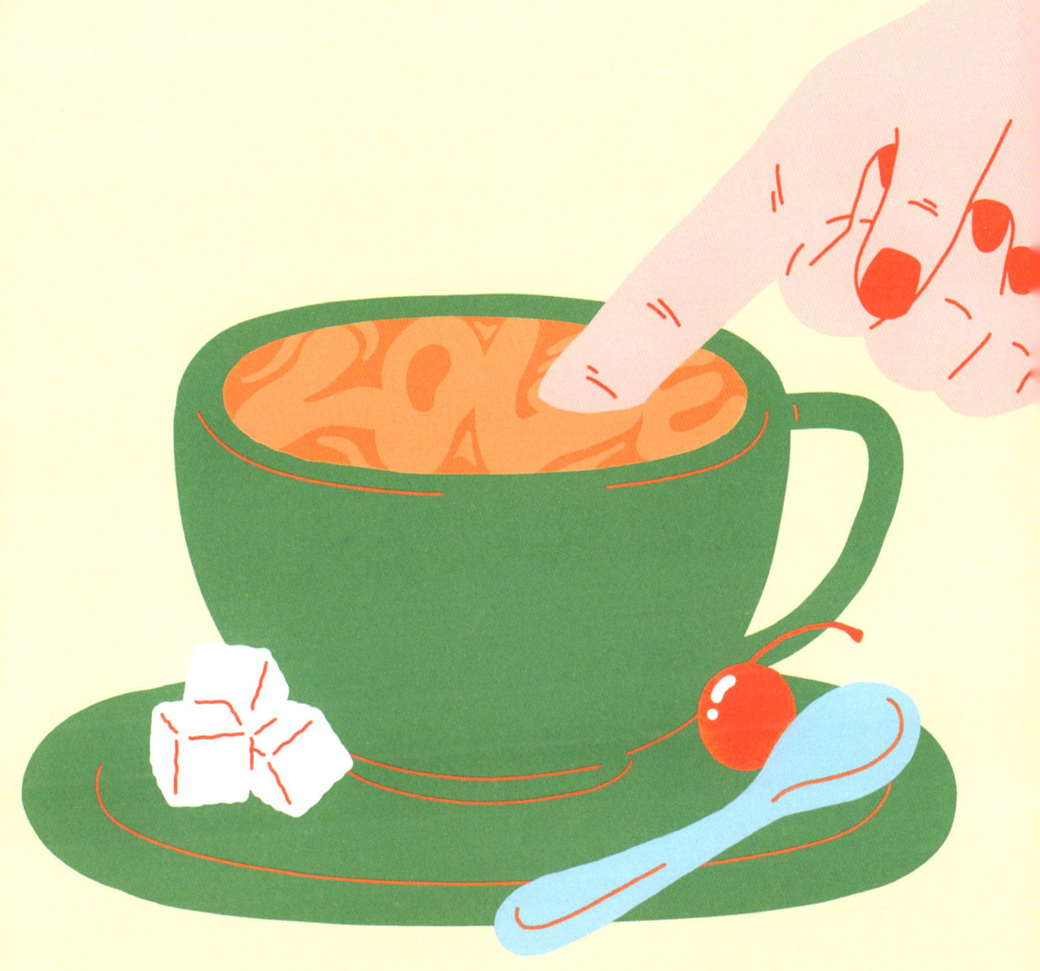

—————— 조금만 천천히 다가와줄래?

　　　　　내가 너한테 다가갈 수 있도록.

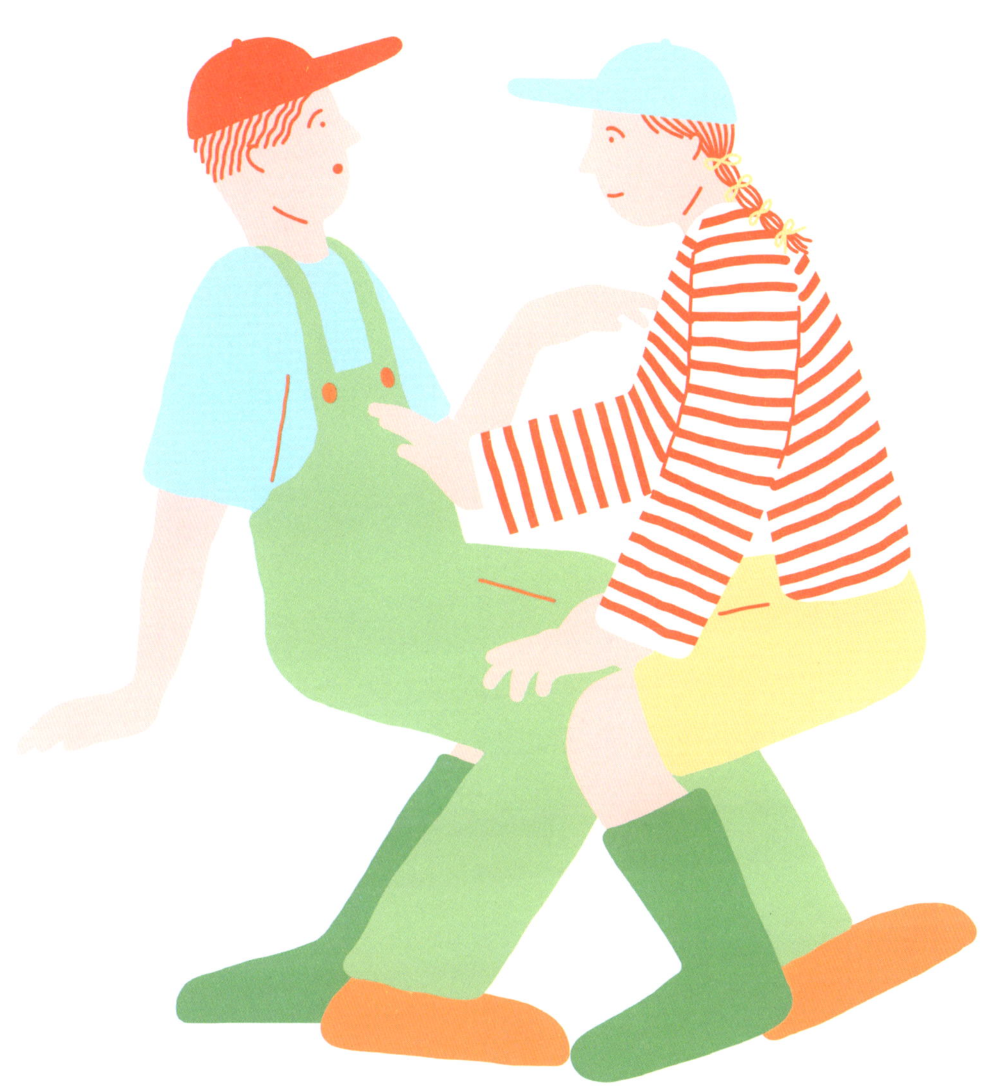

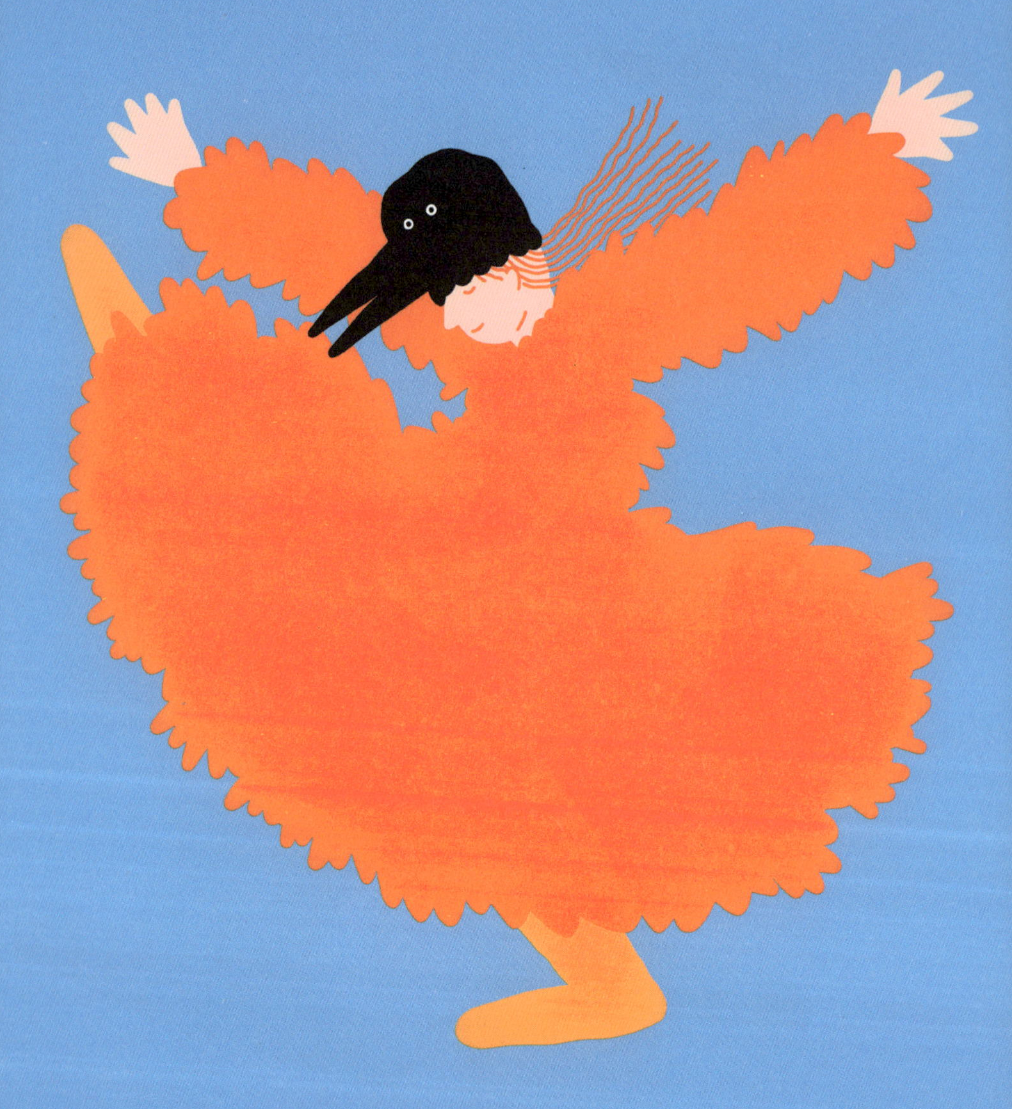

까마귀의 탈을 쓰고 플라멩코를 추는 게
양의 탈을 쓰고 늑대 짓하는 것보다 낫겠지.

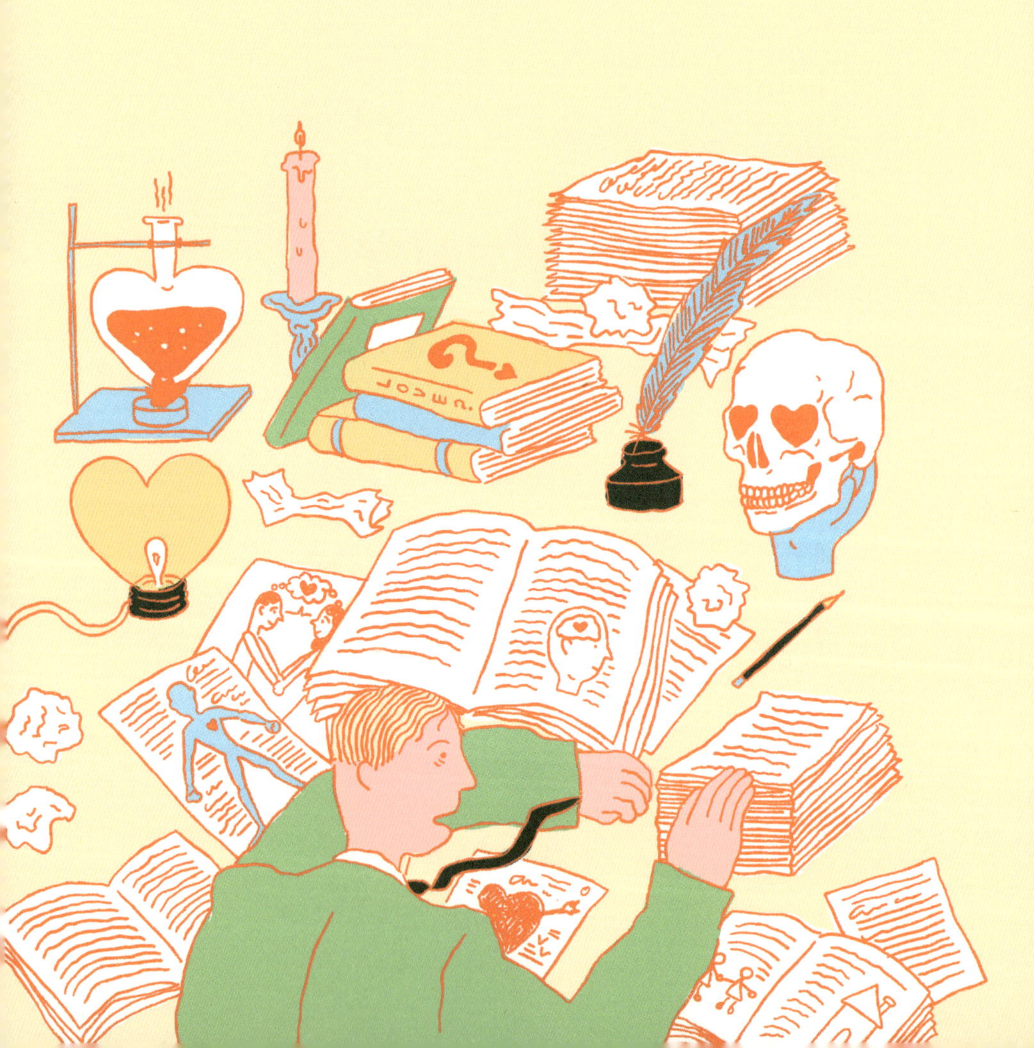

이봐, 젊은이.

아직 잘 모르는 모양인데,
사랑은 머리로 하는 게 아니야.

사랑은 가슴으로,
뜨거운 가슴으로 하는 거라고.

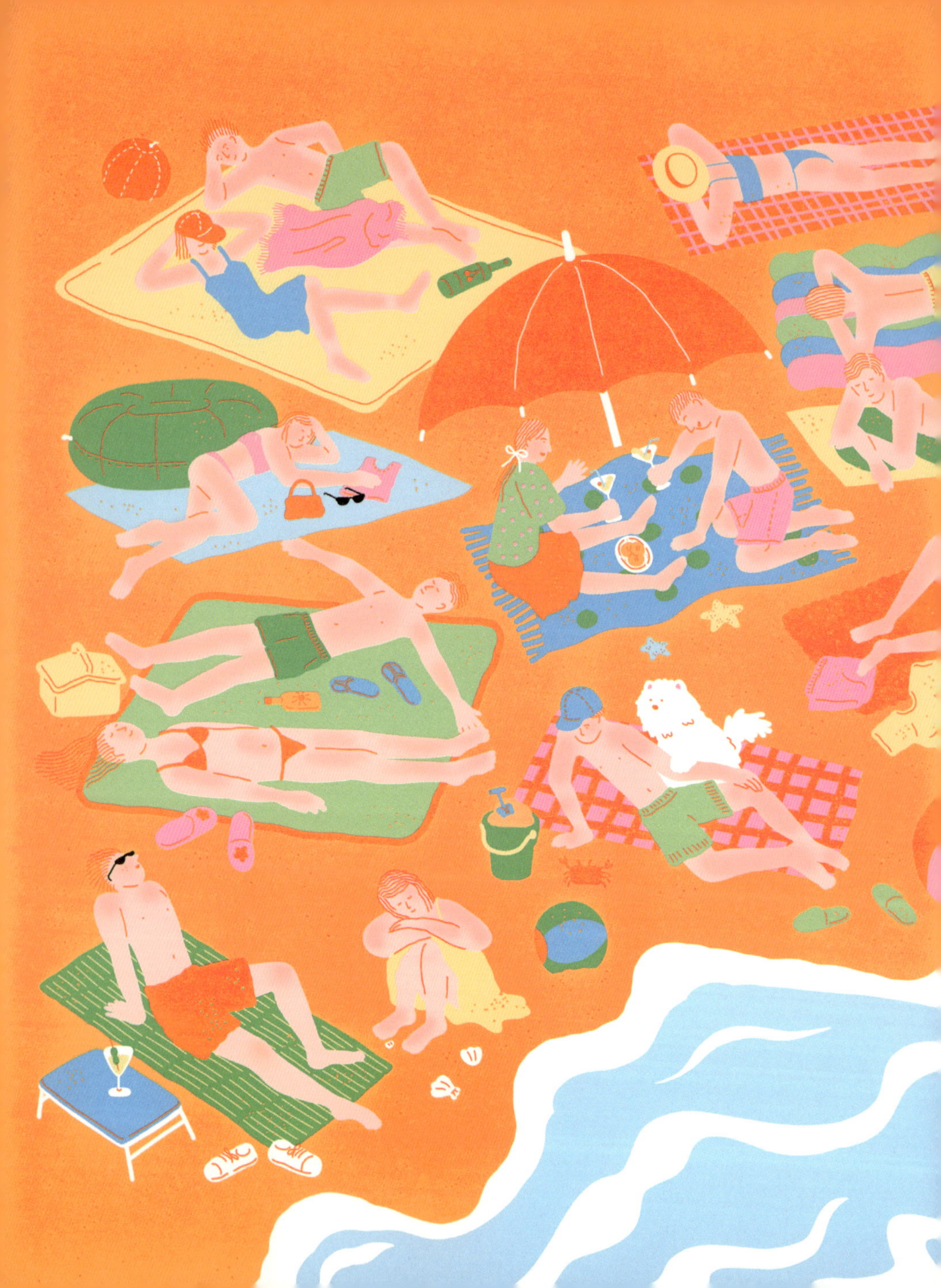

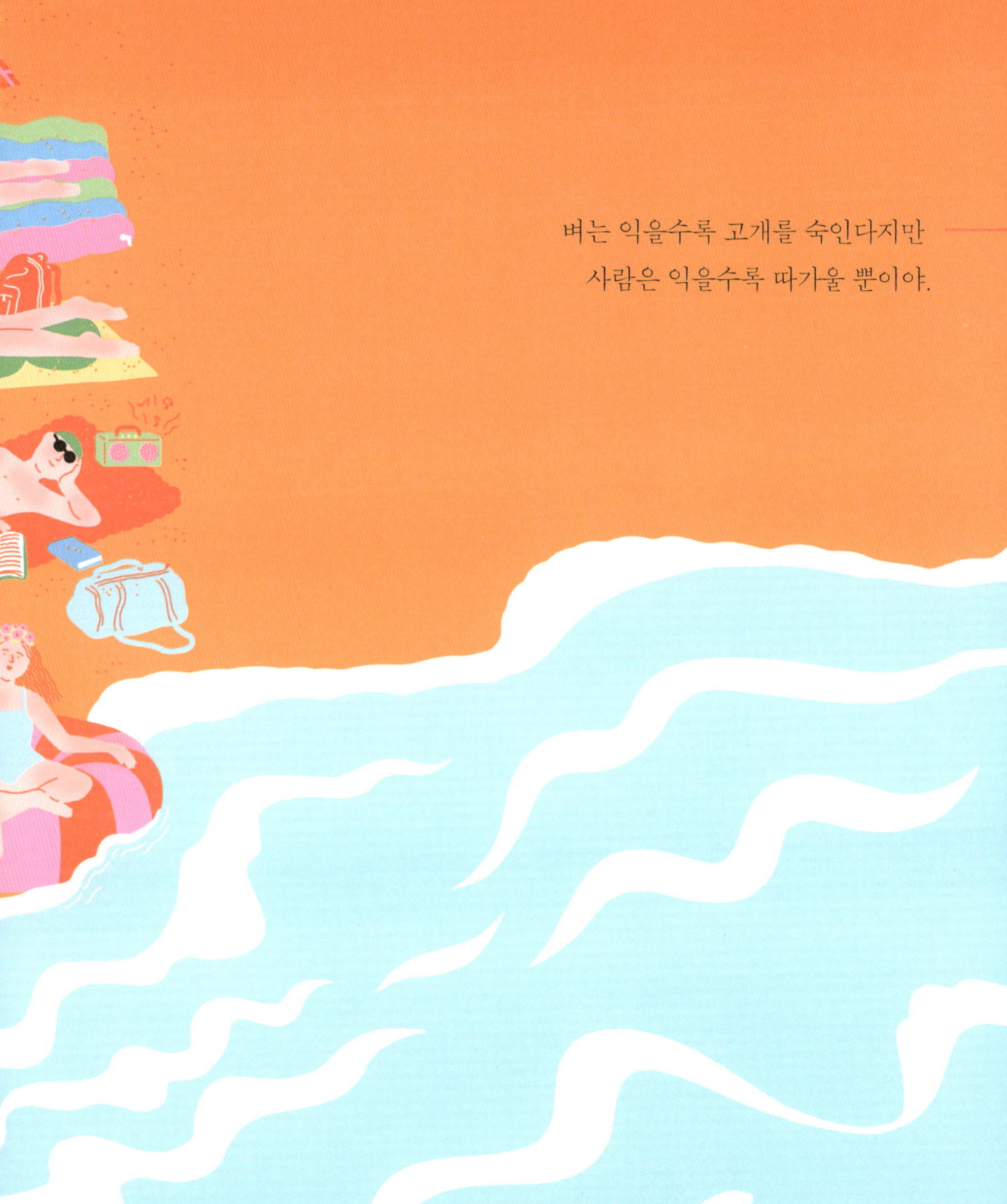

벼는 익을수록 고개를 숙인다지만
사람은 익을수록 따가울 뿐이야.

—— 우리 인연은 얽히고 설킨 실타래 같아.

그걸 바로 '필연'이라고 하는 거겠지.

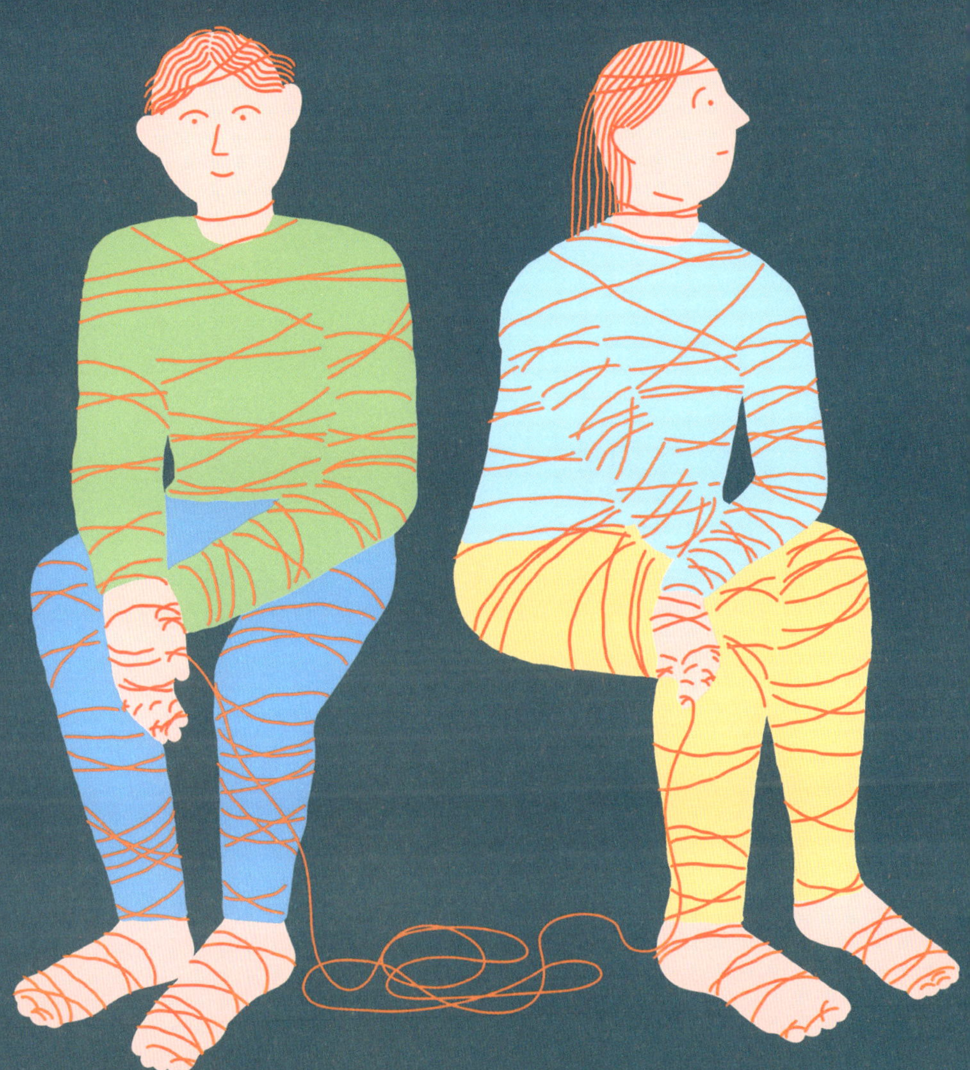

—— "운명은 거대한 코끼리와도 같고
　　　　　난 어디를 가는지도 모른 채 그 위에 올라탄 것만 같아."
　　"그런데 어떻게 올라탄 거야?"
"몰라. 그게 운명이겠지."

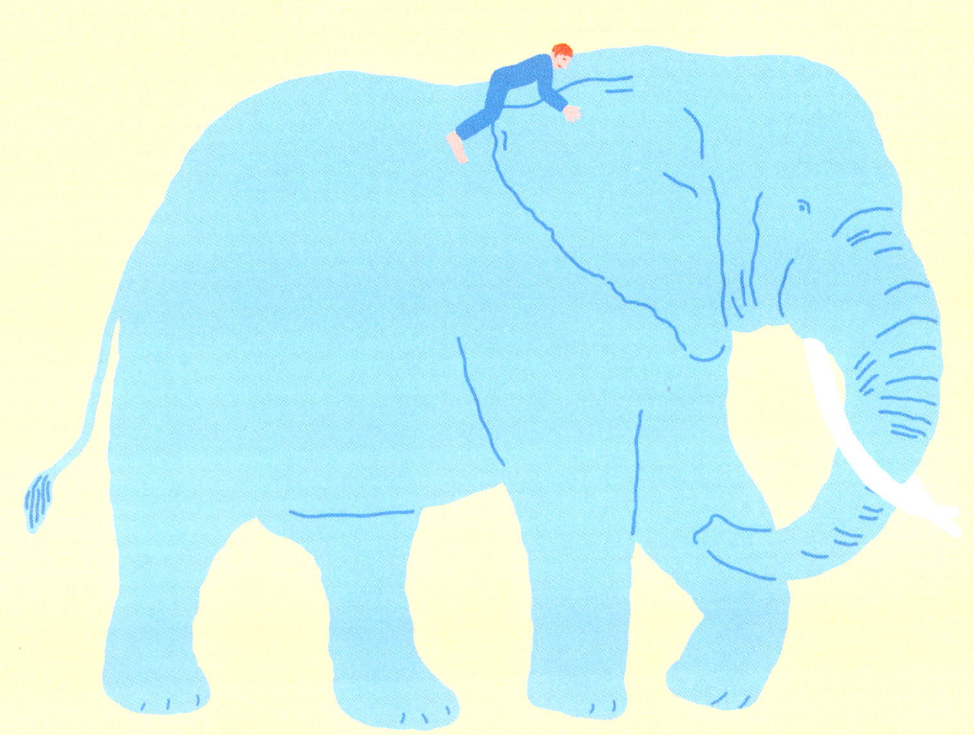

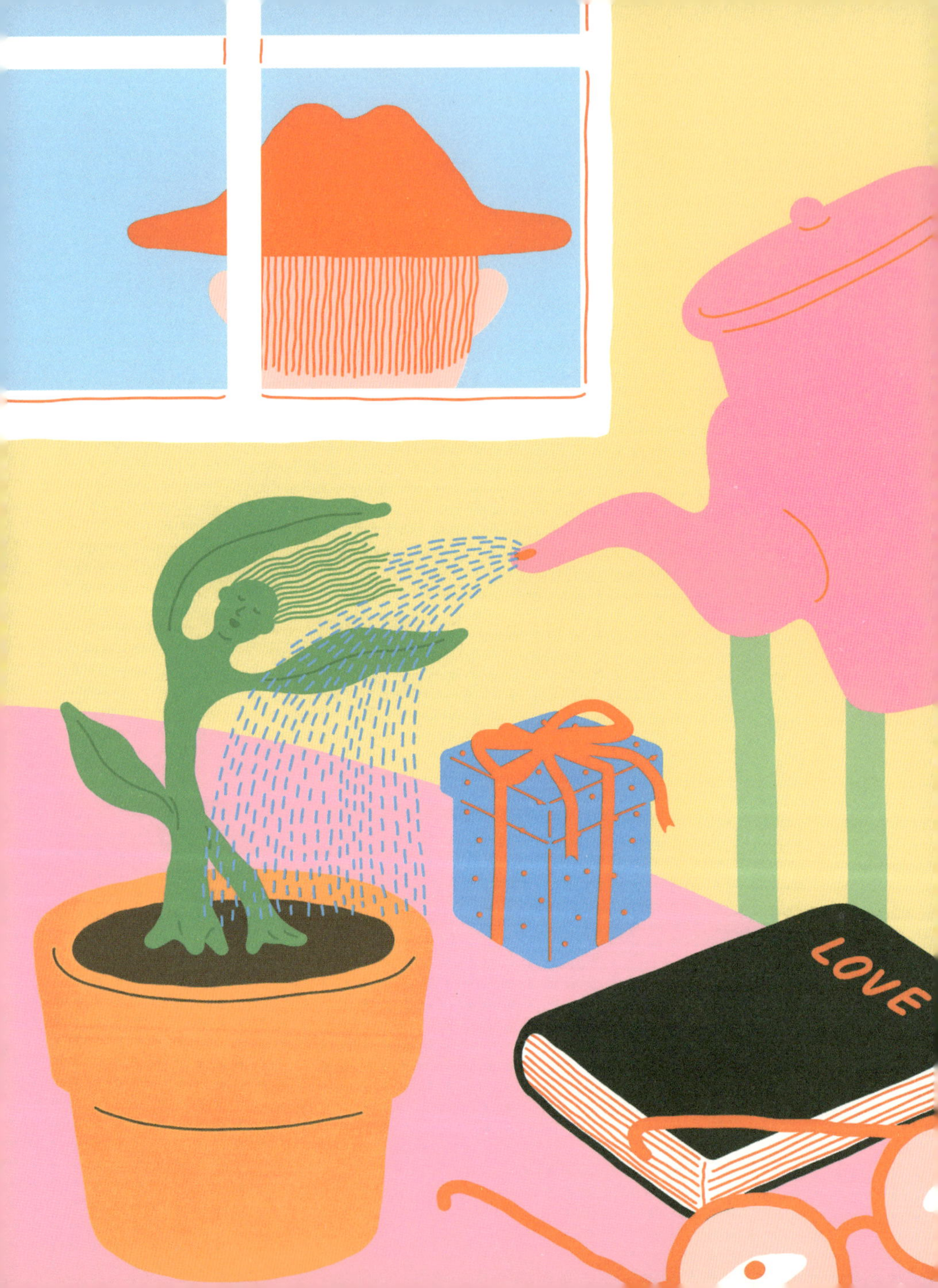

LOVE

사랑은 말이야.
화초를 가꾸는 일과 비슷한 데가 있어.
늘 관심을 잃지 말아야 하고 끊임없이 배우기도 해야 해.
결핍을 느끼지 않도록 영양분도 주고
메마르지 않게 비를 내려줘야 하지.
하지만 가끔은 무관심이 필요할 때도 있어.

───── 사랑이란
같이 아파해주는 것.

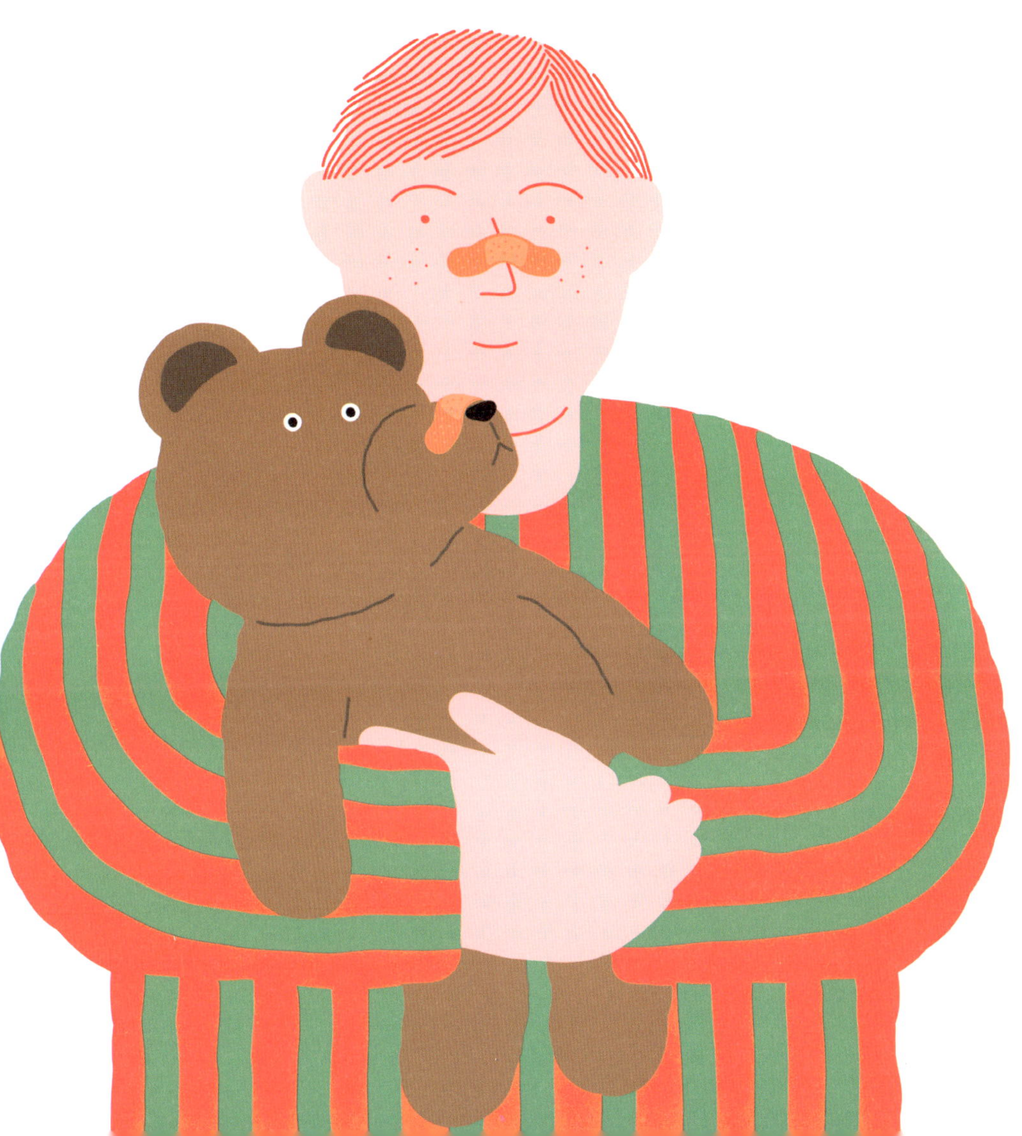

———— 네가 원하는 게 바로 내가 원하는 거야.

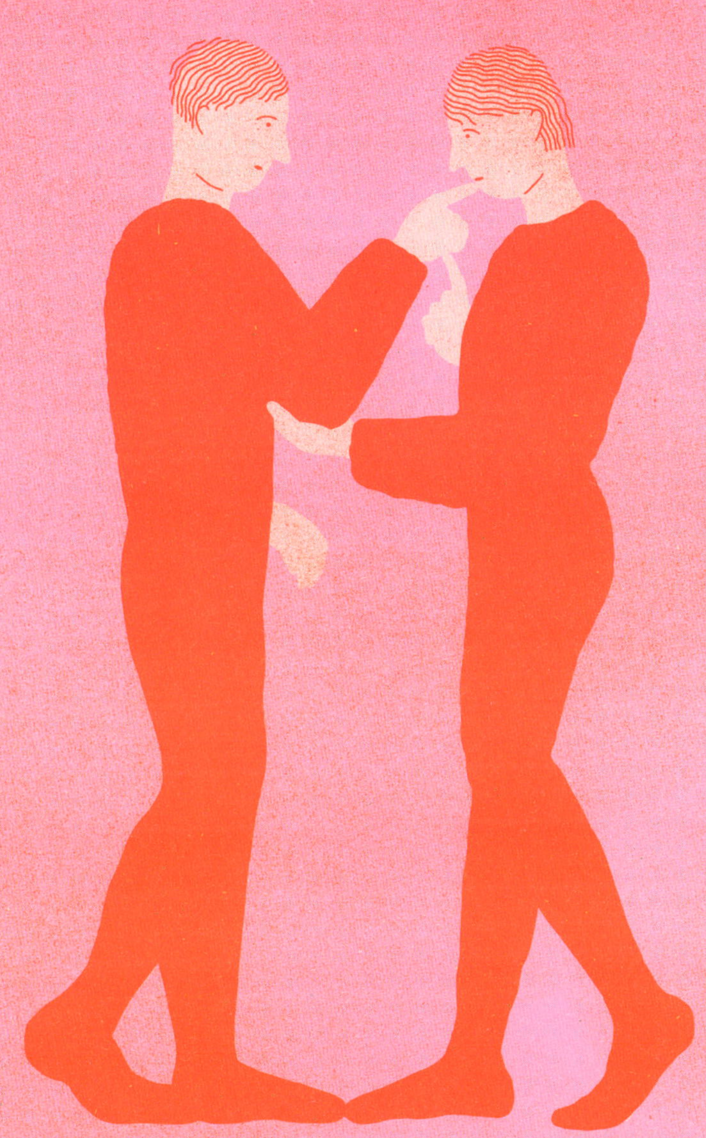

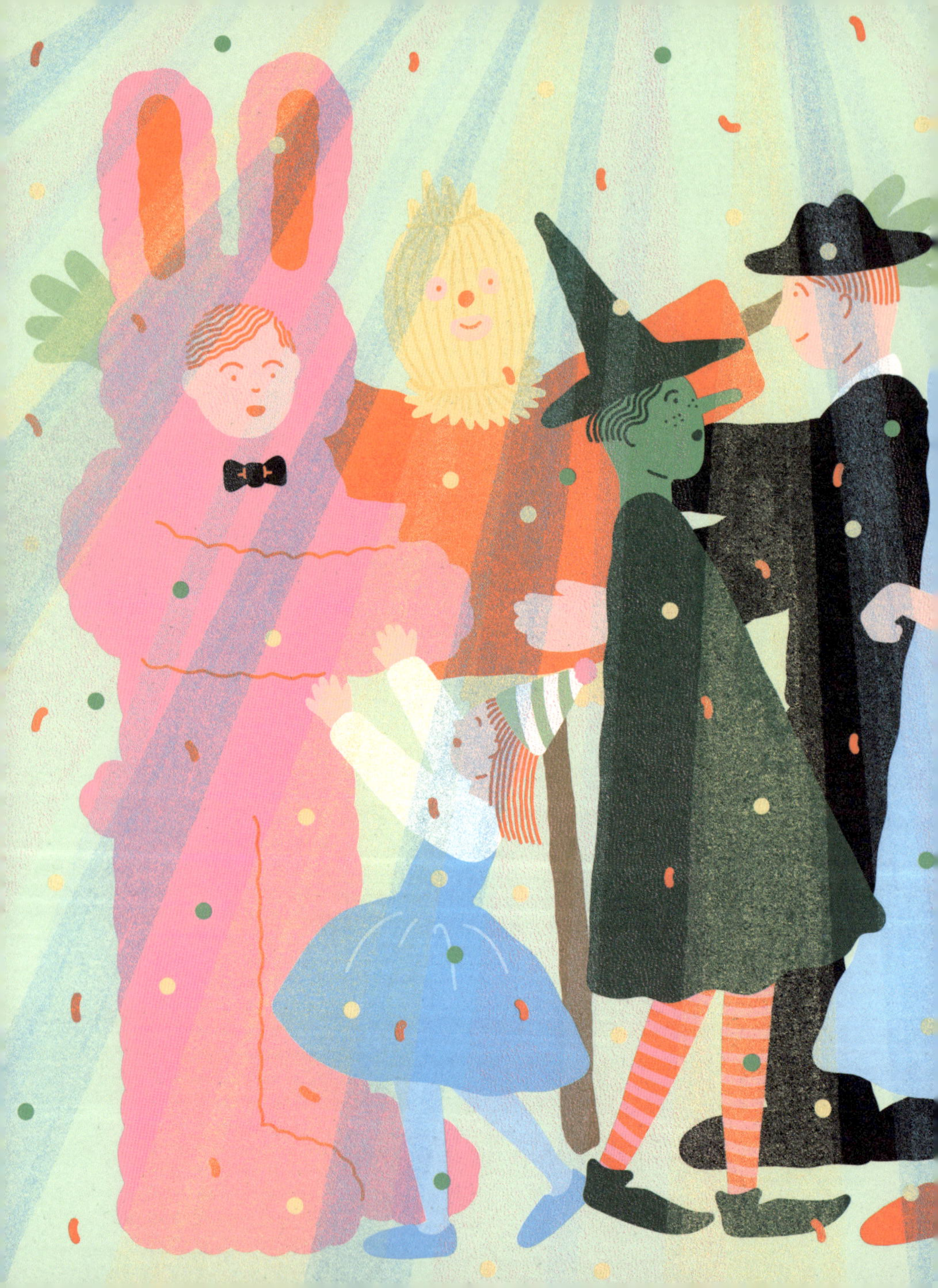

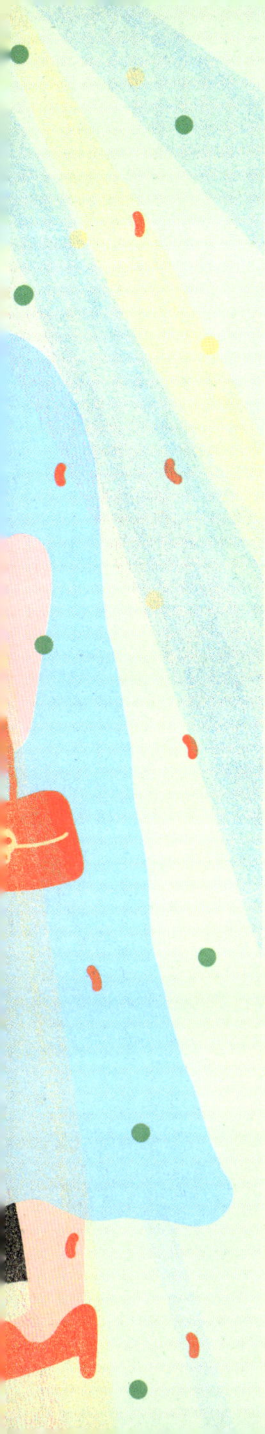

"네 코스튬은 정말 끝내주는군!"
"그냥 매일 입는 옷이야."
"가면을 안 써도 되니까 얼마나 좋아!"

—— 생각하고 또 생각해봐도 정말 모르겠어.
우리 사이가 이렇게 멀어진 이유를.

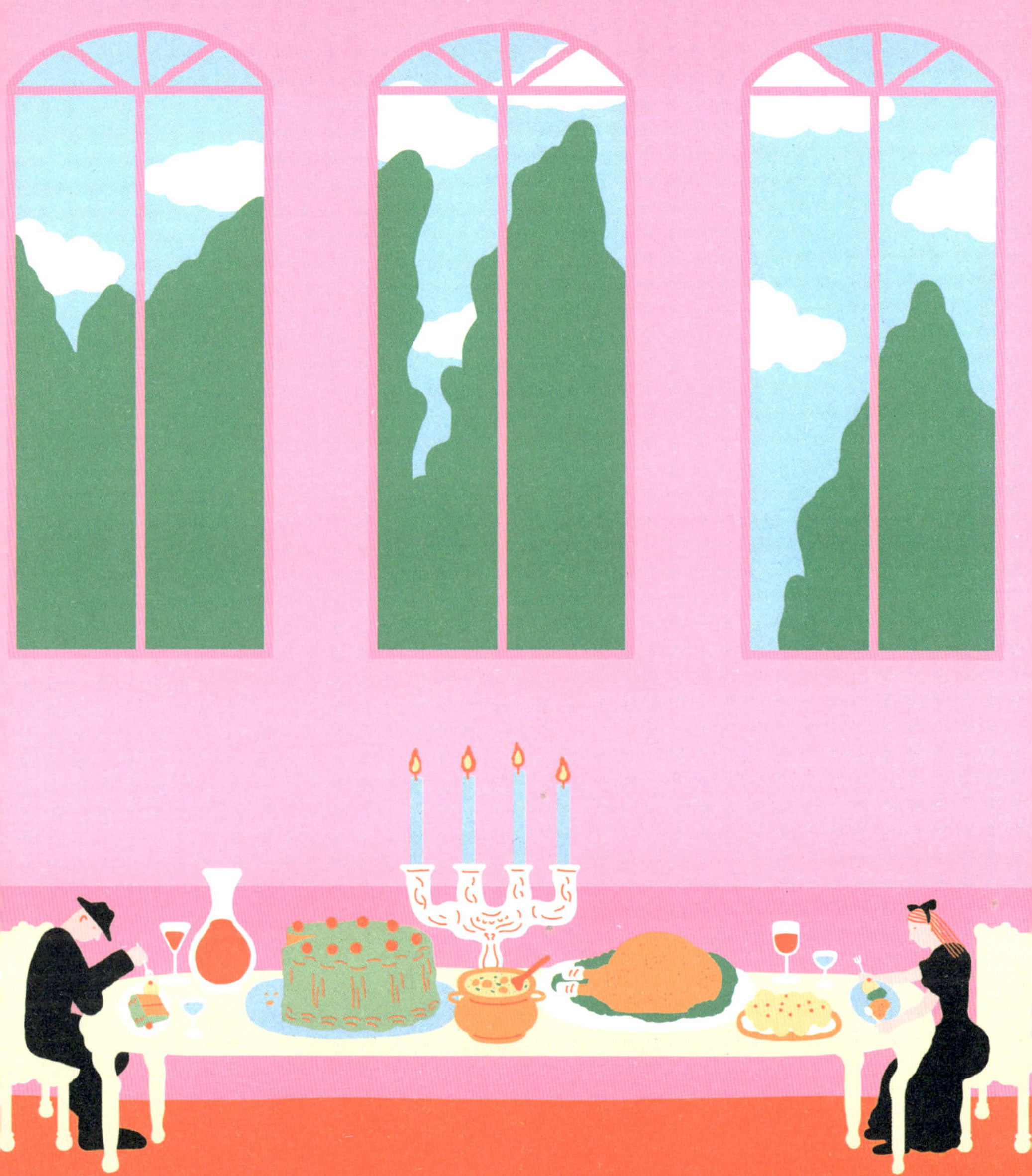

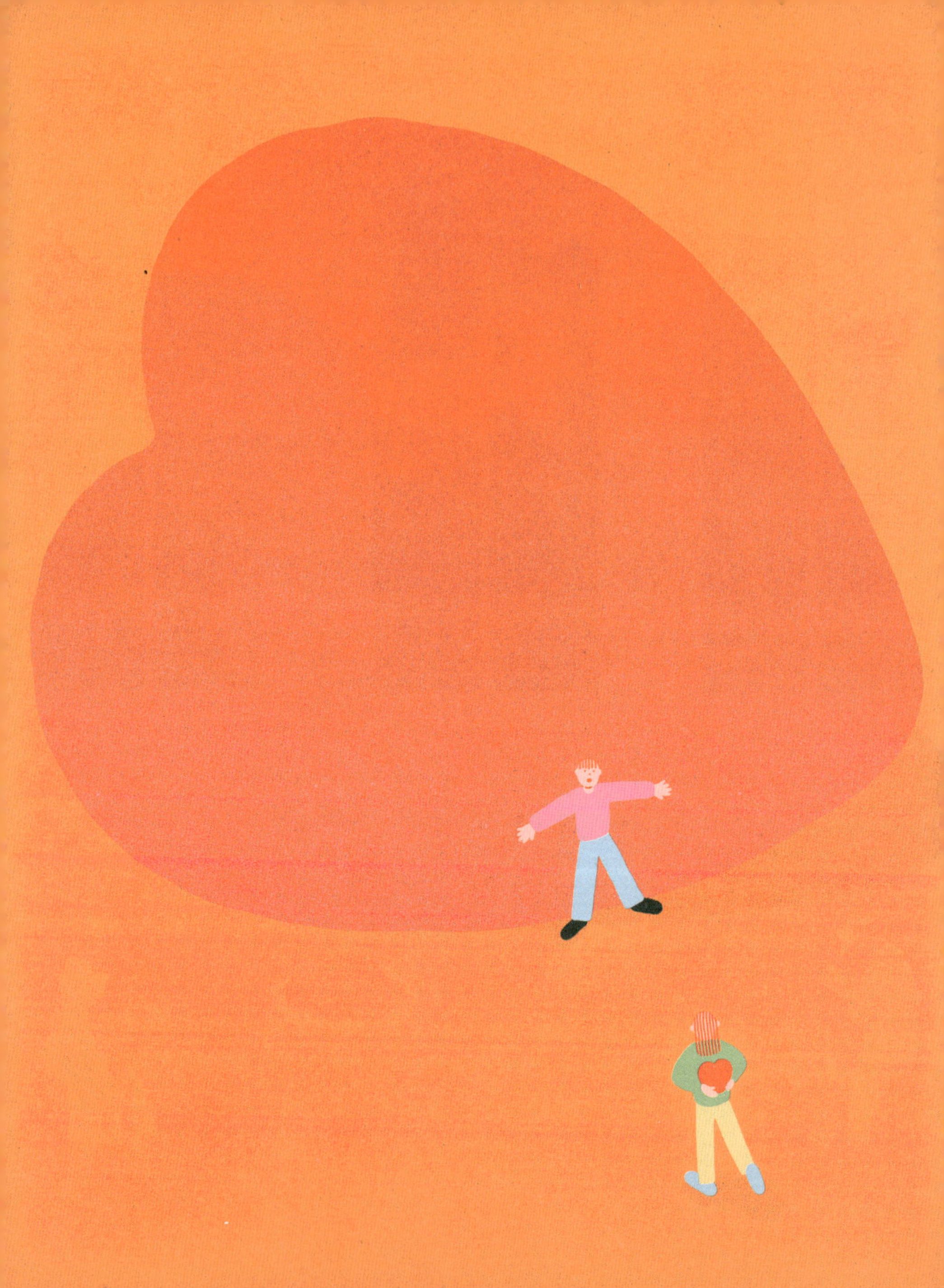

내가 얼마나 당신을 사랑하는지 당신은 몰라.

당신이 얼마나 나를 사랑하는지 나도 몰라.

왜 사랑을 드러내는 게 이리 어려울까.

쉬운 사랑은 사랑이 아닐까 봐?

타오르는 불꽃이 금방 꺼질까 봐?

상처받는 게 두려워서?

상처보다 더 가슴 아픈 게 못다 한 말이 남은 후회는 아닐까?

———— 네 마음속을 제대로 들여다보면,
감추어진 꿈들이 솟아오르기 시작할 거야.

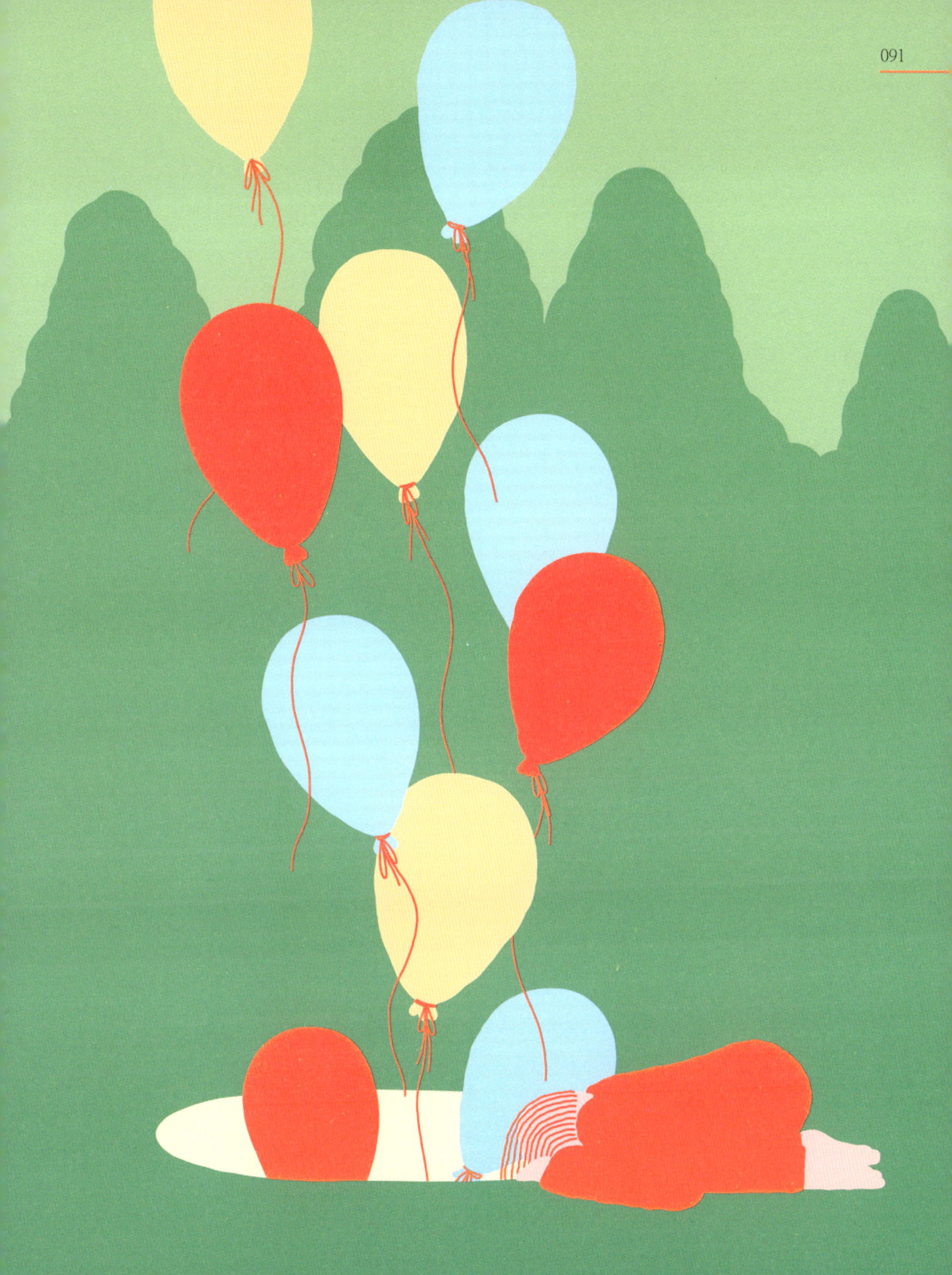

──────── 처음엔 비가 와서 다행이라 생각했는데

　　　　　　아무리 비가 내려도 씻기지 않는 게 있네.

—— 너는 지쳤지만 나는 이제 시작이야.
내가 네 몫까지 뛰어줄게.
　　　　내가 지치면 그땐 네가 내 몫까지 뛰어줘.
　　　　　　　　인생은 기나긴 쇼트트랙이니까.

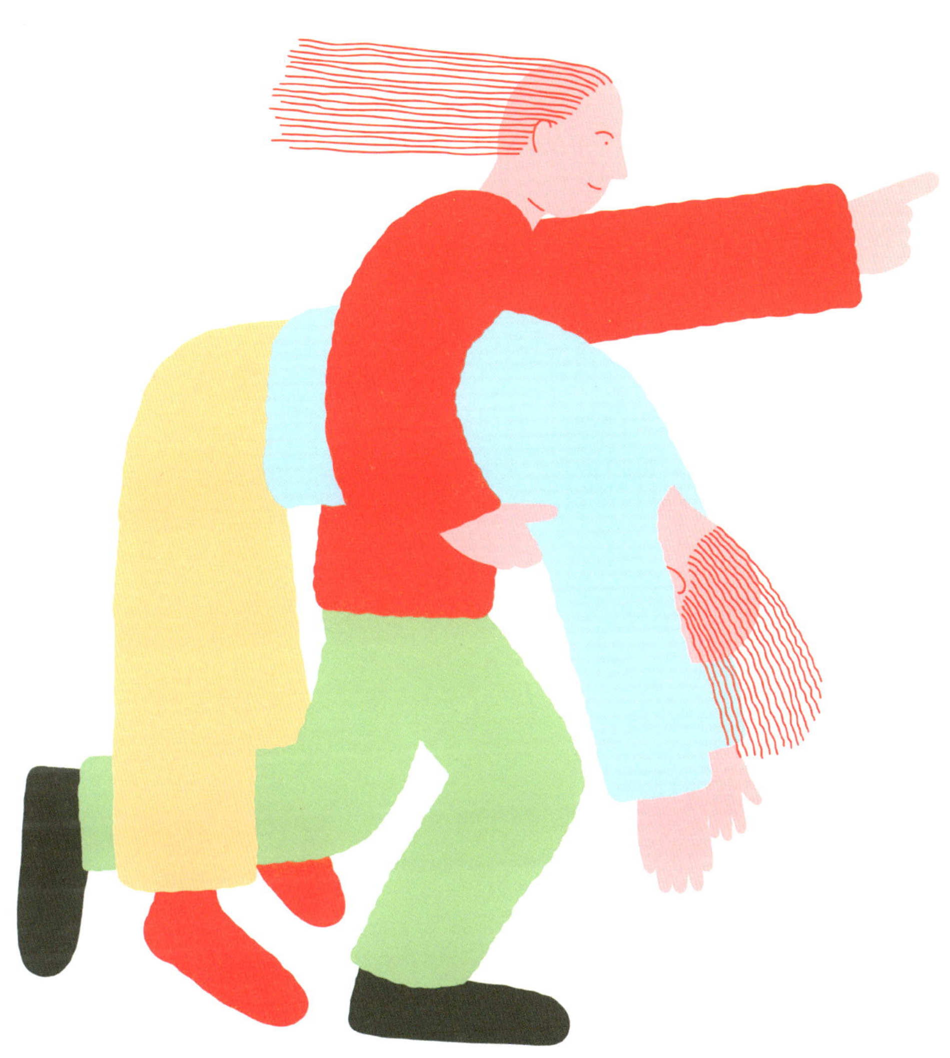

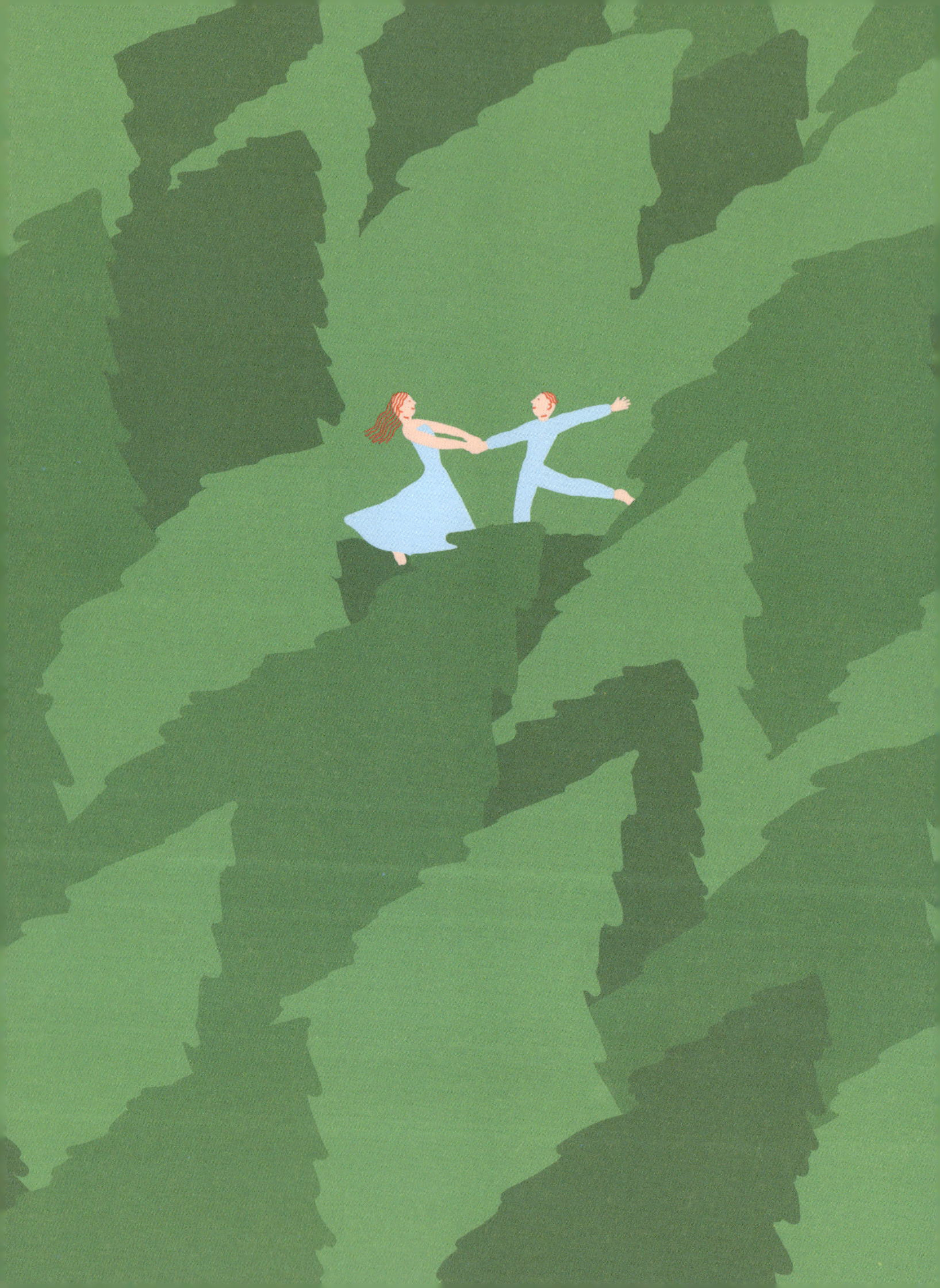

빽빽한 숲속 빈터에서 다정하게 춤추는 우리.
기다란 나무들이 세찬 바람에 일렁여도
우리 사랑은 흔들리지 않네.

———— 가끔 부담스러울 때도 있지만

　　　　나의 빈 구석을 메워주는 건 언제나

　　　　　　　　내 사랑하는 친구들이지.

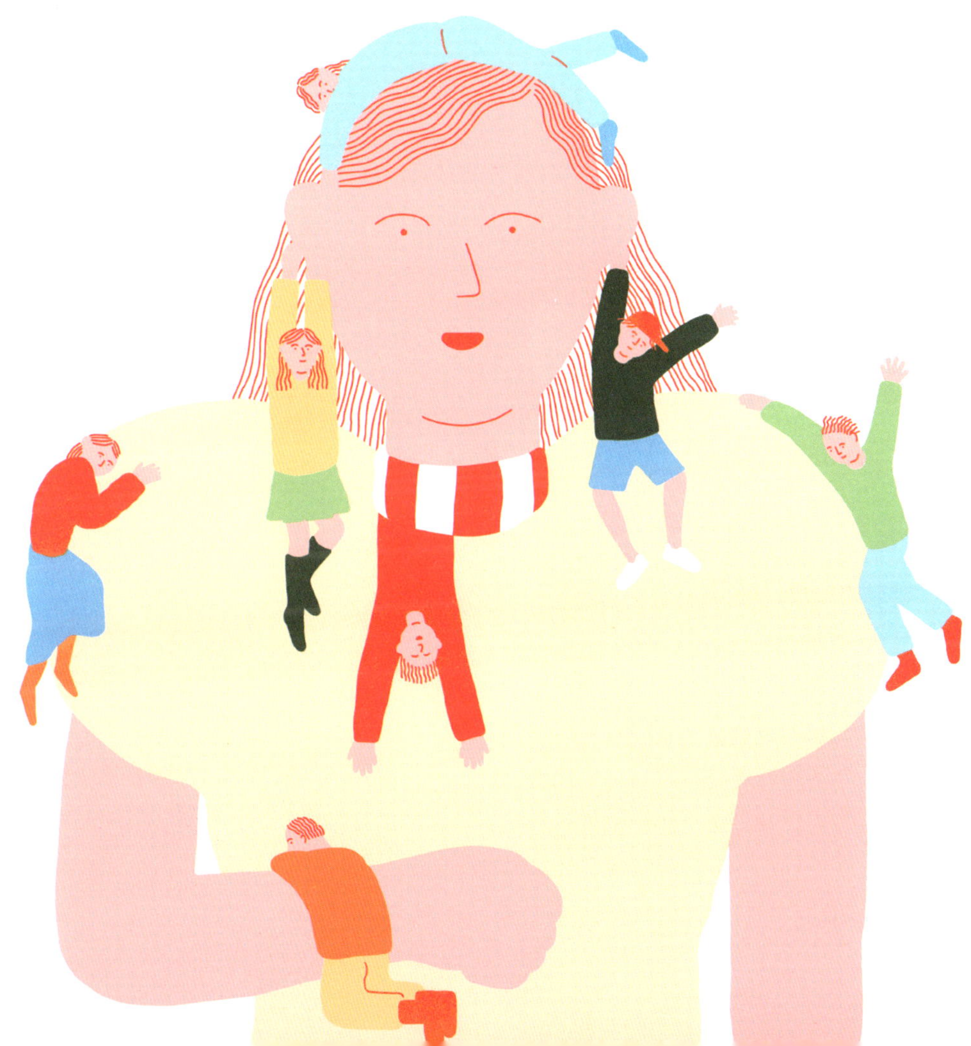

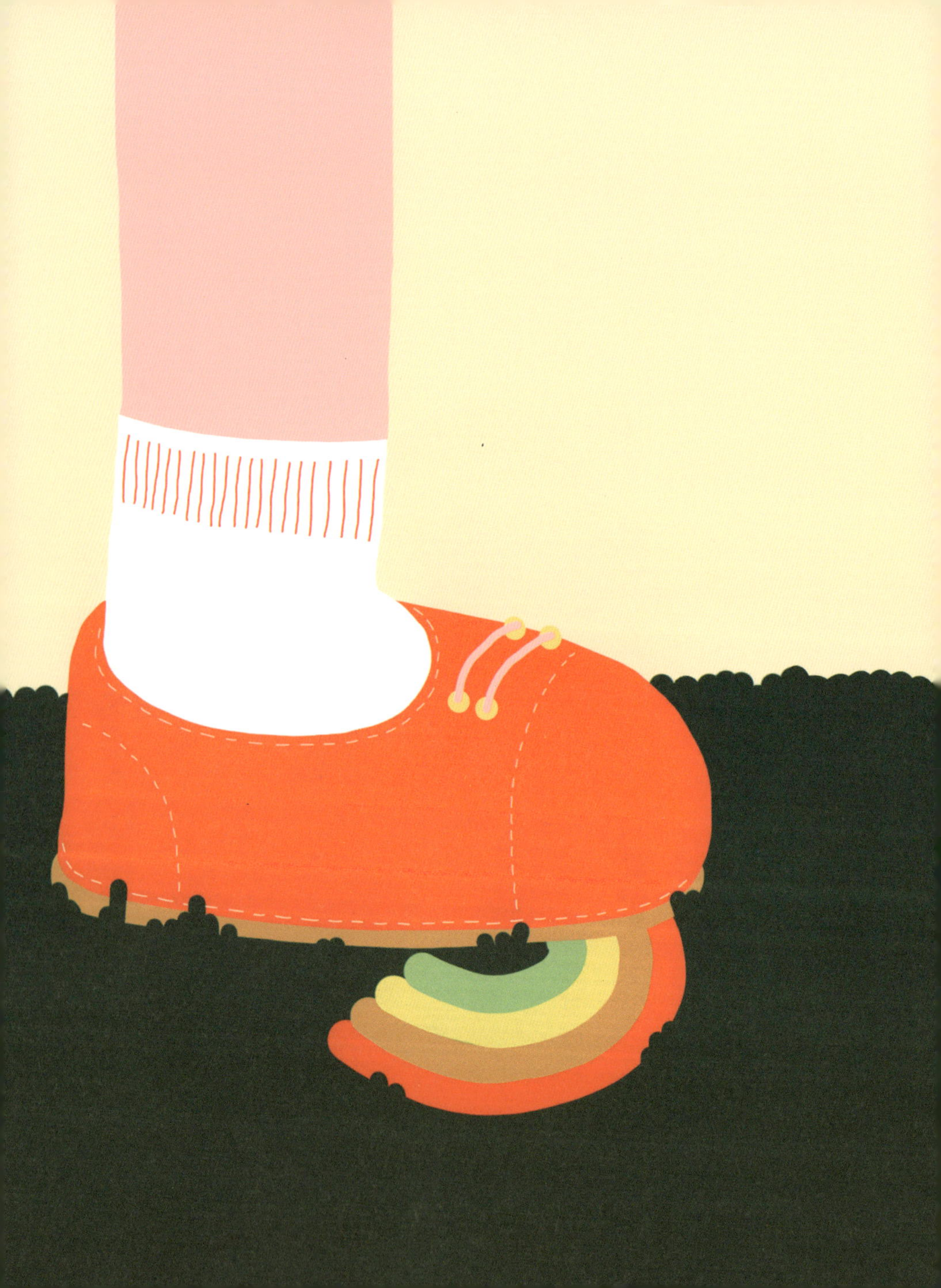

우리는 도처에 널린 무지개를 ──────
무심히 밟고 지나치는 건 아닐까?

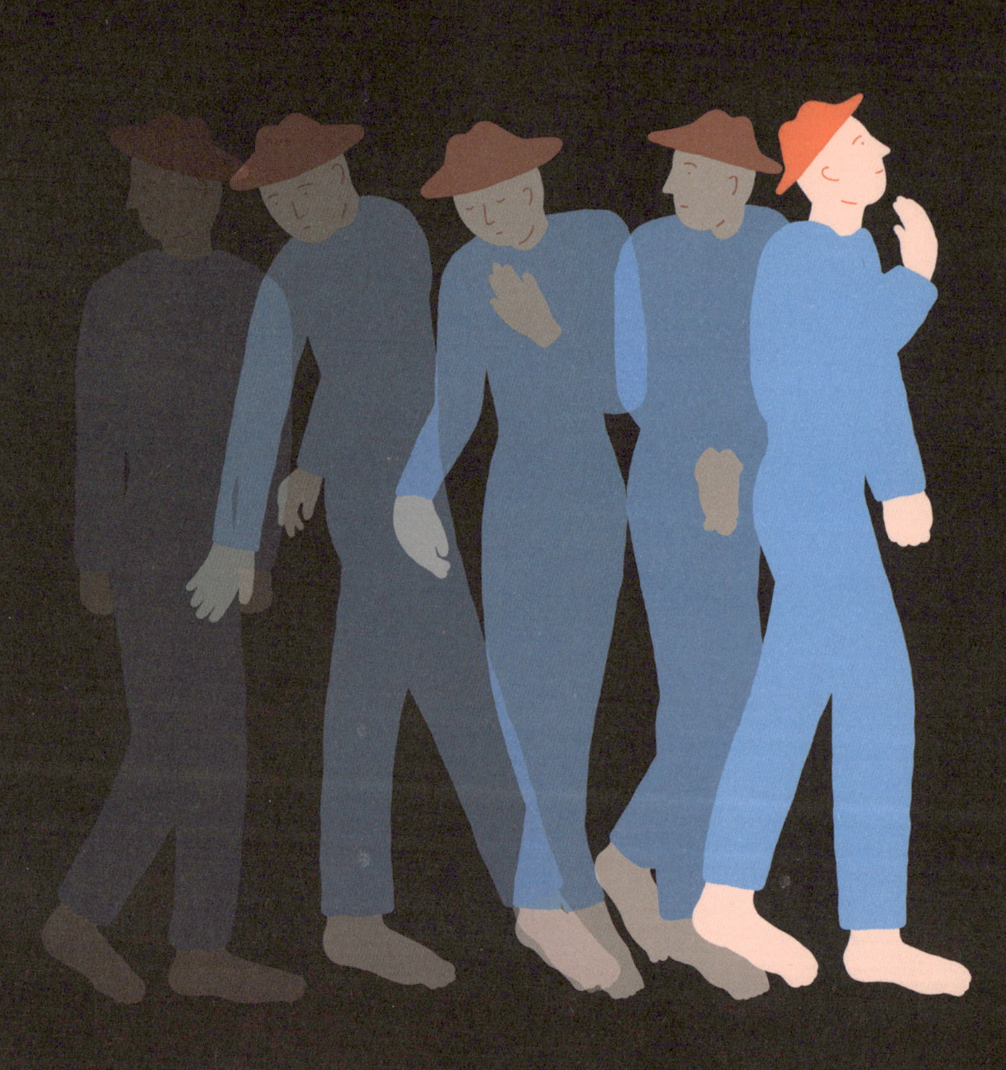

잠시 뒤를 돌아보며 후회할 수는 있지만
그러느라 앞을 제대로 살피지 않는다면
다시 뒤를 돌아볼 일이 생길 거야.

실수와 잘못은 '위험' 표지판이지
'도로 없음'이나 '멈춤'이 아니야.

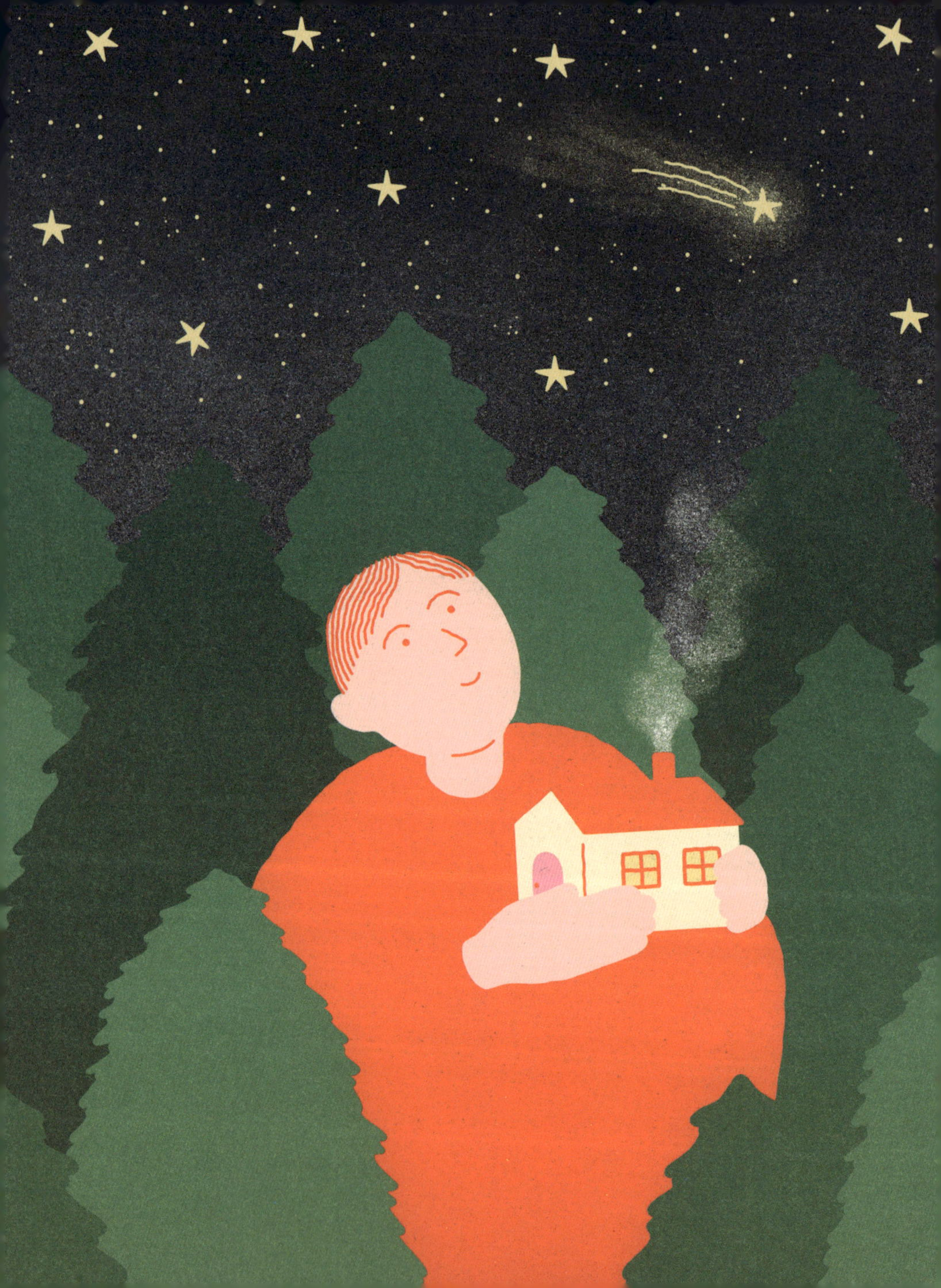

별이 총총한 밤에 문득 떨어지는 별똥별 하나.
찰나에 떠오르는 소원은 너와 내가 함께 짓는 소중한 가정이었어.

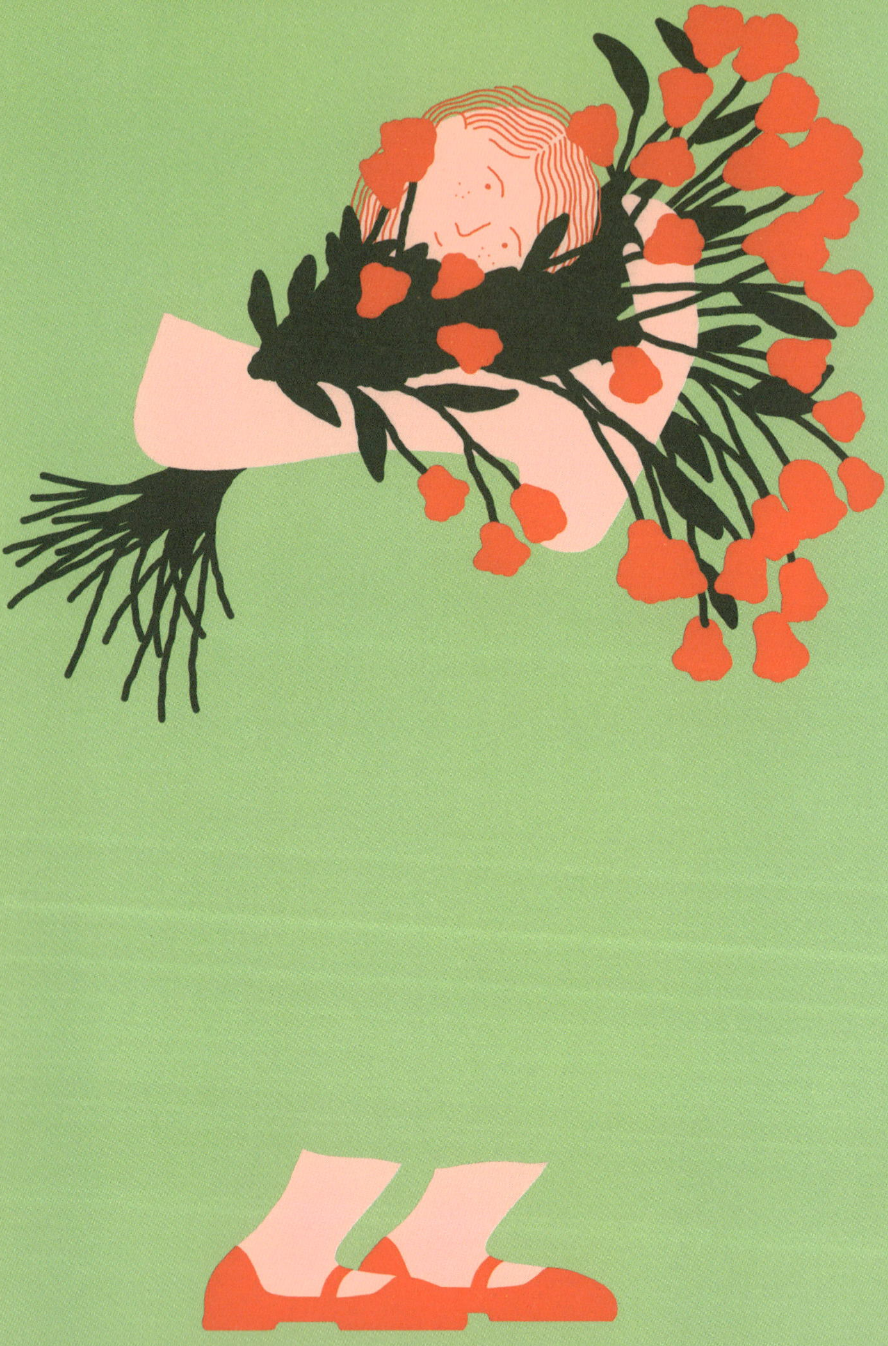

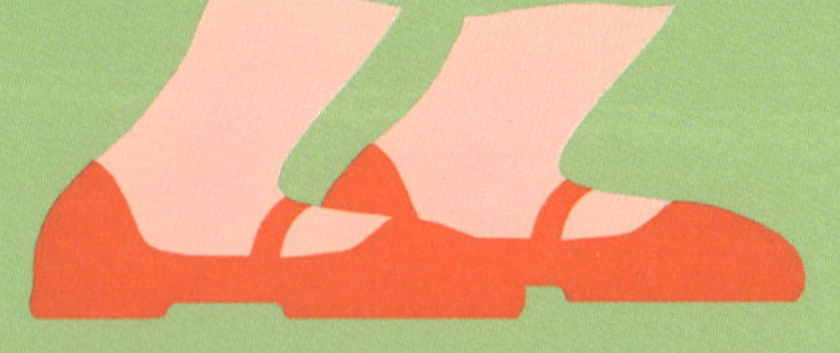

사랑받는다는 건 한아름 꽃다발을 받는 것.
발을 땅에 딛고 서 있어도 모든 중력은 사라지고
투명한 세상 속에서 당신만 생각해.

—— 속에서 열불이 나네!
아니 땐 굴뚝에도 연기가 나는구나!

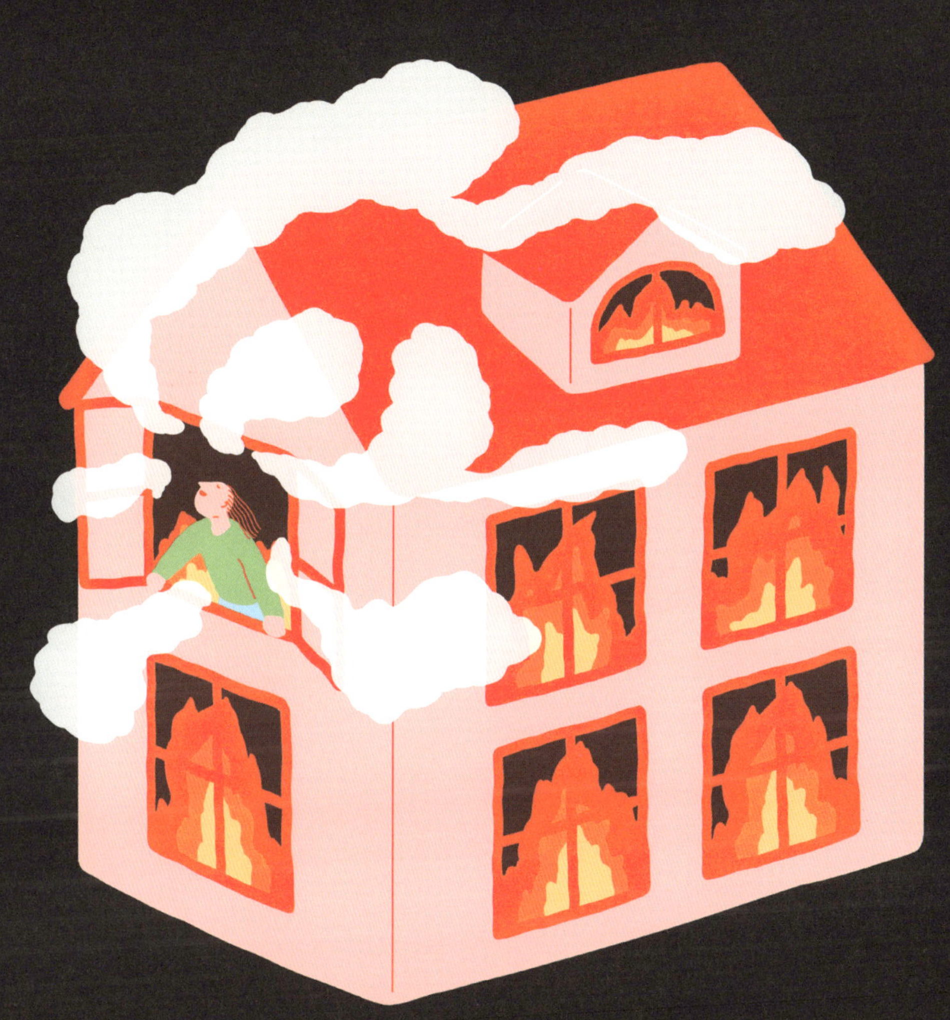

———— 드레스코드 따위는 필요없어.
그저 앞을 봐!

　　　　좋아하는 게 달라도 상관없어.
　　　　　어둠과 두려움을 이겨낸다면
　　　　　내일 우리는 더 많이 웃게 될 거야.

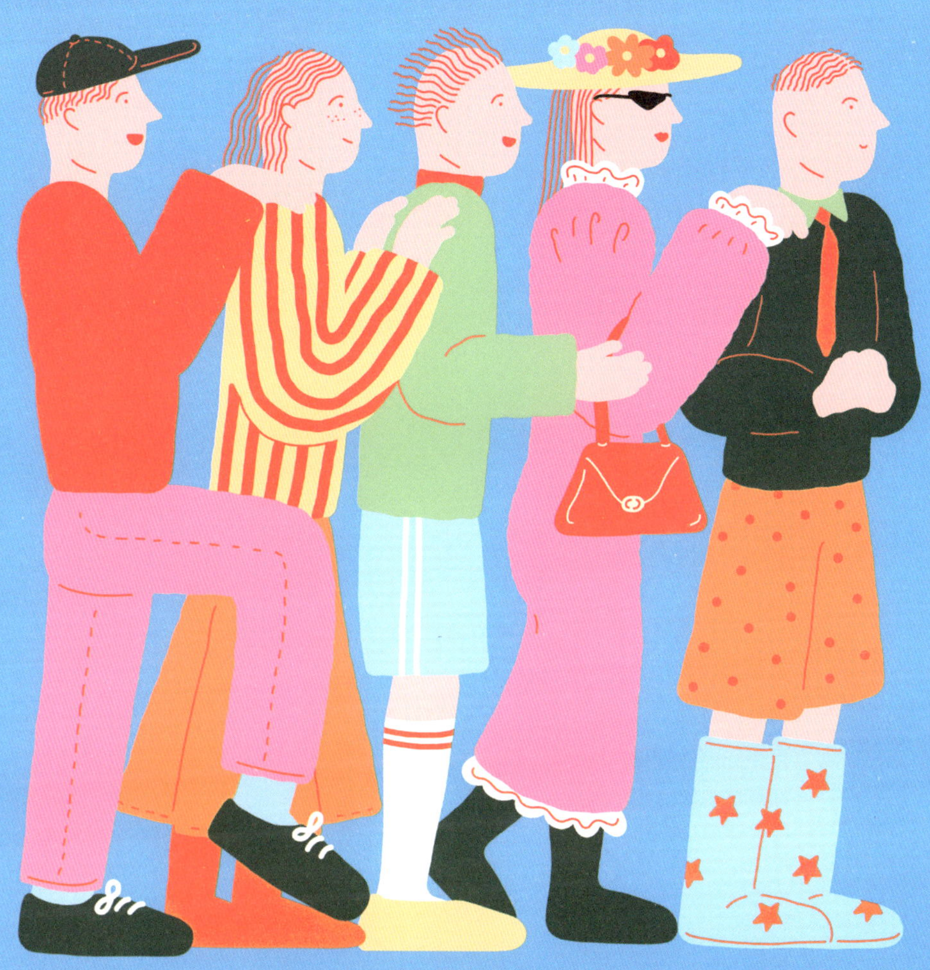

—————— 사랑하는 네가 나를 가장 아프게 해.

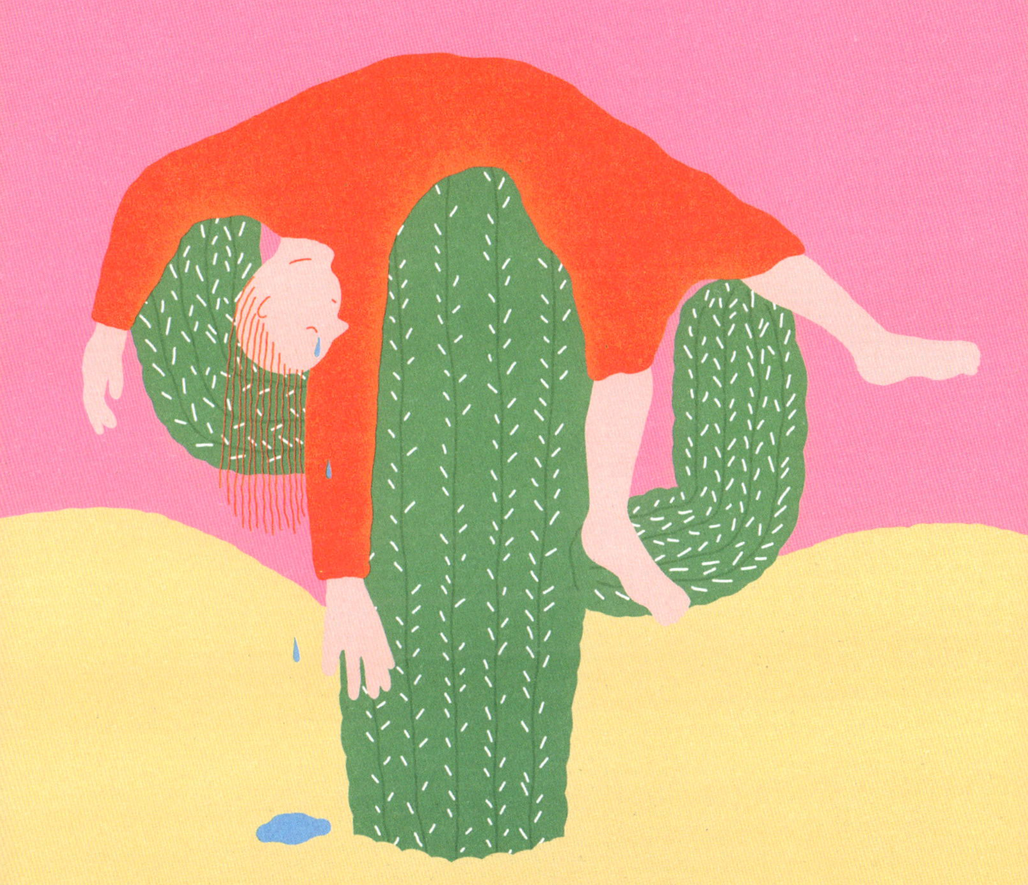

너를 안아줄 수가 없다.
같이 울어줄 수도 없다.
아무 말도 할 수 없다.

다만 네 가슴에 손을 대고 고통을 느낀다.
마치 내 것처럼.
우리는 고통의 동지니까.

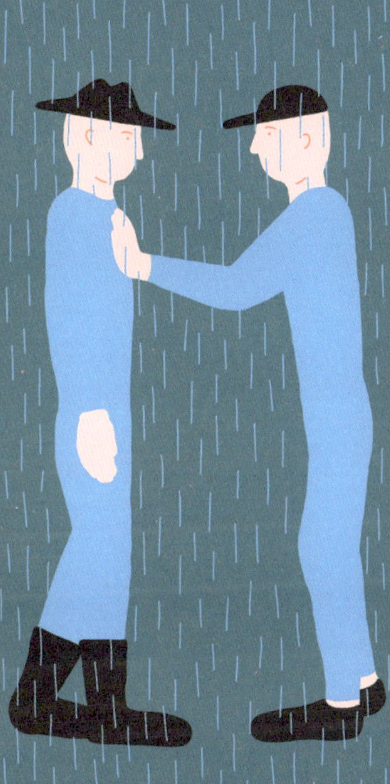

"증세가 아주 심각해. 하루 종일 네 목소리만 들려."
"걱정 마. 검은 머리가 파뿌리 될 때까지 치료해줄게."

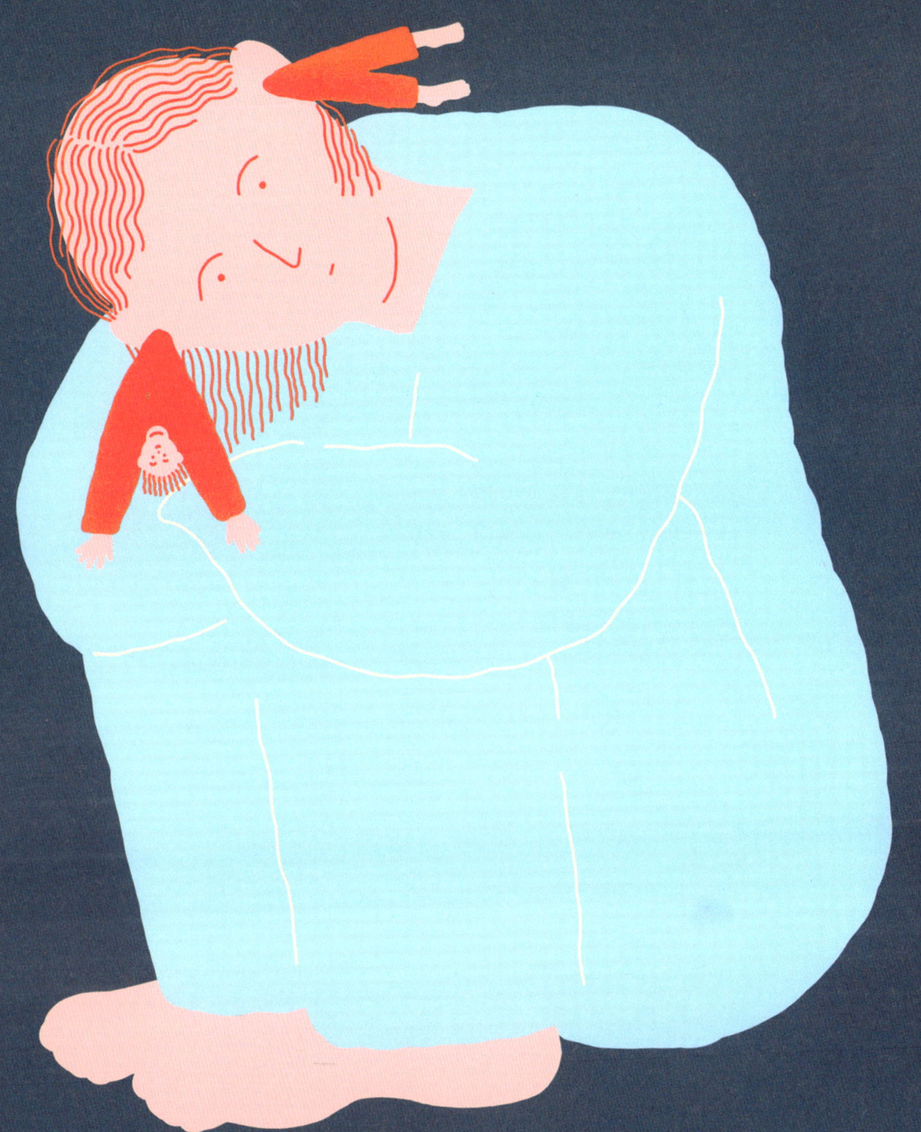

—— 자유낙하에는 공평한 면이 있어.
무겁다고 빨리 떨어지지는 않거든.
　　말하자면 토끼나 우리나 똑같은 속도로 떨어진단 말이지.
　　　　하지만 먼저 뛰어내린 놈이 먼저 땅에 닿기는 해.

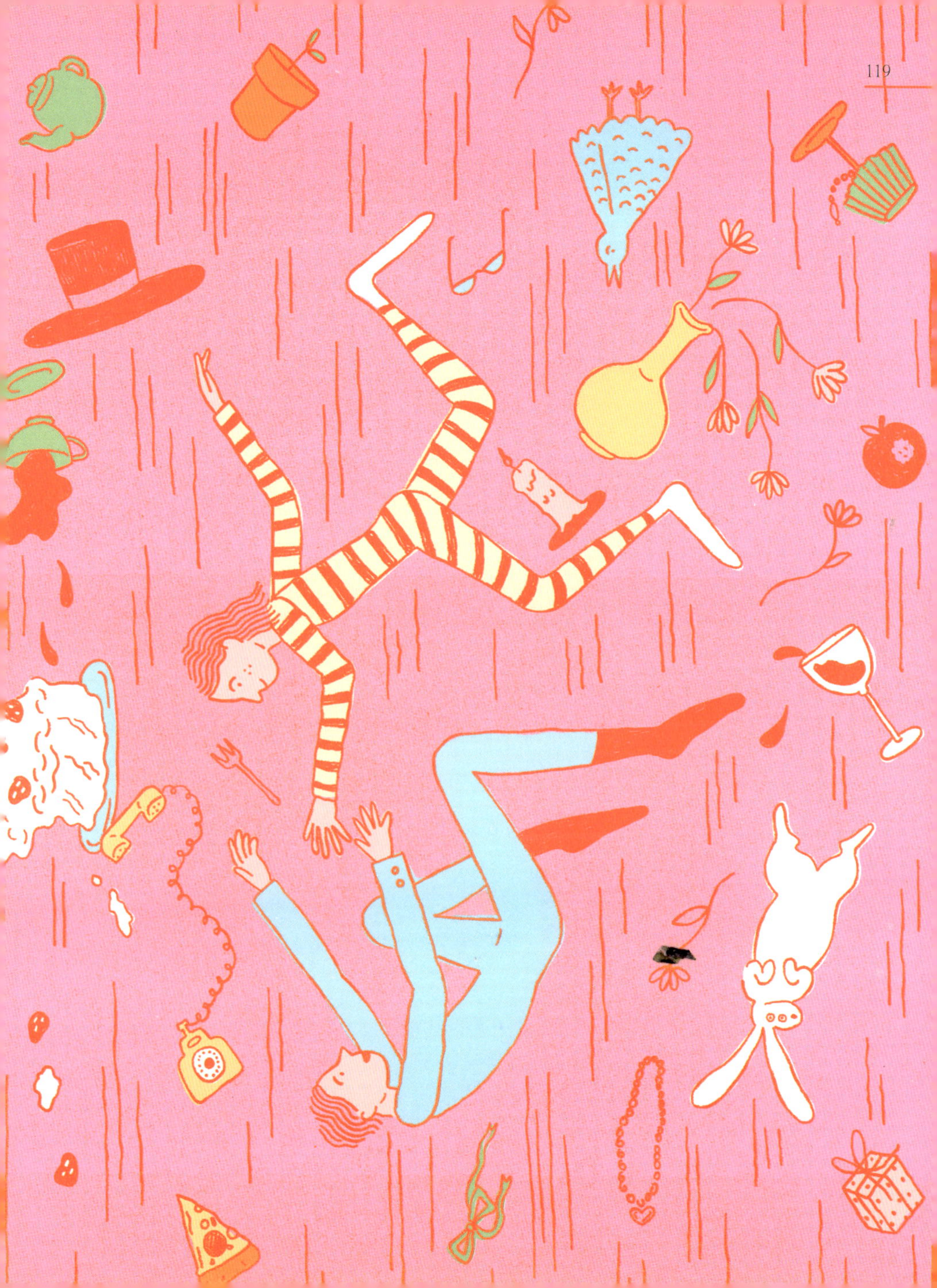

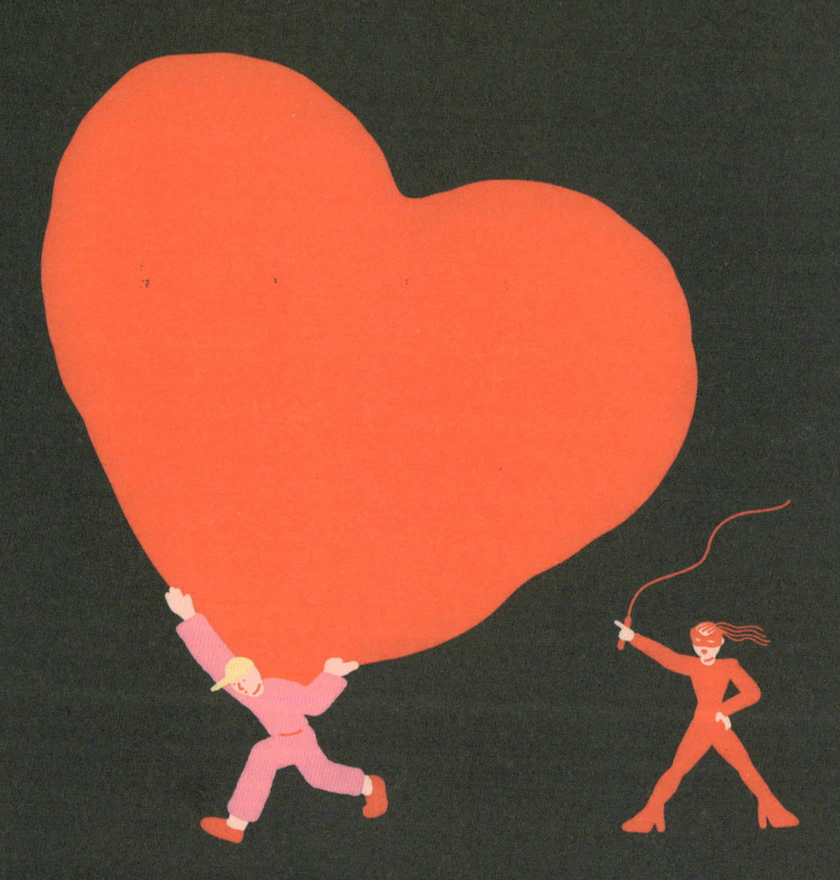

사랑이 나를 짓누를 때가 있어.
당신은 말하지.
내가 선택한 사랑의 무게를 견디라고.
사랑이 그렇게 쉬운 줄 아느냐고.
채찍질하는 당신도 힘들다고.

나도 알아.
사랑이 쉽지 않다는 걸.
하지만 제발 그 앙칼진 채찍을 내려놓고
그 무서운 가면을 벗어놓고
나를 조금만 이해해주면 안 될까?
그게 당신이 선택한 사랑이 되면 안 될까?

—— 달려!
너의 결승점을 향해 아직 웃으며 달릴 수 있을 때 힘껏 달려.
얼마나 멀리 뛸지는 각자의 몫이야.
남의 결승점을 바라볼 필요는 없어.
달리다 지쳐서 멈출 수는 있지만 포기하지는 마.
때로는 결승점이 바뀔 수도 있어.
그저 쉬운 걸 선택한 게 아닌 한 바뀌면 바뀐 대로 의미가 있어.
너의 힘찬 달리기를 응원할게!

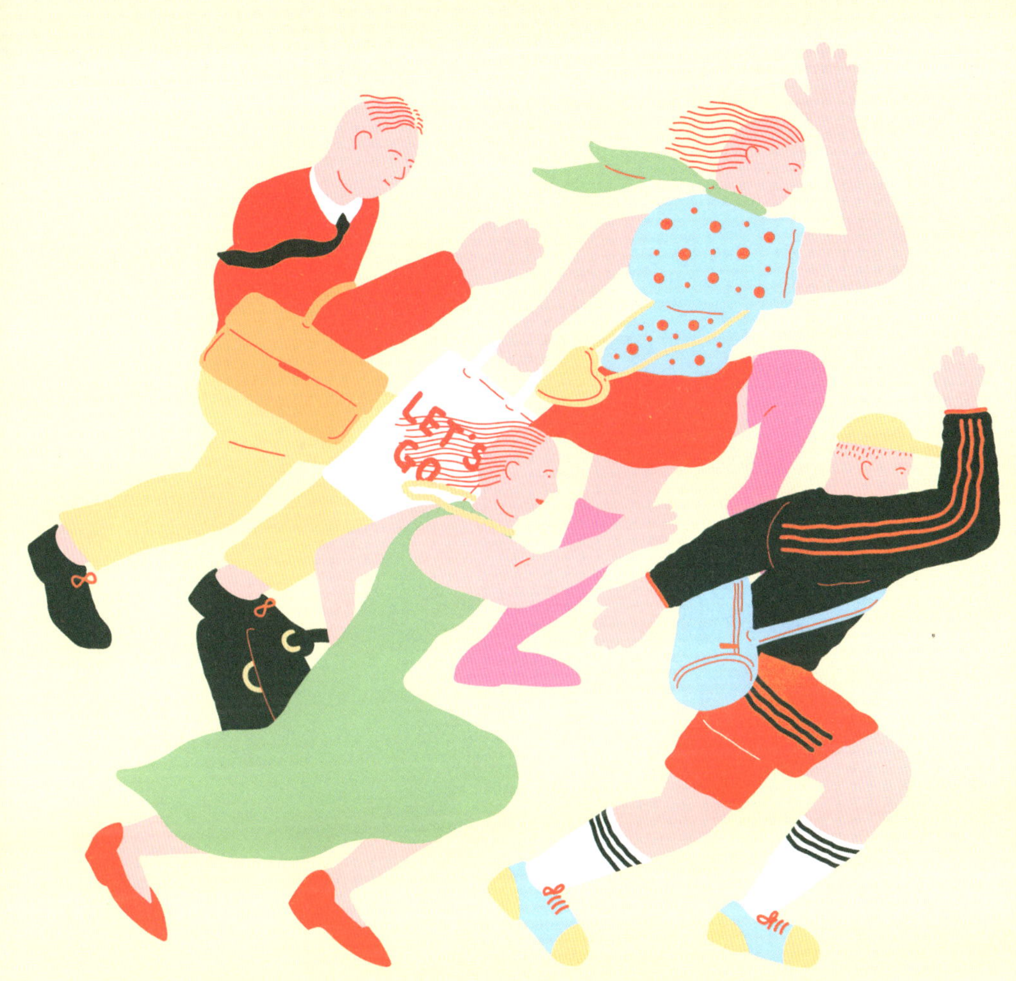
LET'S
GO

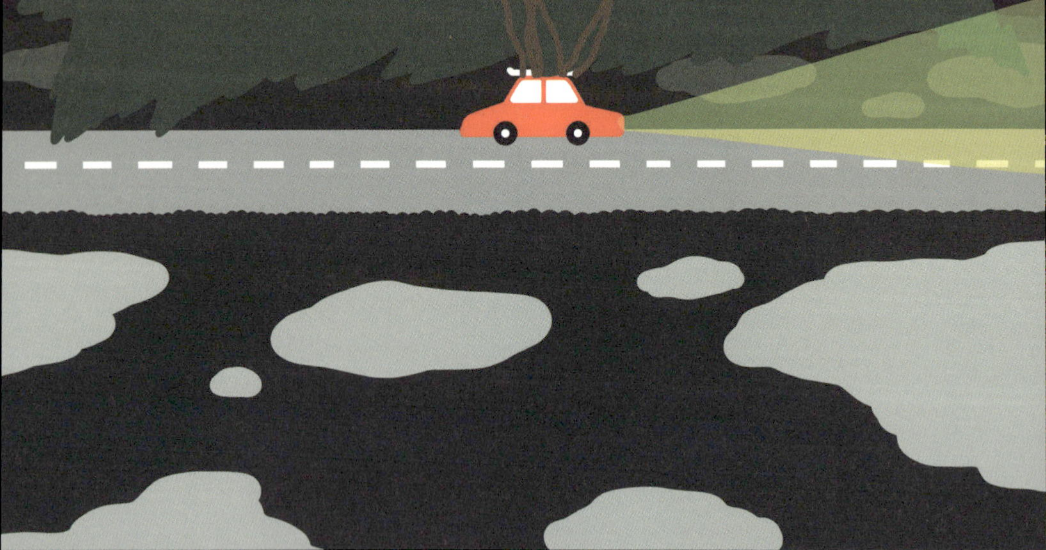

당신이 간절히 원한다면
아무도 상상하지 못한 일을 해낼 수 있어.
특수부대 중사처럼 대담하고 신속하게!

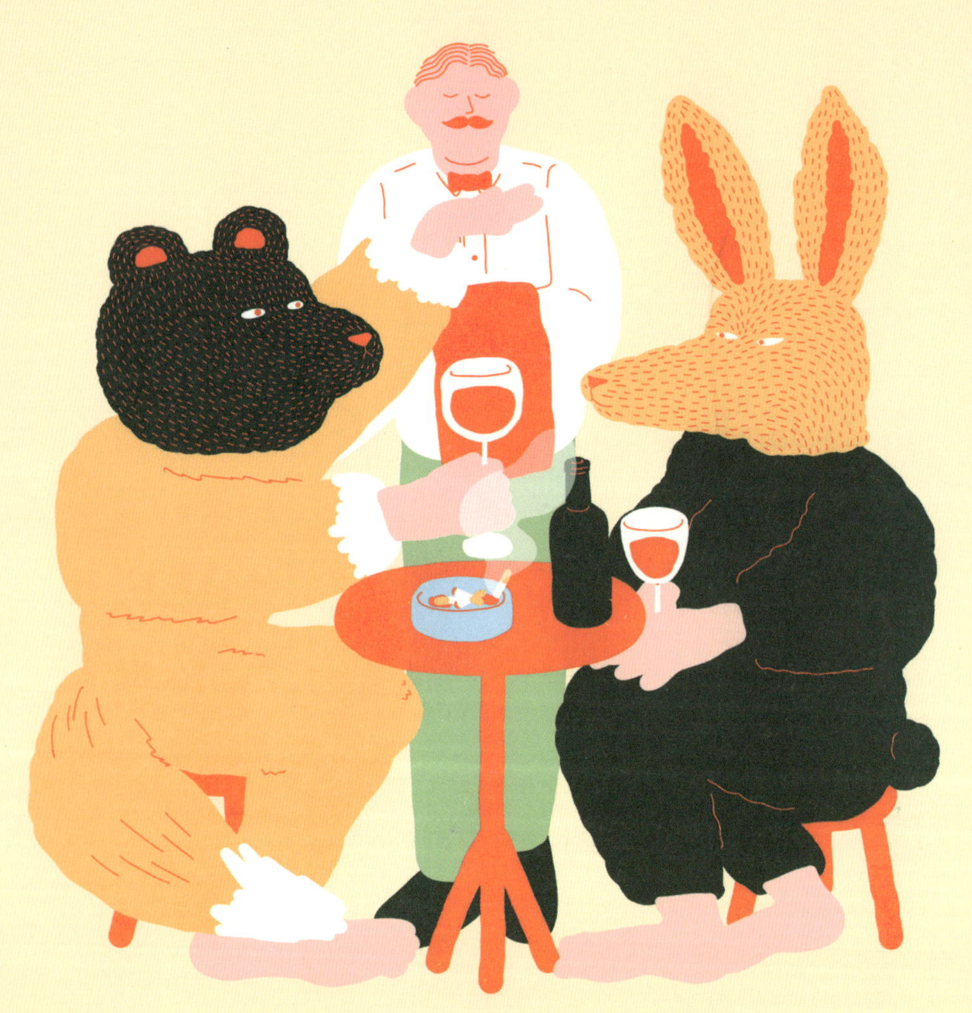

어느 날 여우와 곰이 만났다.
곰은 여우가 꾀가 많다는 걸 안다.
여우는 곰이 힘이 세다는 걸 안다.
여우는 곰에게 지지 않으려고 힘이 센 척했다.
곰도 여우에게 지지 않으려고 꾀가 많은 척했다.
얼마 지나지 않아 여우는 곰에게 꾀가 없다는 걸 알아차렸다.
곰도 여우가 힘이 세지 않다는 걸 금방 알아차렸다.
둘은 껄껄 웃으며 악수했다.
"서로 없는 걸 있는 척하기보다는 힘을 합치는 게 좋겠어!"

―― 아, 망한 것 같아!
어제 달달 외운 말들이 왜 생각나지 않는 걸까?
손에는 땀이 흐르고 등줄기가 서늘하네.

하지만 정신 차리고 버텨야 해.
아직 만회할 기회가 있을 거야.
나는 정말 괜찮은 사람이거든.
나를 놓치면 당신들 손해라고!

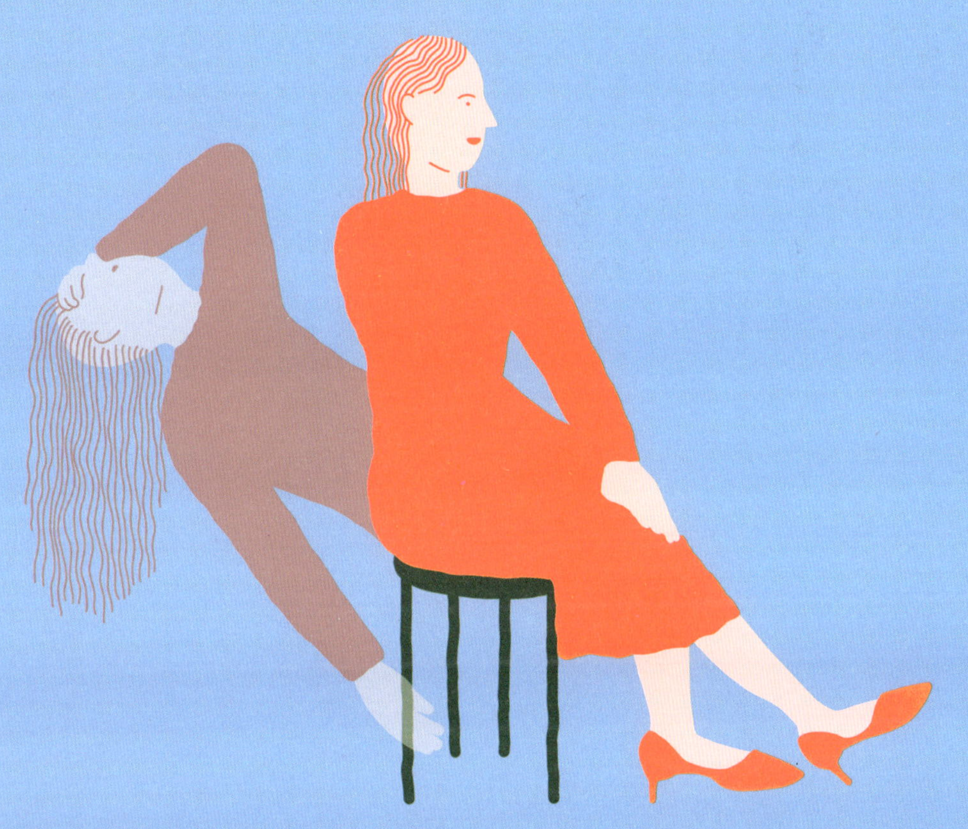

—— 느린 것은 빨라지기 어렵지만
빠른 것은 멈추기 어려운 법이래.

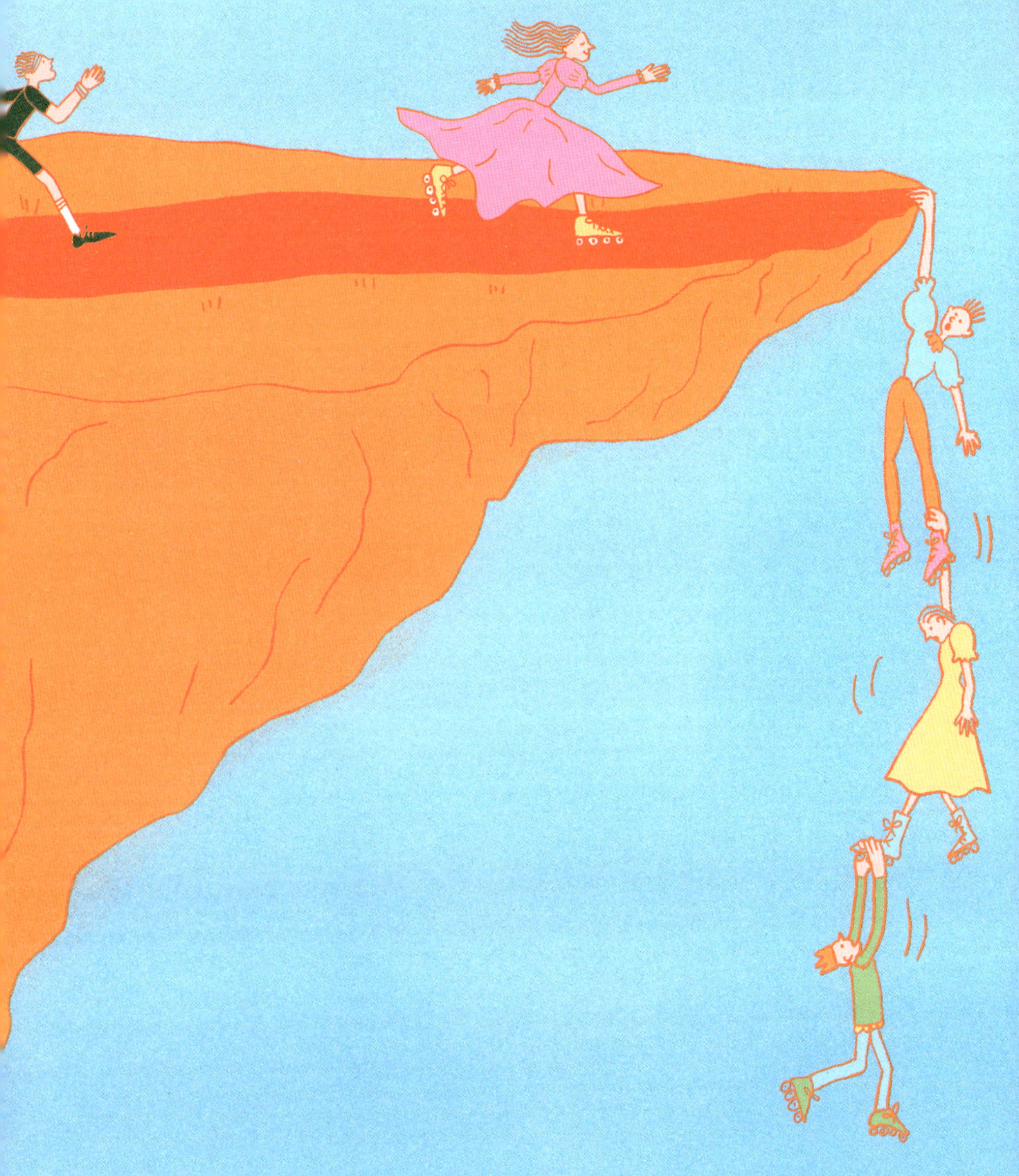

—— 가끔은 속도를 줄이고 고개를 돌려 늘푸른 나무를 바라봐.

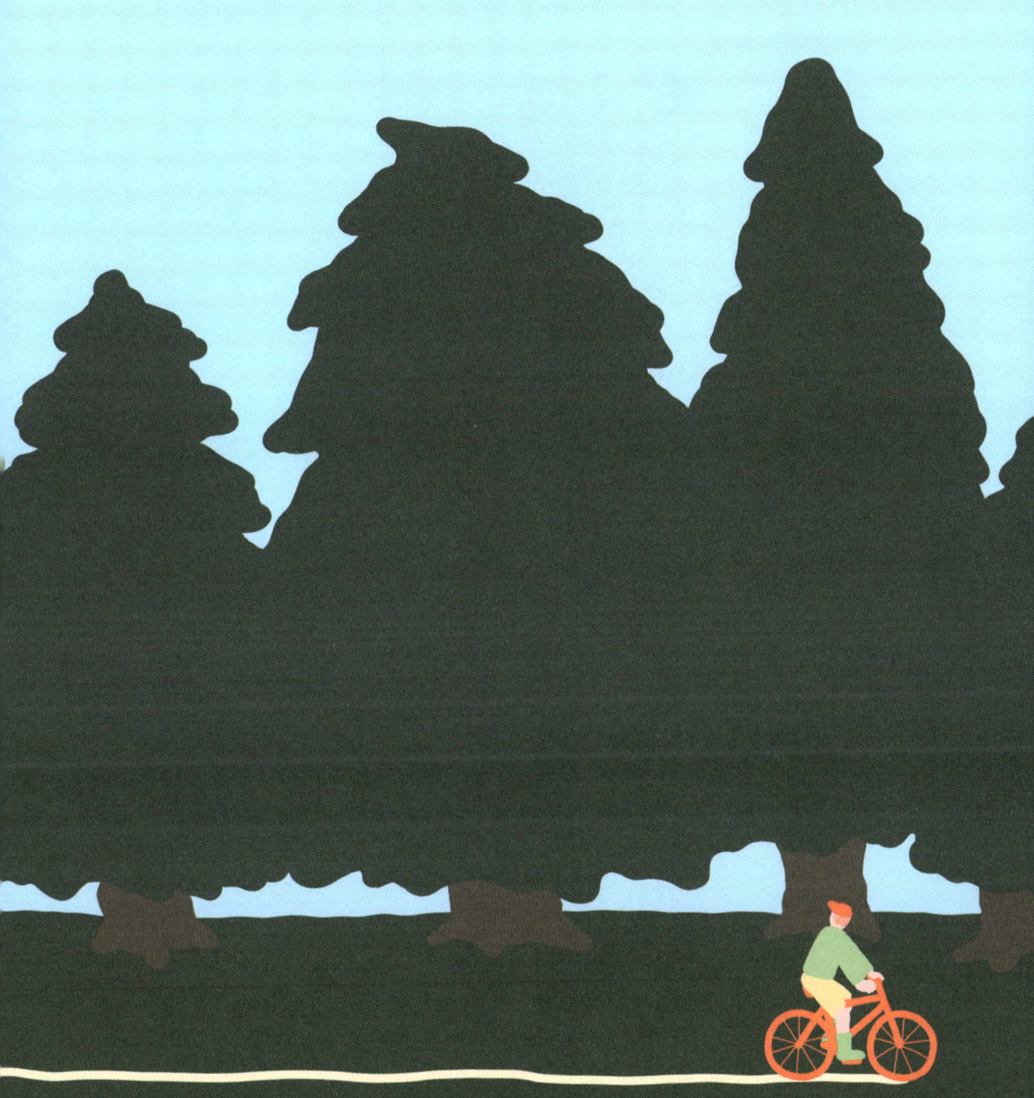

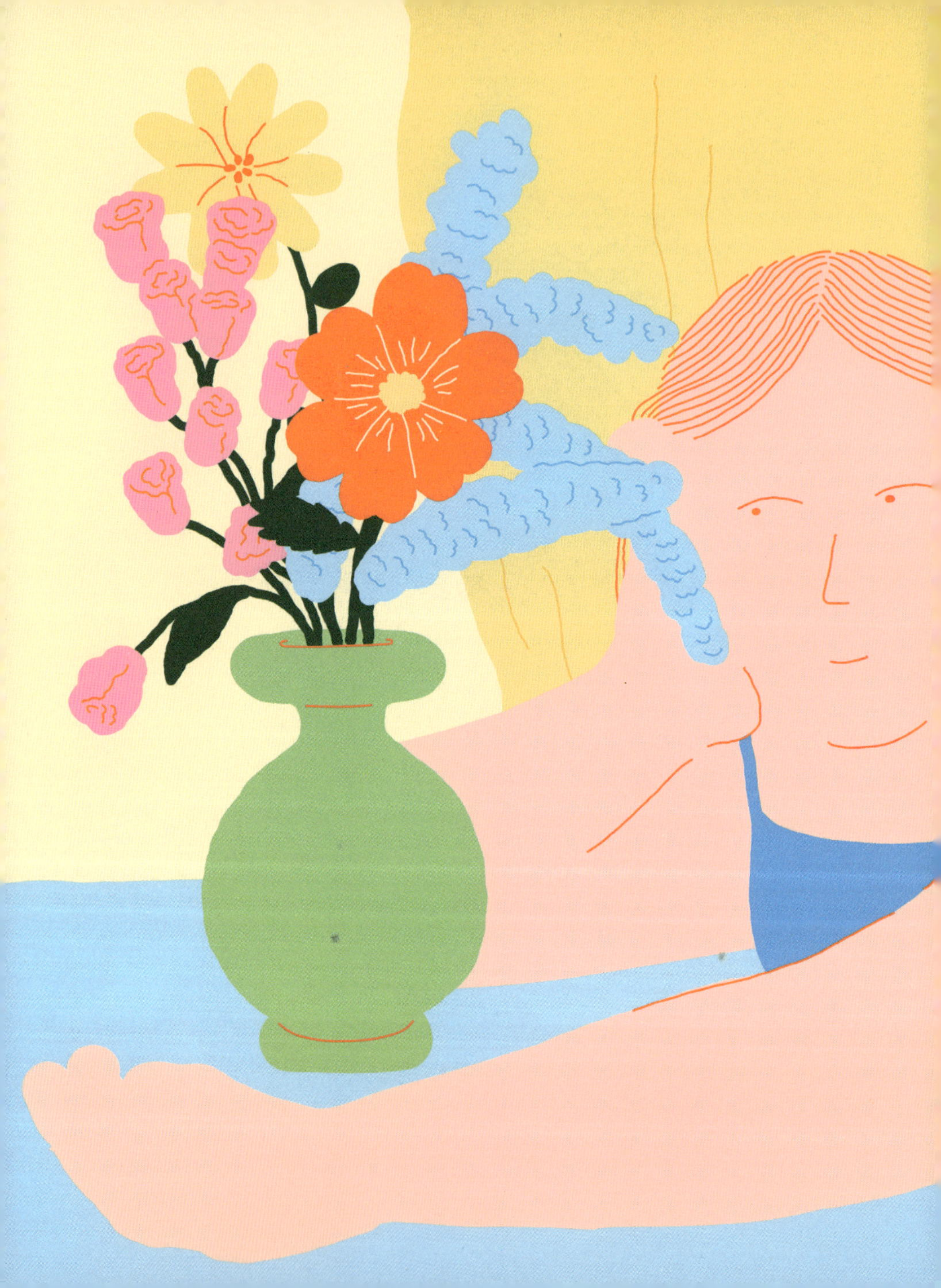

아무 약속이 없는 일요일 아침.
어제 산 예쁜 꽃을 바라보며 고민에 빠진다.
휴일이 하루밖에 안 남은 건지,
아니면 하루나 더 남은 건지.

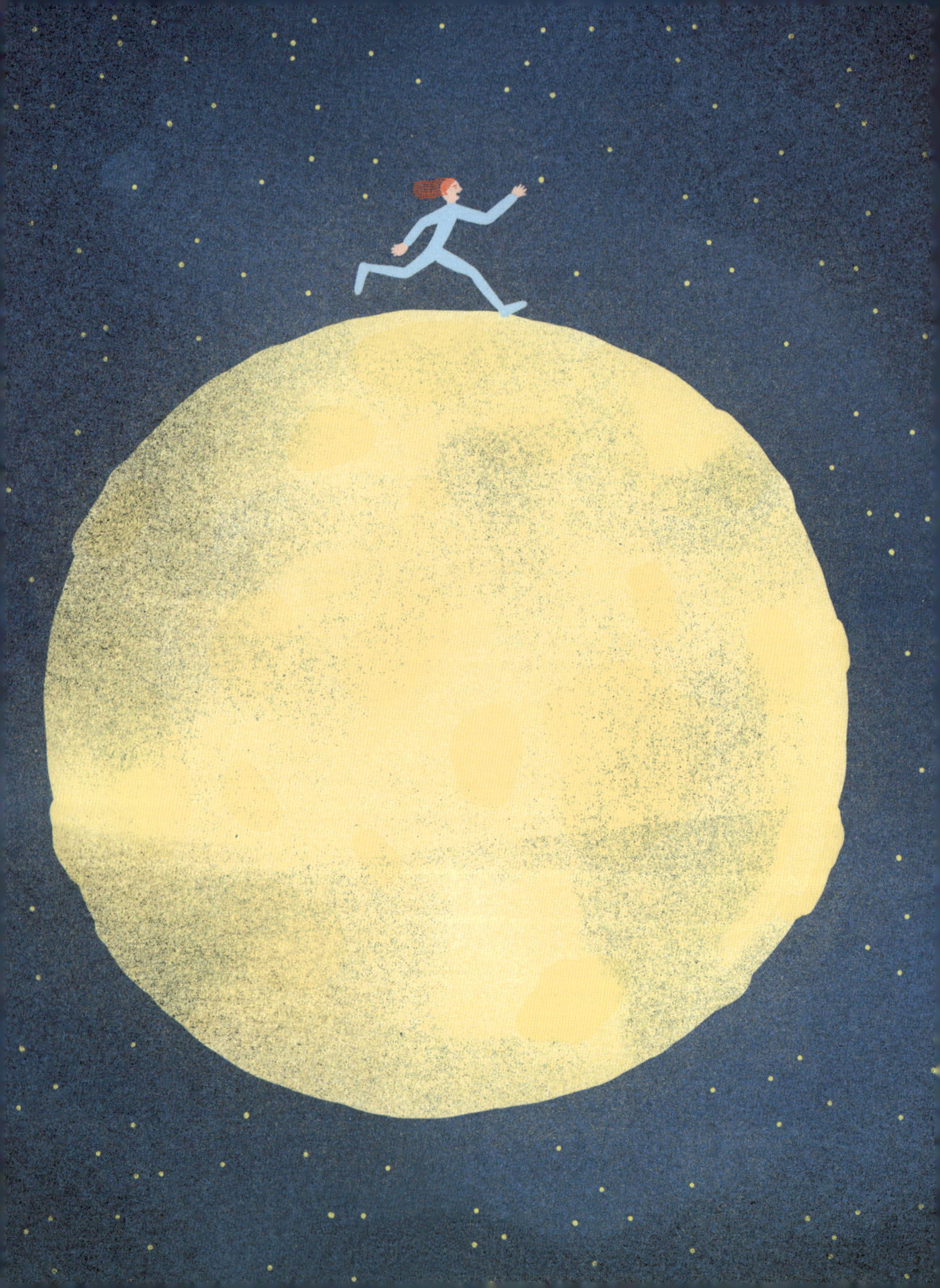

달에 가면 별을 쉽게 딸 수 있을 것 같지만
거기서 보면 지구에서 별 따는 게 쉬워 보일걸.

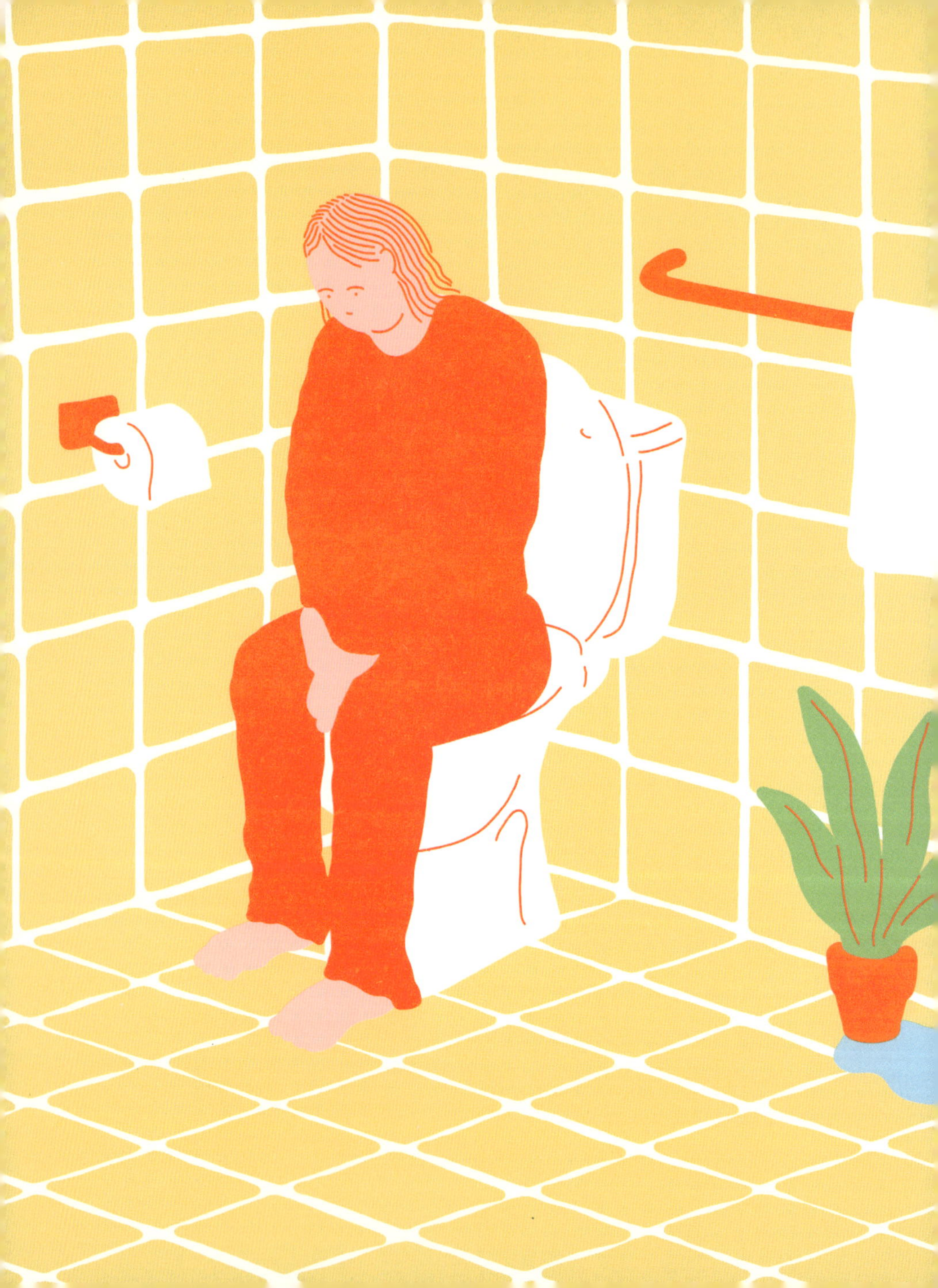

말로 설명할 수가 없네.

꼼짝도 못 하고 한참을 화장실에 앉아 있었어.

세상이 무너져내렸고 두려움이 거대한 파도처럼 끊임없이 나를 덮쳤지.

숨을 쉴 수가 없었어.

그러다가 고개를 들고 간신히 정신을 차렸는데 문득 네 충고가 떠올랐어.

"몸을 다치면 병원에 가듯 마음을 다쳐도 꼭 병원에 가야 하는 거야."

—— 위기를 기회로 만드는 내 비장의 무기는
돌파하겠다는 굳은 마음뿐!

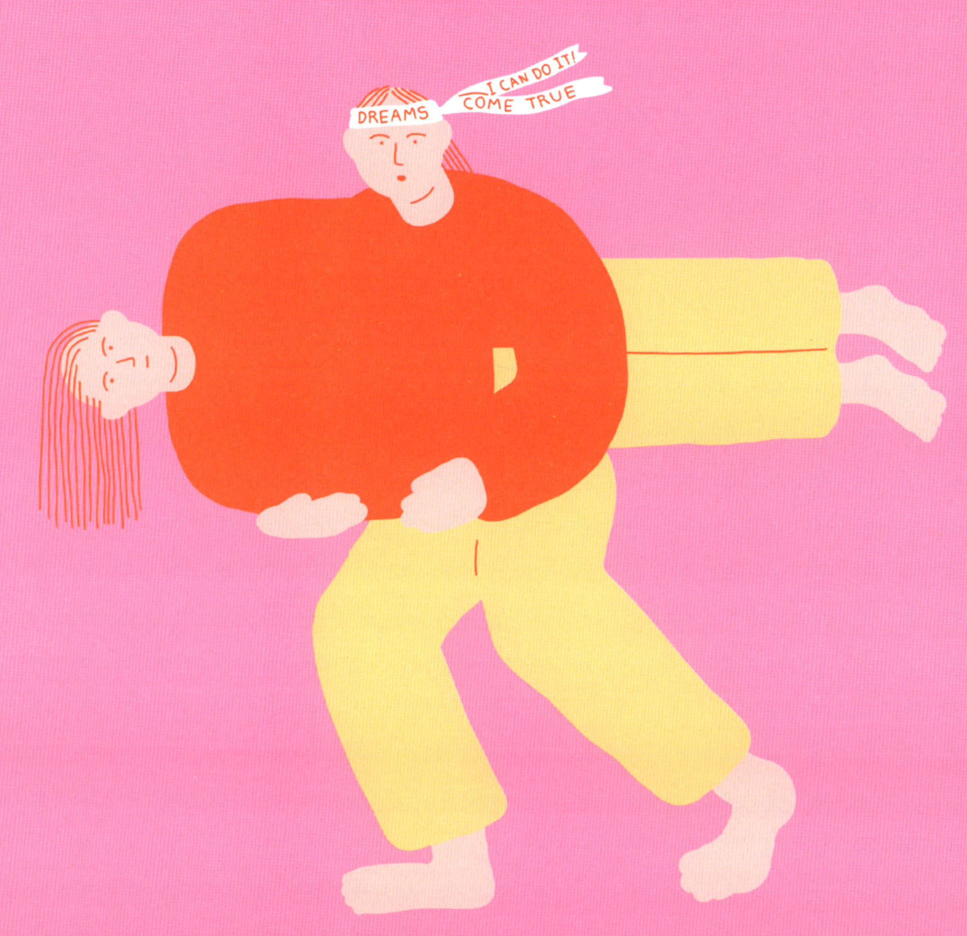

DREAMS
I CAN DO IT!
COME TRUE

────── 내가 무너져 절망하고 있을 때 당신은 내게 다가와
맑은 눈으로 바라보며 따뜻한 손을 내밀었지.

그제야 깨달았어.
최악의 시간에도 최선이 찾아올 수 있다는 걸.
내가 쓰러졌기에 당신을 만날 수 있었다는 걸.
절망은 희망으로 가는 길목에 있다는 걸.

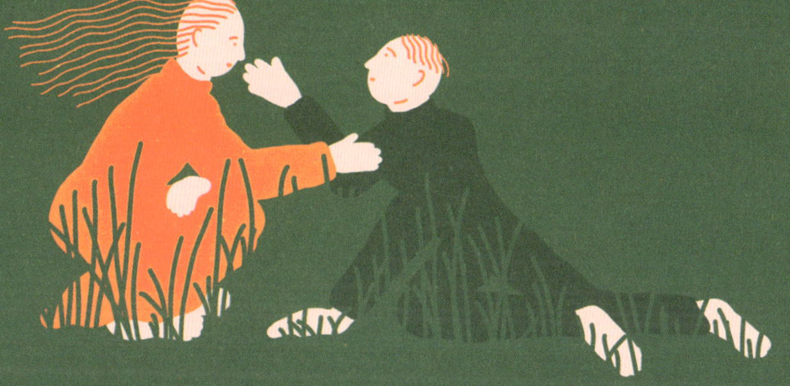

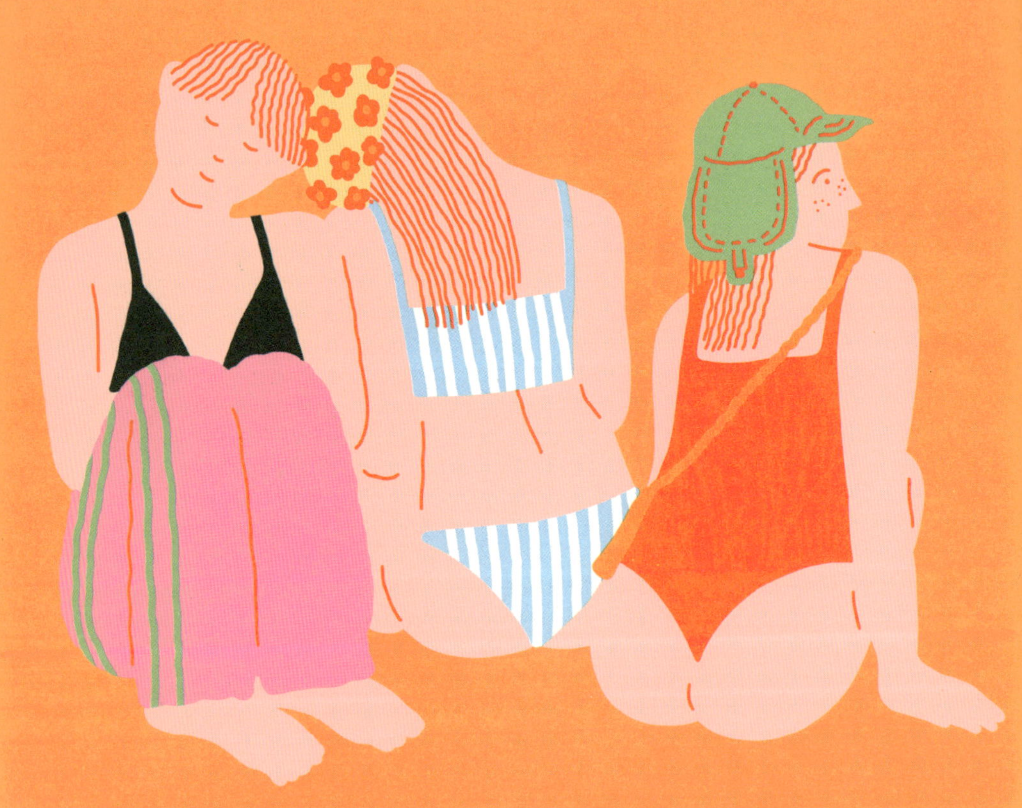

왜 그렇게 화가 났어?
모자가 더워 보인다는 거지,
해변이랑 안 어울린다는 말은 아니었어.
네가 안 덥다면 그만이지.
네 개성을 나도 존중한다고.
이제 그만 화 풀어, 응?

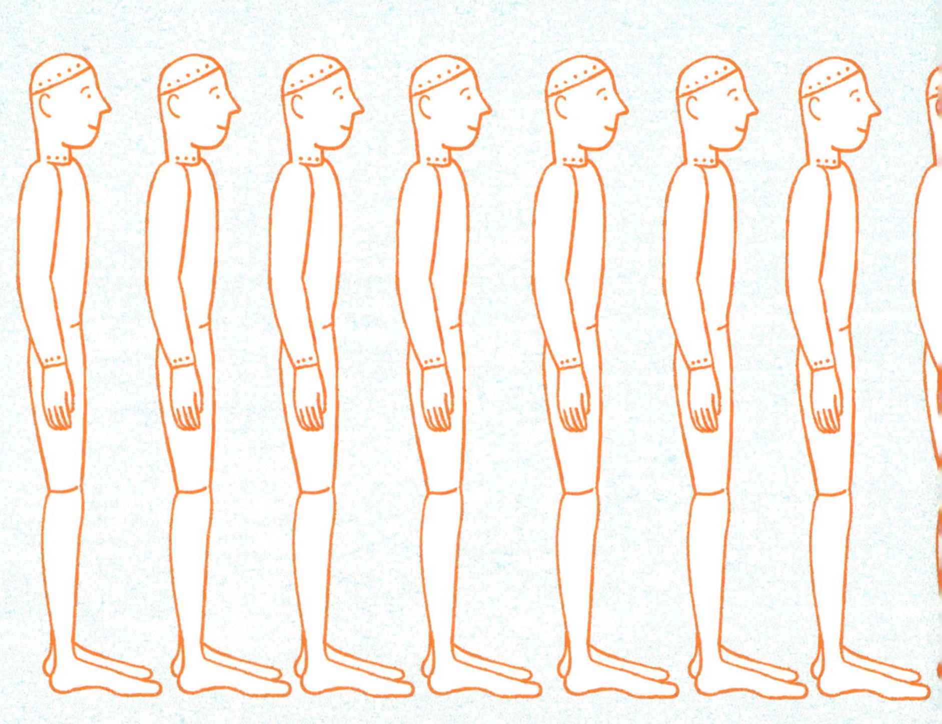

"미안. 너희는 지금 불쾌한 골짜기에 있어.
나중에 나와 좀 더 닮게 되면 그때 인사할게."
"미안. 그때는 우리가 손을 내밀지 않을 가능성이 99.99퍼센트야."

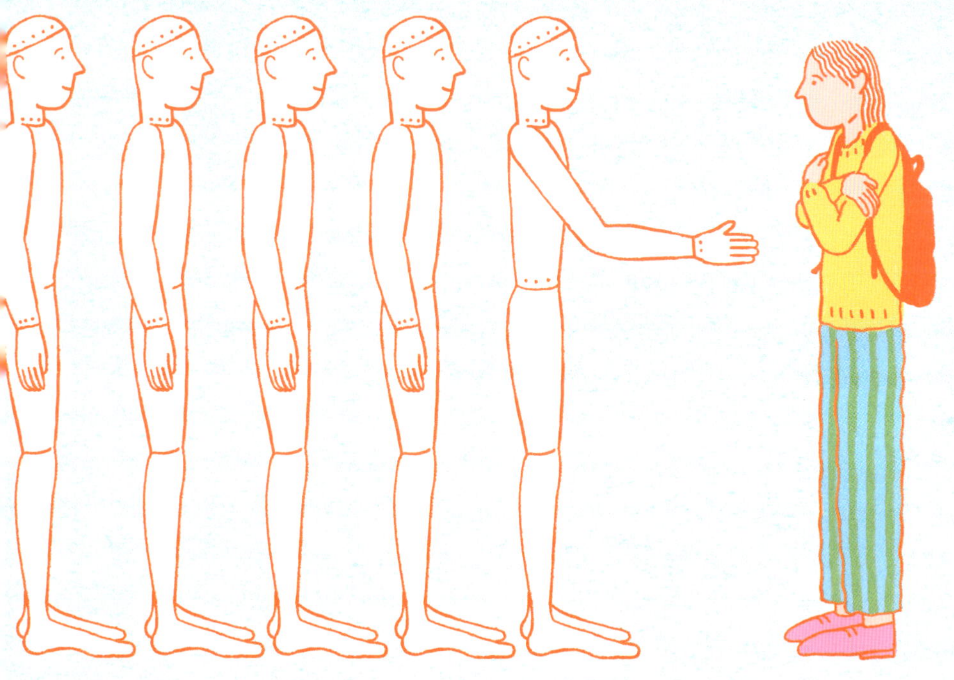

—— 사랑말고는 노래할 수 없어서 노래하고 싶지 않아서 사랑을 노래한다.
제대로 사랑 한번 못했지만 그래도 나는 사랑을 노래한다.
세상에 흔해 빠진 사랑을, 내게는 너무 귀한 사랑을
목이 쉬도록 손가락이 부르트도록.

시간은 빨리 흐르고 사람들은 왔다가 가지만
사랑이 영원하다면 내 노래도 영원할 테니.

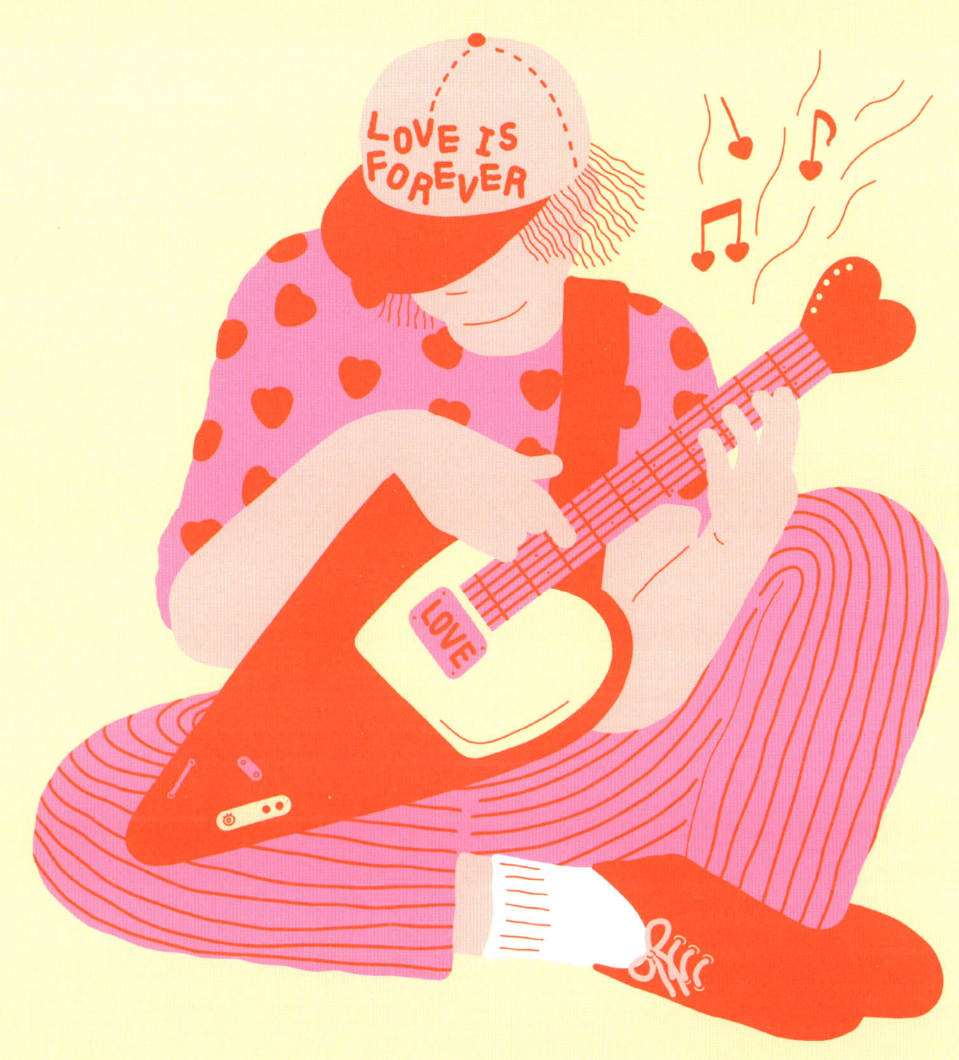
LOVE IS
FOREVER
LOVE

—— 나이가 들수록 짊어져야 할 짐이 늘어나지.
어른이 되어가는 과정이야.
　　무거워 보이는 짐은 나 몰라라 하고 가벼운 짐만 들려고 한다면
　　평생 어린아이로 살아야 할 거야.
　　　　우리에게 이것만큼 나쁜 건 없어.

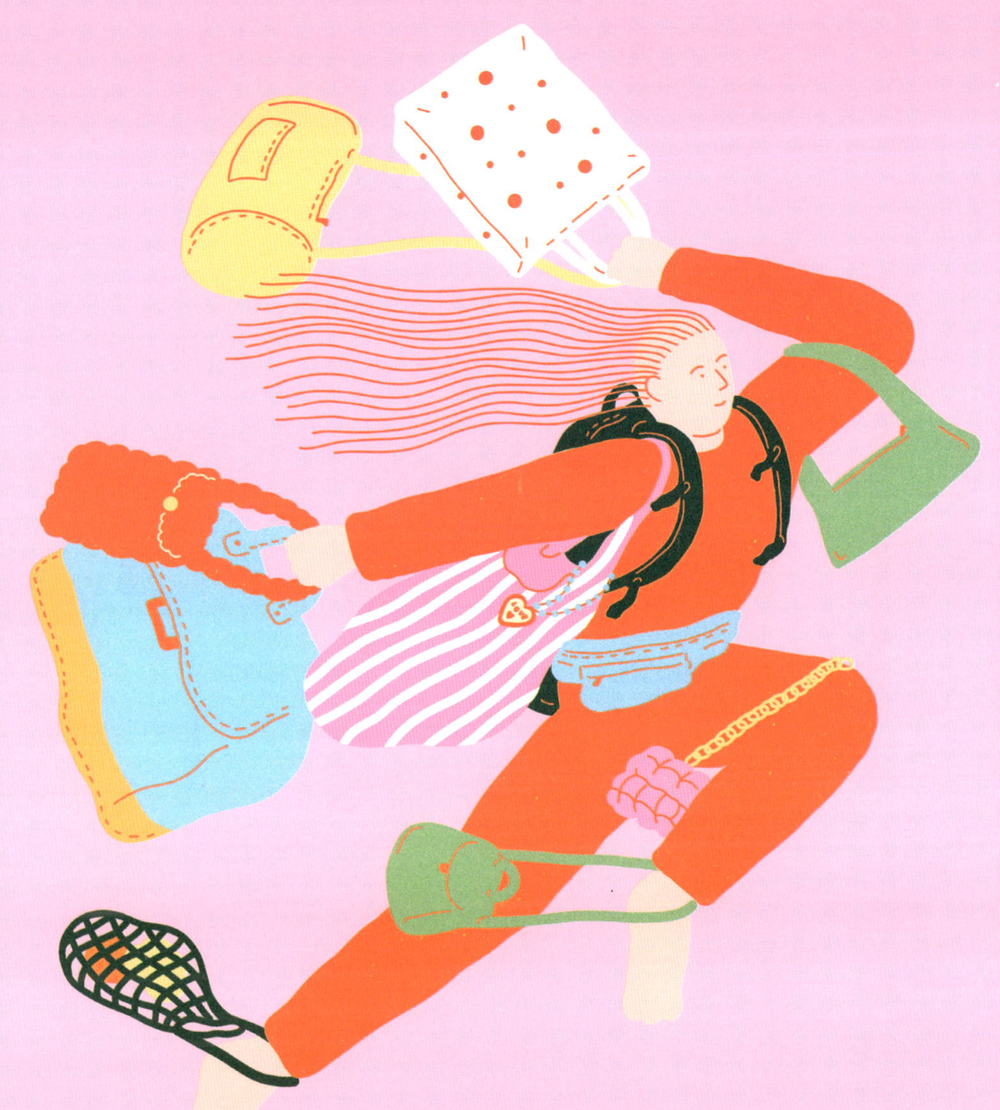

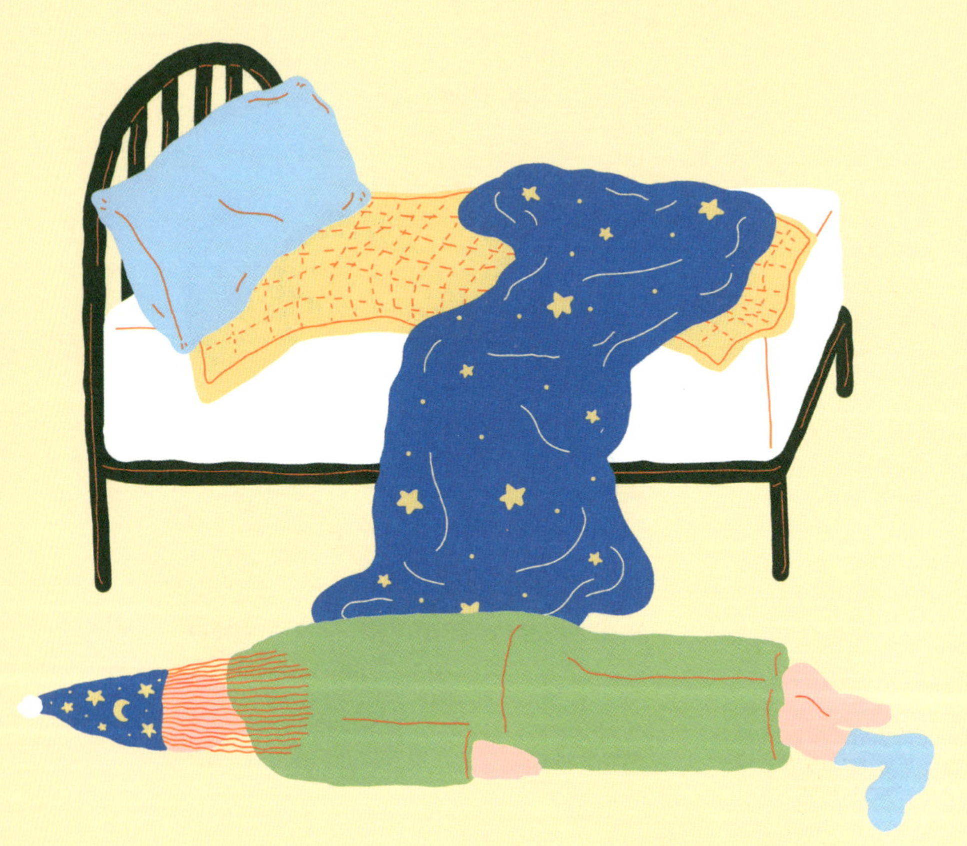

반짝이는 모든 게 금은 아니듯 ——
침대에서 떨어졌다고 잠에서 깨야 하는 건 아니야.

—— 마음을 담아 선물을 준비하고
그걸 전해주러 가는 길에 얻는 행복이야말로
선물을 주는 사람이 받는 가장 큰 선물이래.

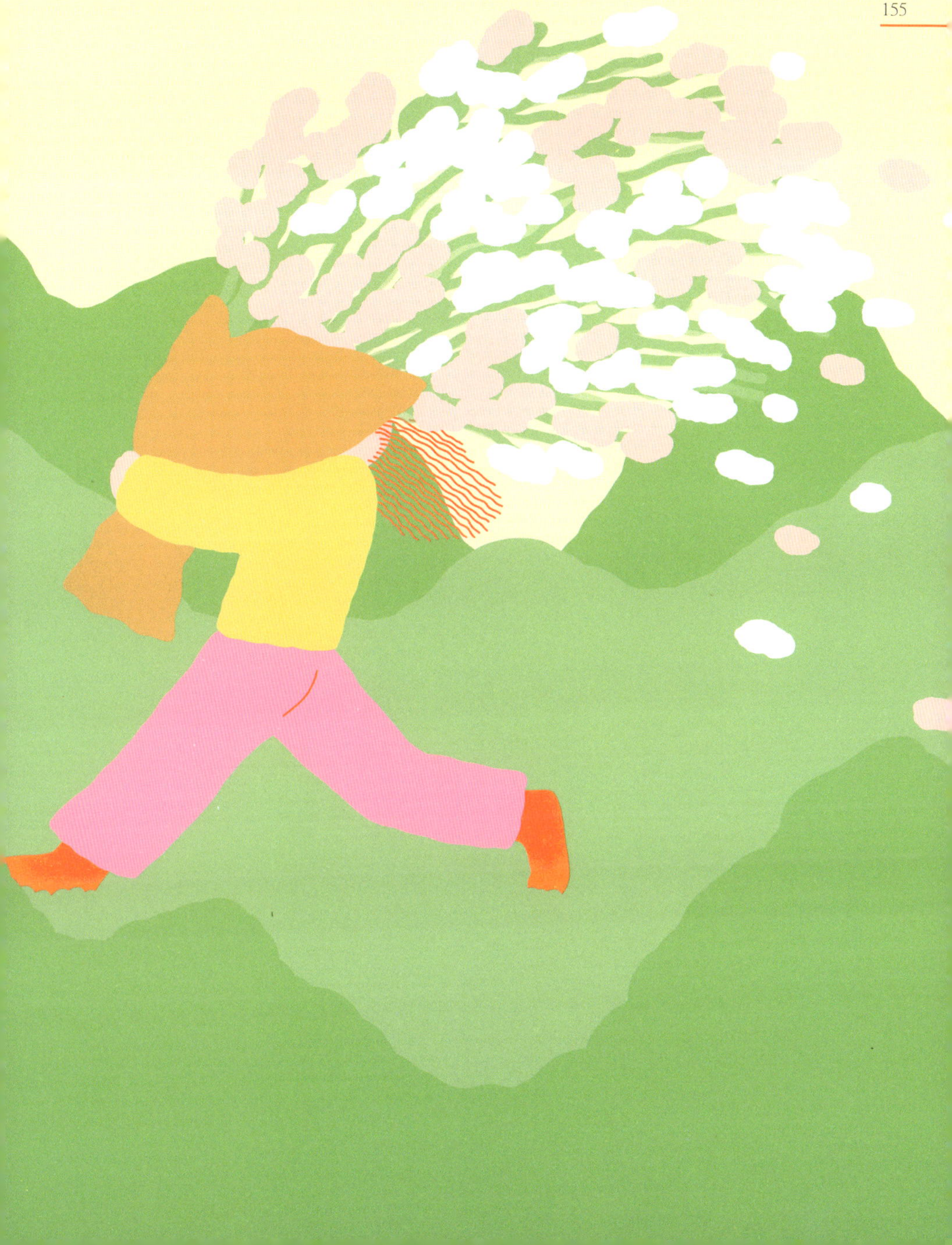

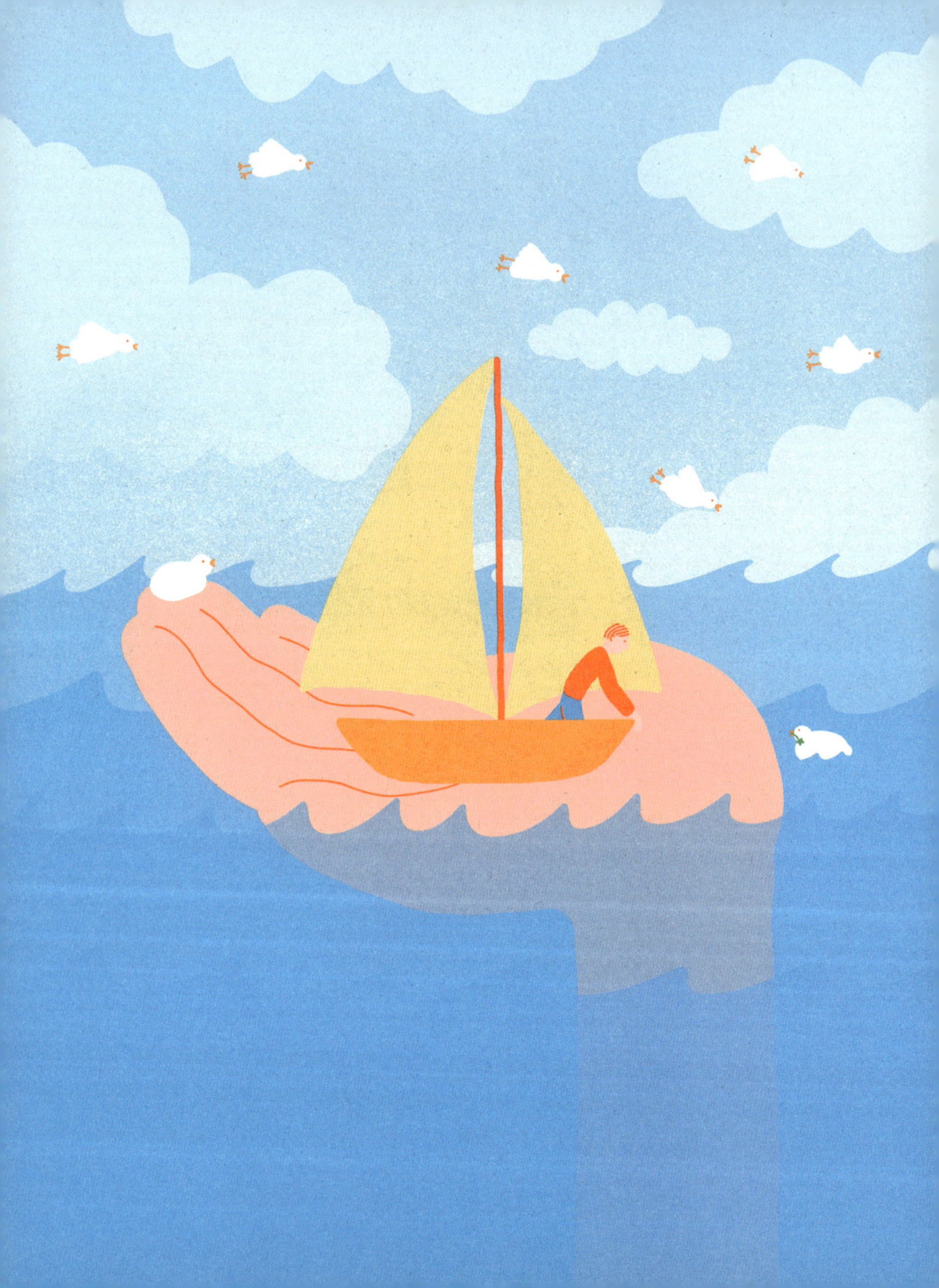

난 늘 혼자인줄 알았는데 그게 아니었어. ─────

작은 것에 감사하라는 말은
작은 것에도 감사하라는 말이지,
큰 것에는 감사하지 말라는 말이 아니야.

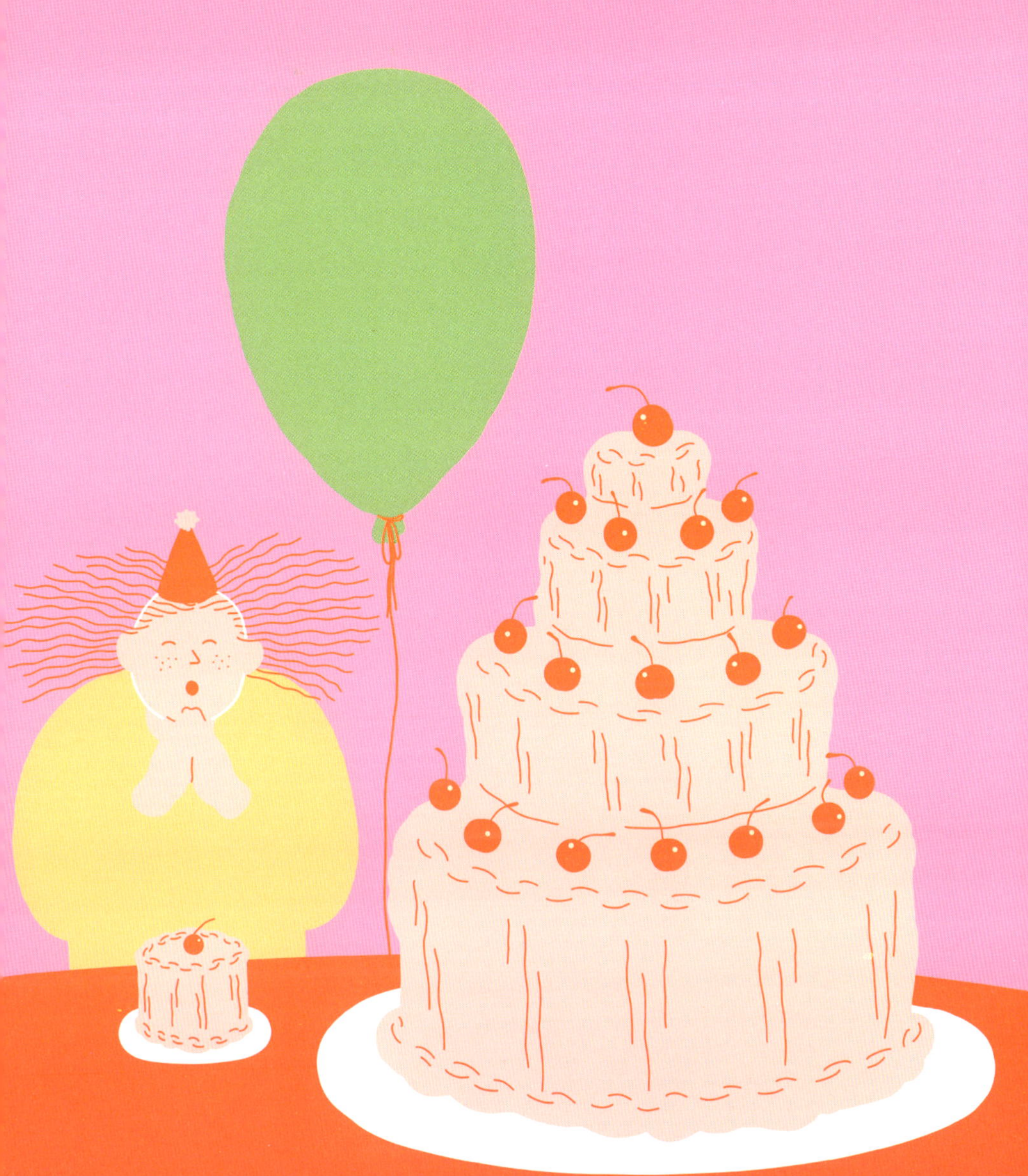

—— 드디어 작업 끝!

지금부터 나에게는 캐러멜 팝콘과 콜라를 먹으며
밤새도록 공포영화를 볼 권리가 생긴 거야.

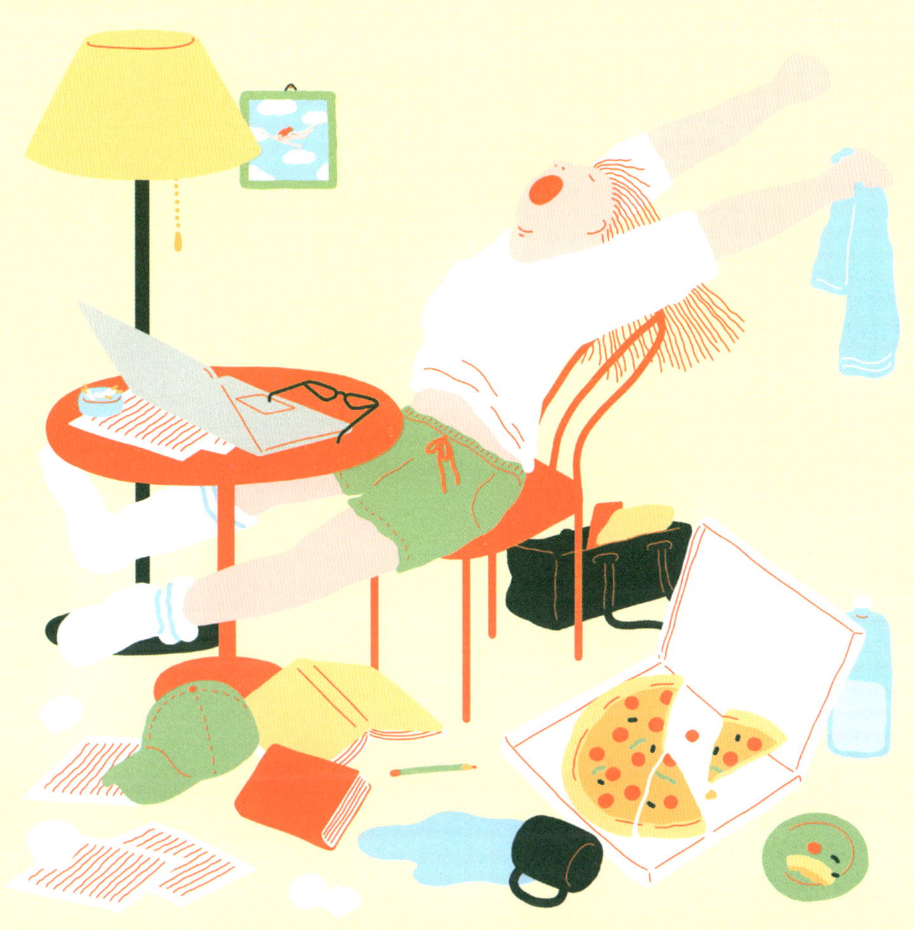

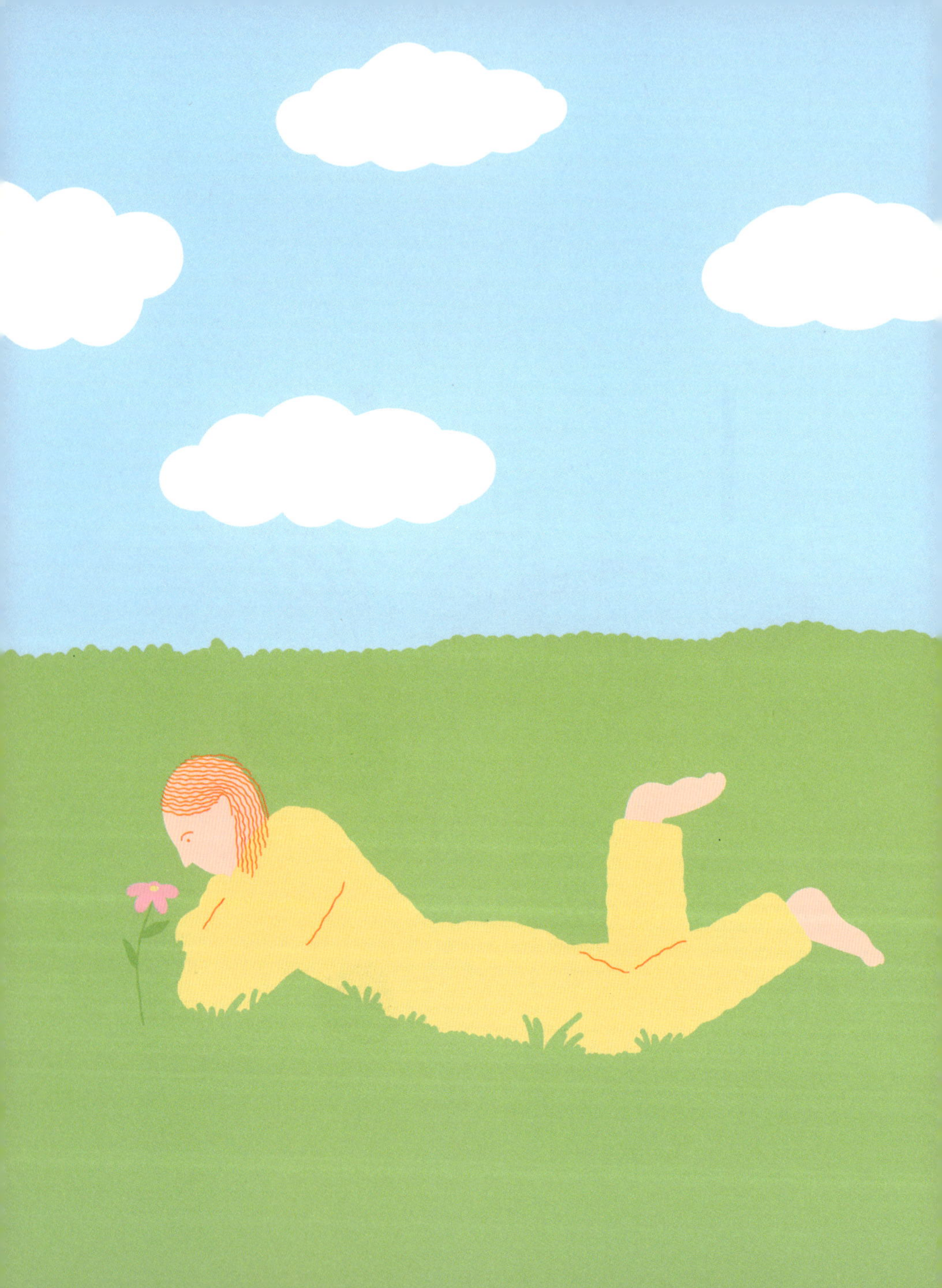

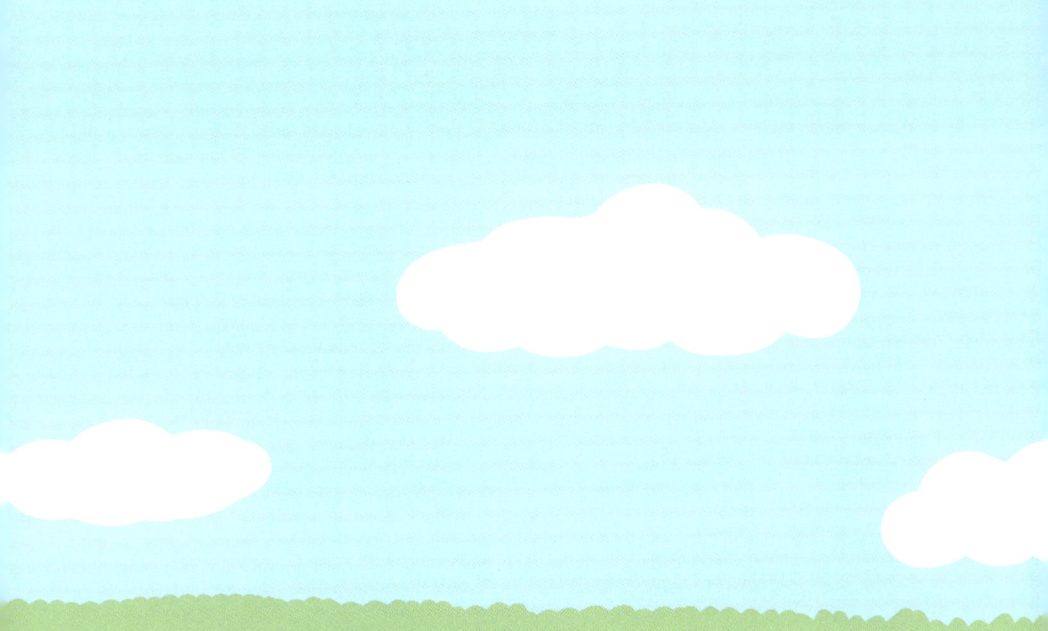

내가 네 이름을 불러주기 전에도
너는 변함없이 꽃이 아니었을까?

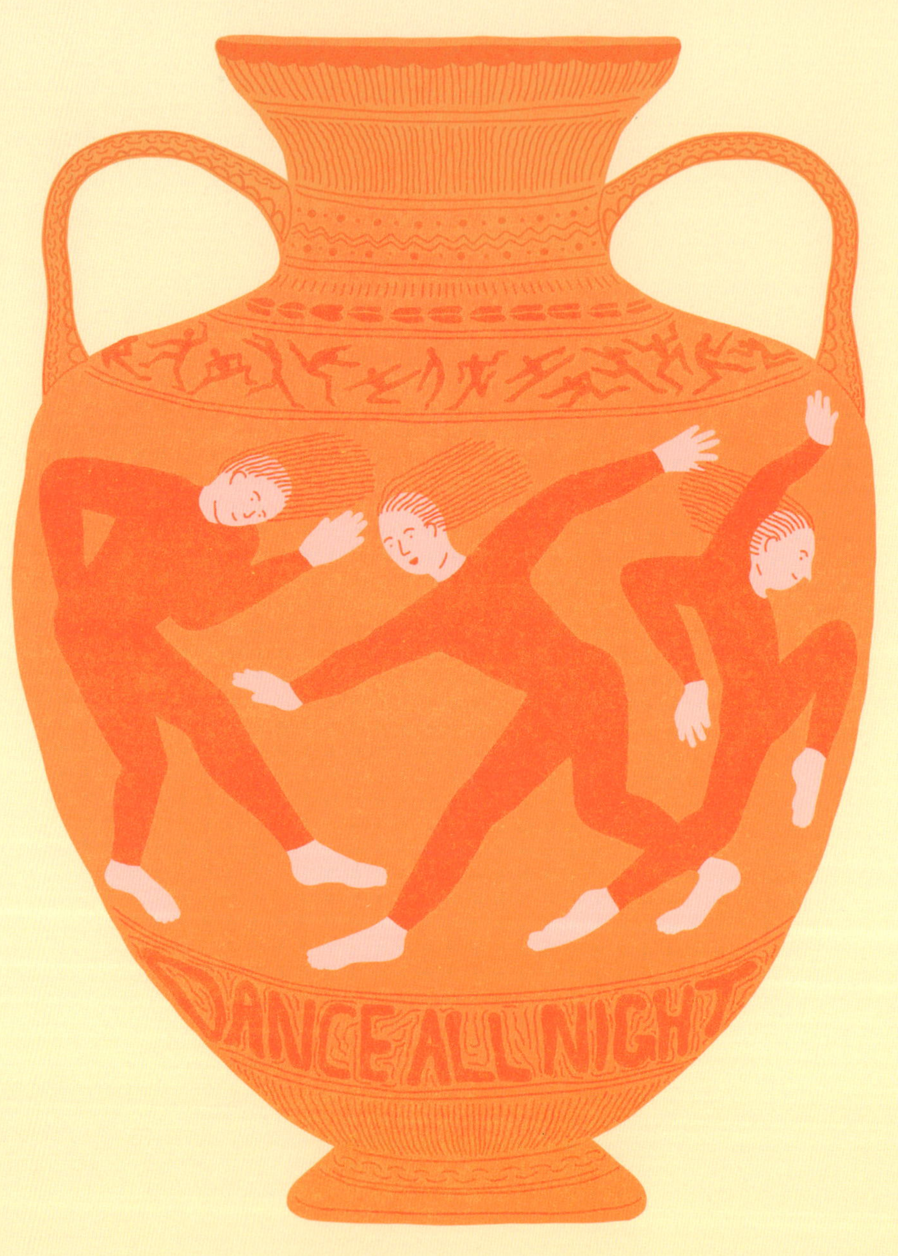

DANCE ALL NIGHT

세상이여, 나를 기억해다오.
모든 것을 걸었던 나의 춤을,
매 순간 자유로운 영혼이었던 나를.
그로부터 내 모든 몸짓이 나왔다는 걸.

내가 걸었던 모든 발걸음,
너무나 자주 길을 잃었던 그 발걸음이
내가 사랑했던 나의 삶이었다는 걸.

—— 아무리
어둡고
슬프고
화나고
두렵고
복잡하고
낯설어도
진실과 마주해야 할 때가 있어.

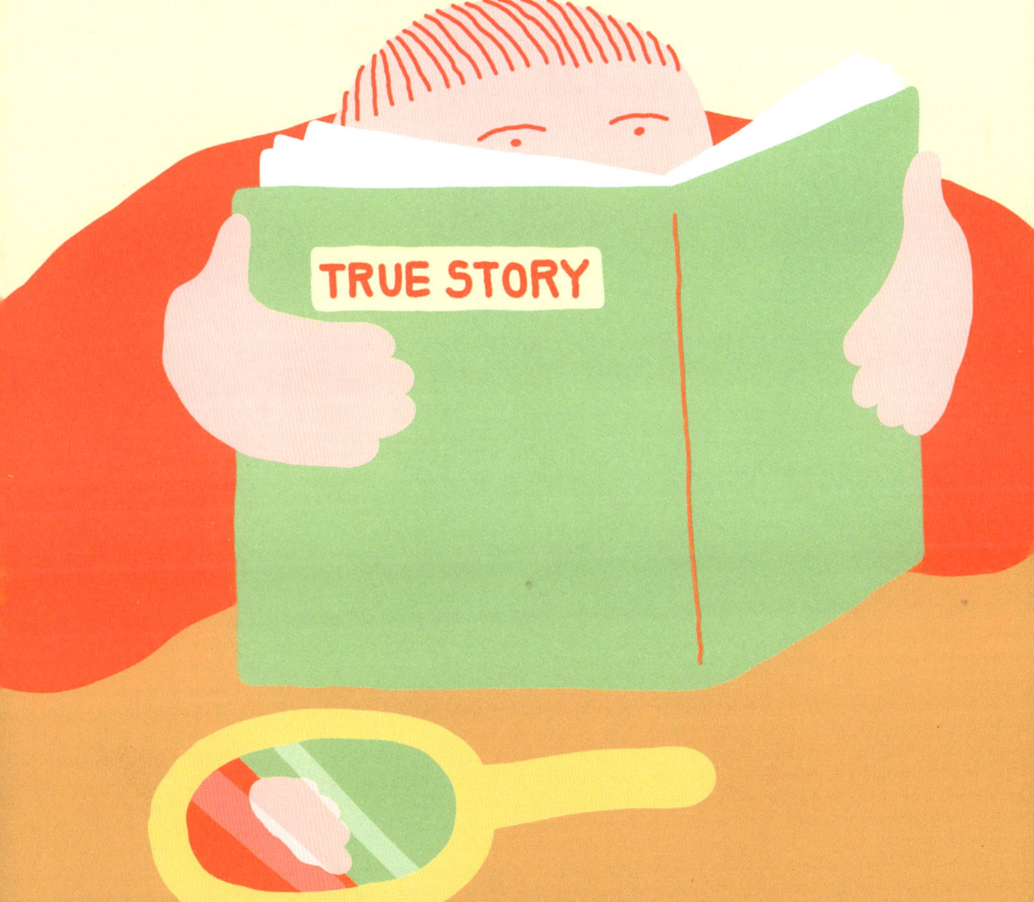
TRUE STORY

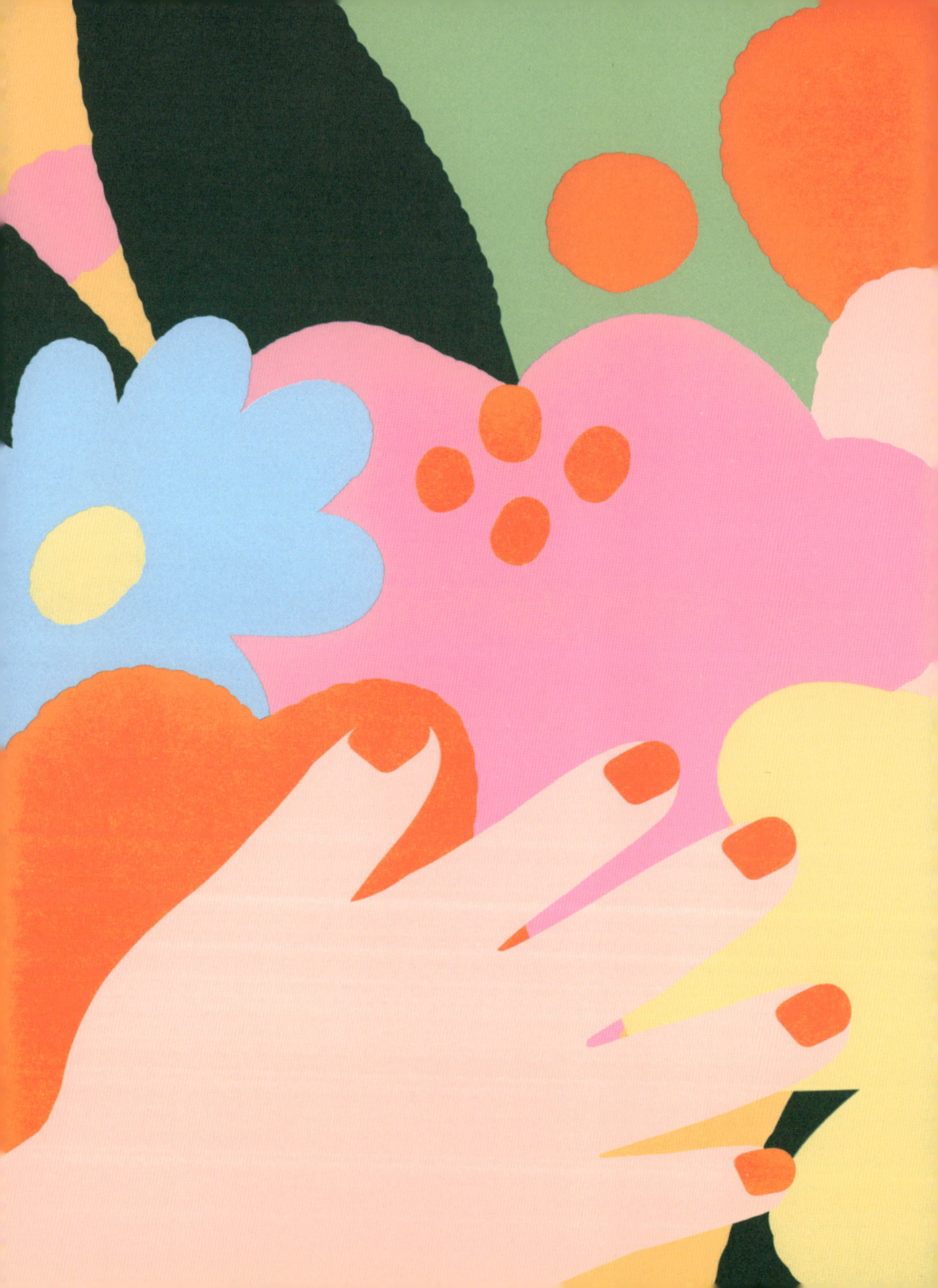

꽃을 한아름 받았더니 사랑도 한아름 오더라고. 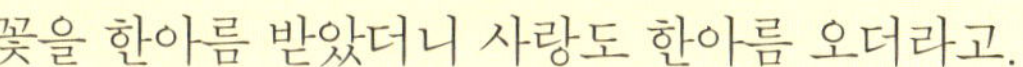

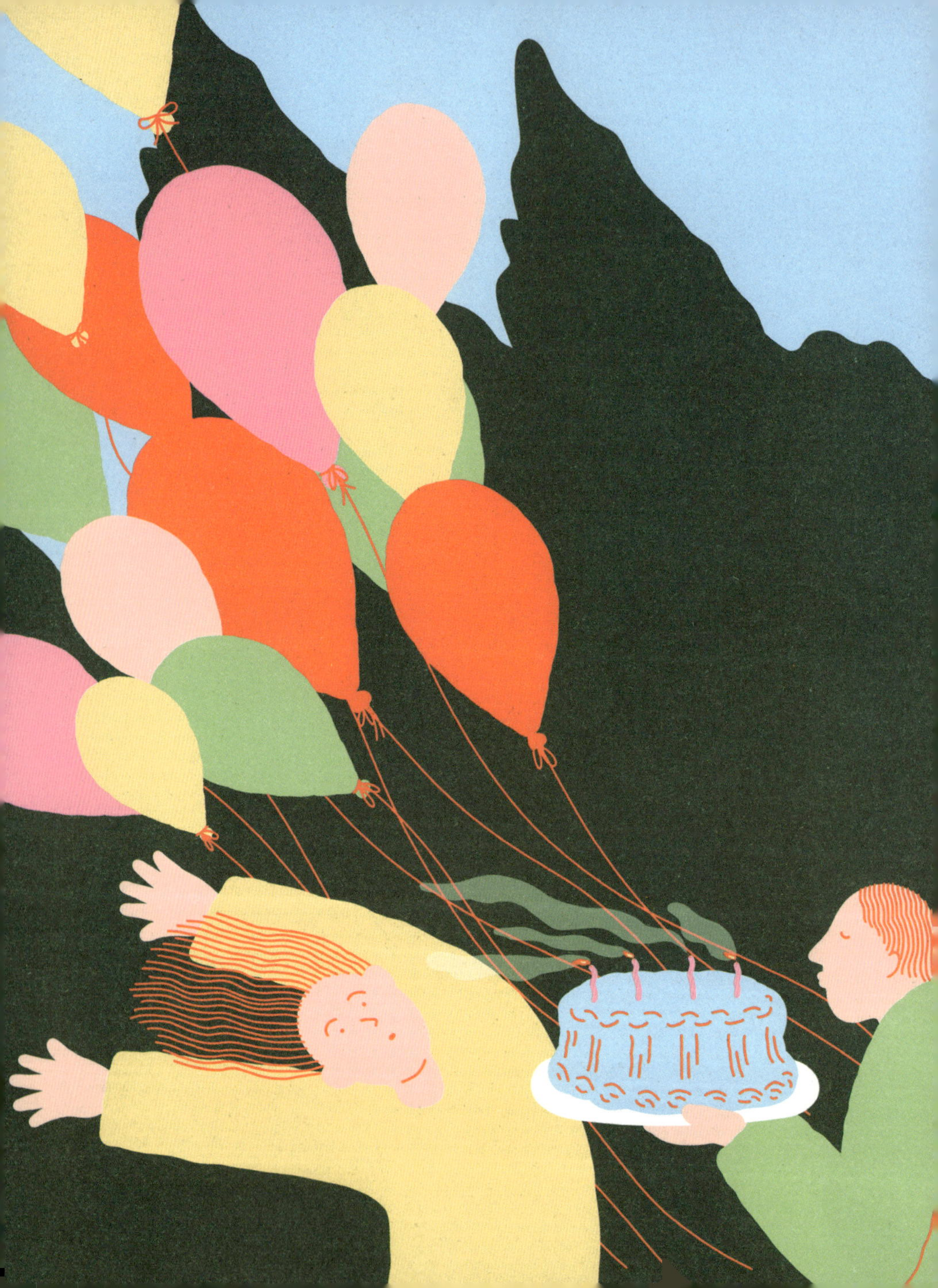

네가 부는 작은 바람에도 나는 크게 흔들려.

이 최후의 만찬에서 누가 배신자인가?

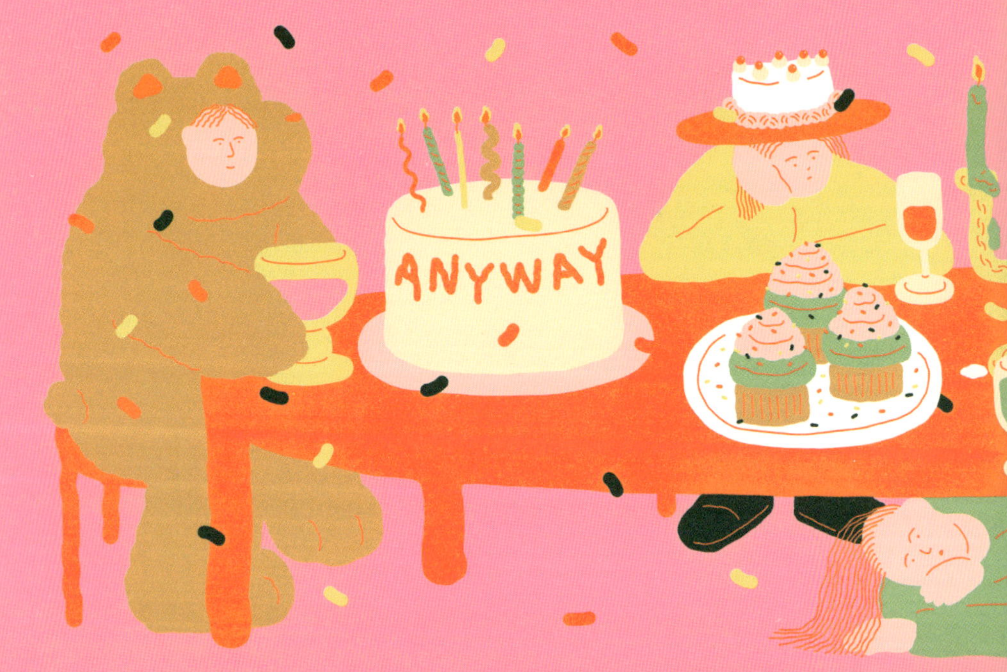
ANYWAY

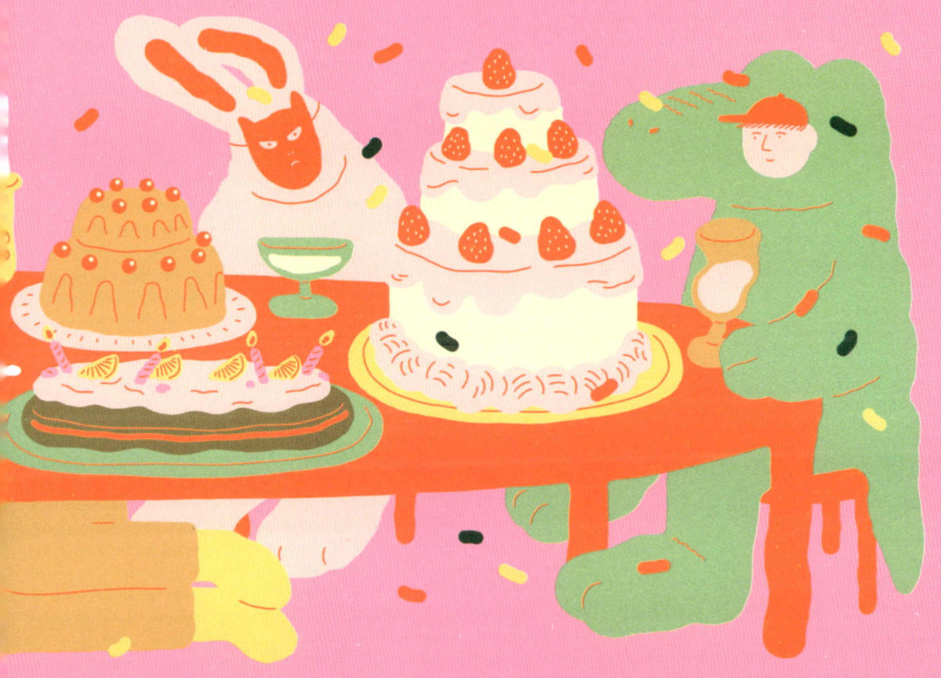

—— 소크라테스가 그랬대.
한가로운 시간은 무엇과도 바꿀 수 없는 재산이라고.
그 얘기를 듣고 얼마나 든든하던지.

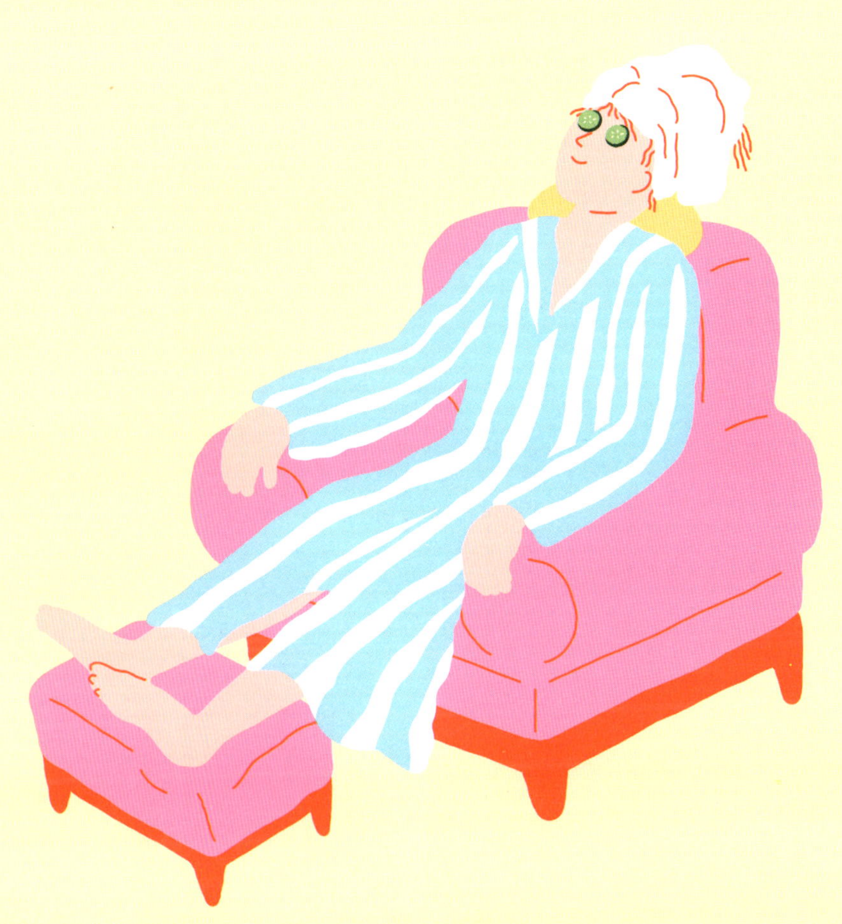

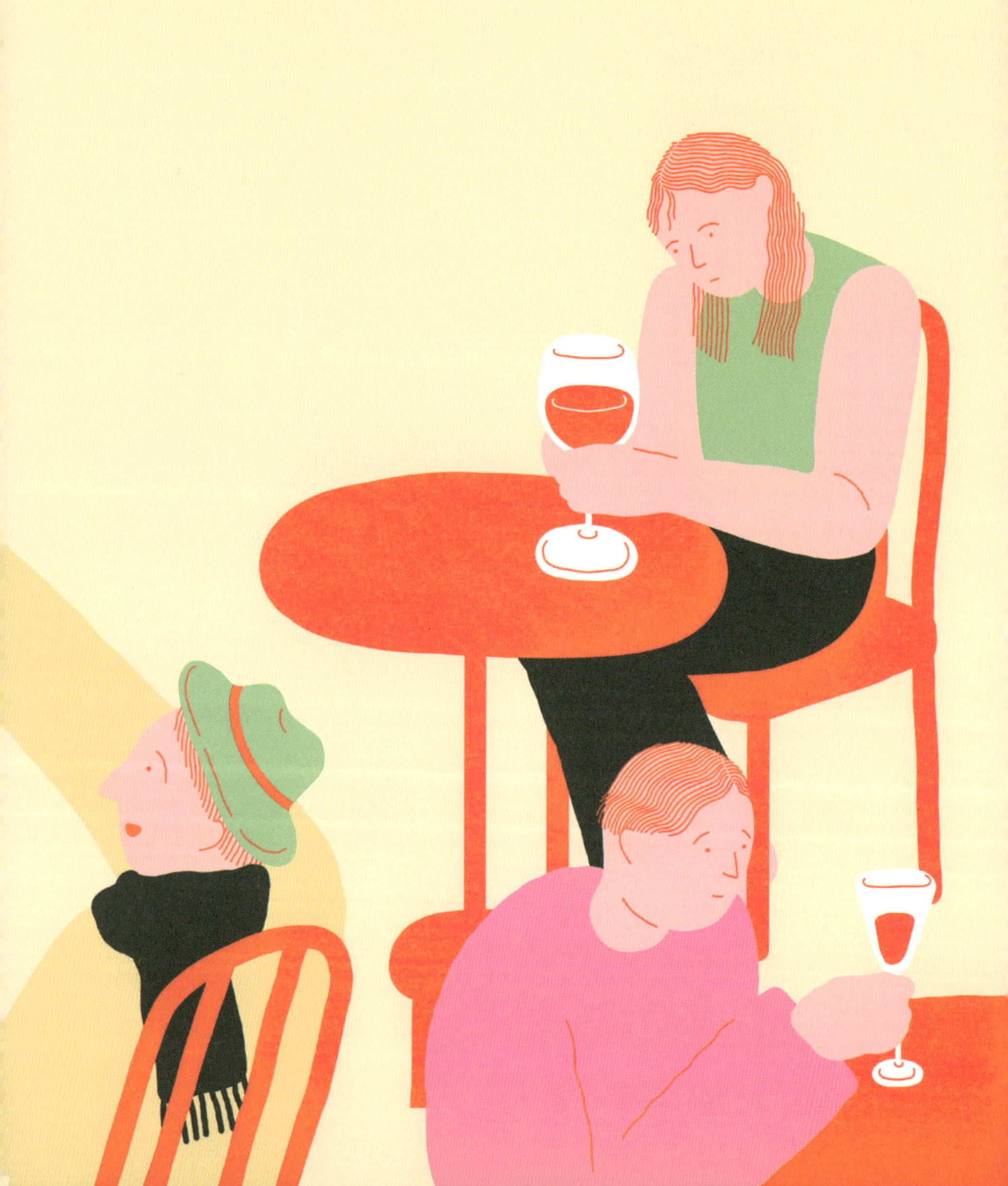

외롭다고 술과 친구가 되지는 마.
세상에서 가장 못된 친구를 얻는 거니까.

사람들의 주목을 받는 일처럼 쉬운 건 없어.
다만 그럴 용기를 내는 게 어려울 뿐이지.

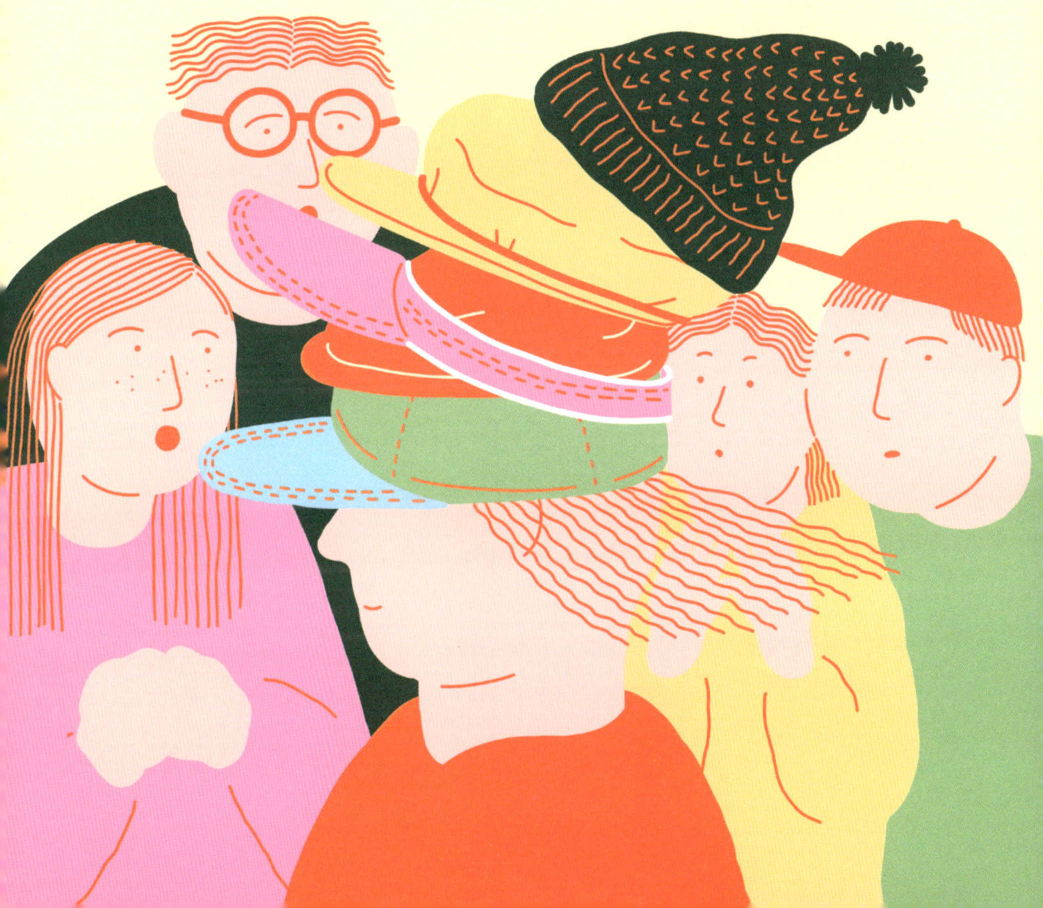

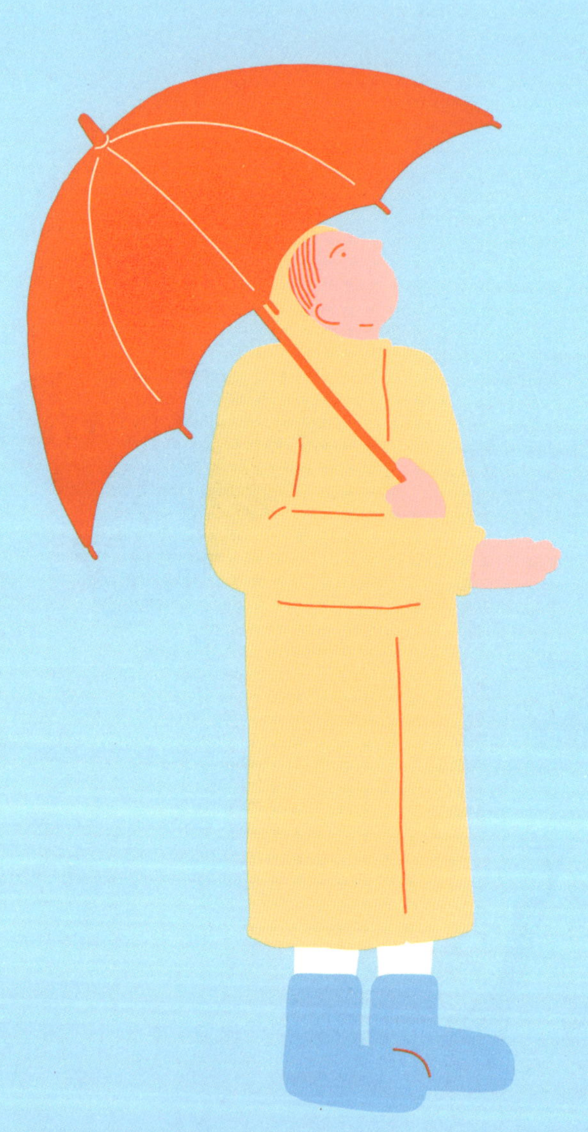

“사람이 할 수 있는 일을 다 하고 하늘의 뜻을 기다리라고 했어.”
“사람이 할 수 있는 일이 하늘의 뜻을 기다리는 것뿐이라면 어쩌지?”

────── 네가 다시 웃을 수만 있다면 난 뭐든지 다 할 수 있어.

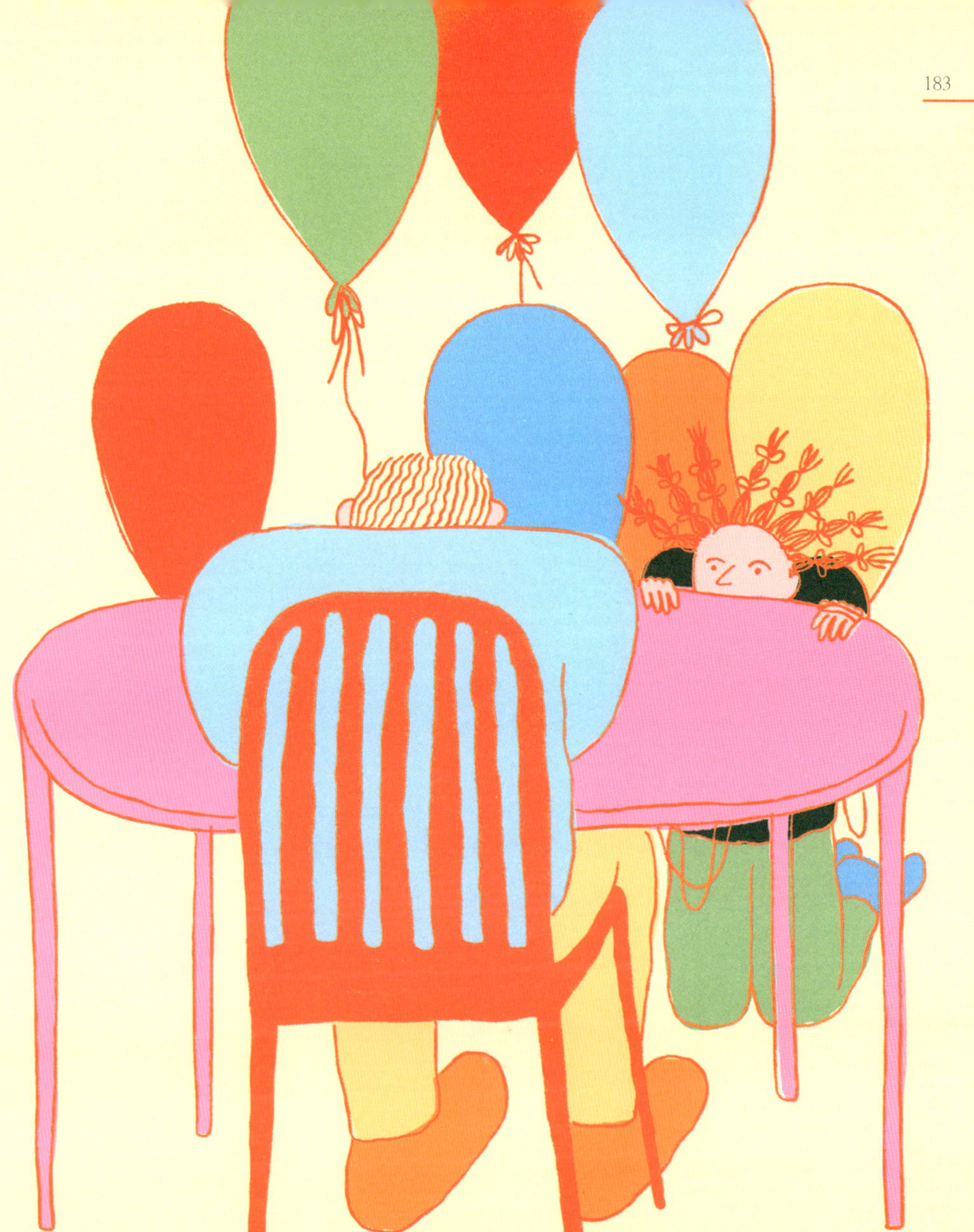

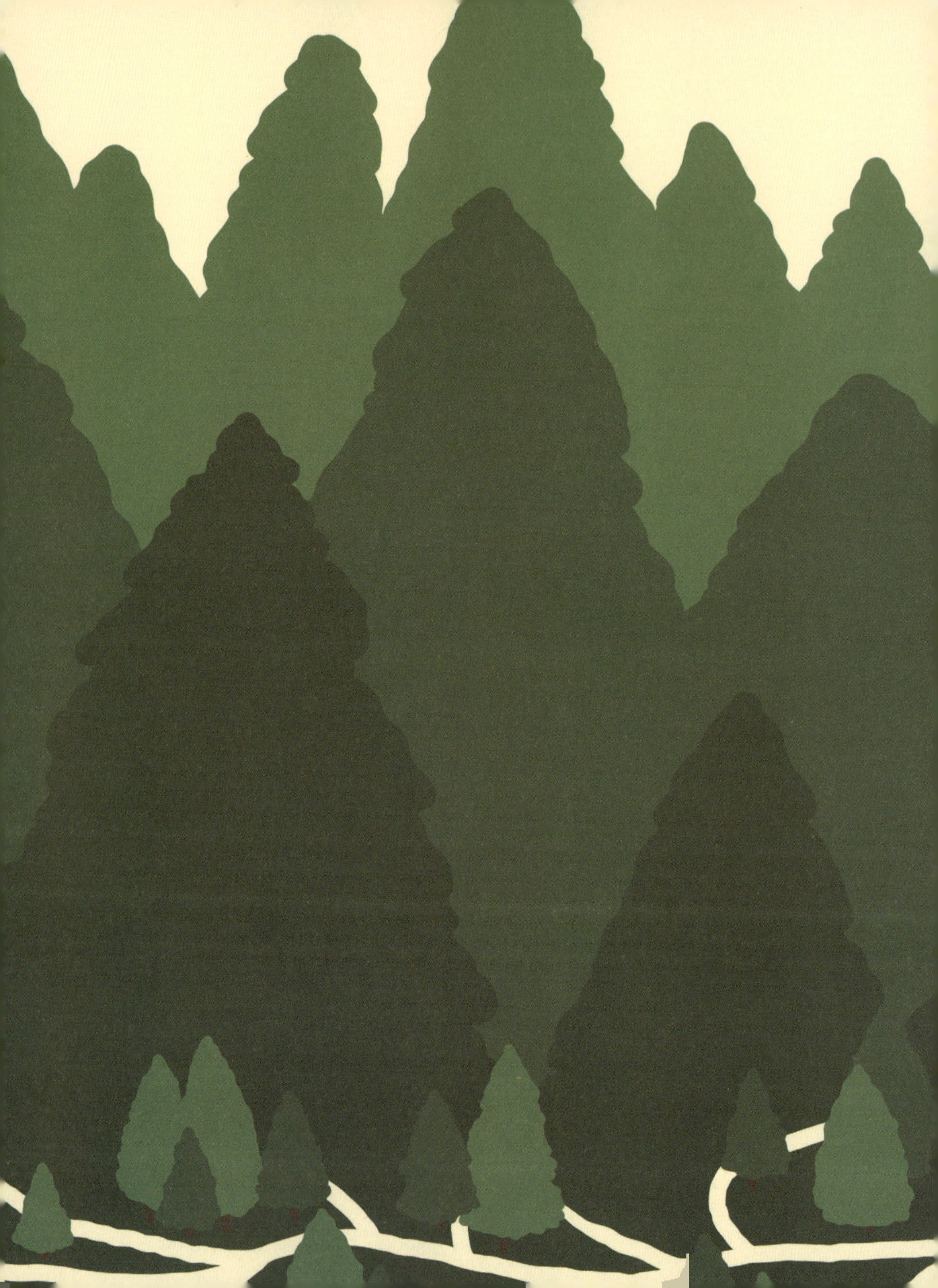

목적지를 향해 계속 가다 보면
이 길이 맞는지 헷갈릴 때가 있어.
그럴 때는 잠시 쉬면서
가는 길 전체를 다시 살펴보는 것도 좋아.

———— 위만 바라보면 아래에서 벌어지는 일을 놓칠 수 있고,
밝은 것만 바라보면 네 그림자가 숨어버릴 수도 있어.
빛이란 온갖 어둠을 응시하는 것이라는데 말이지.

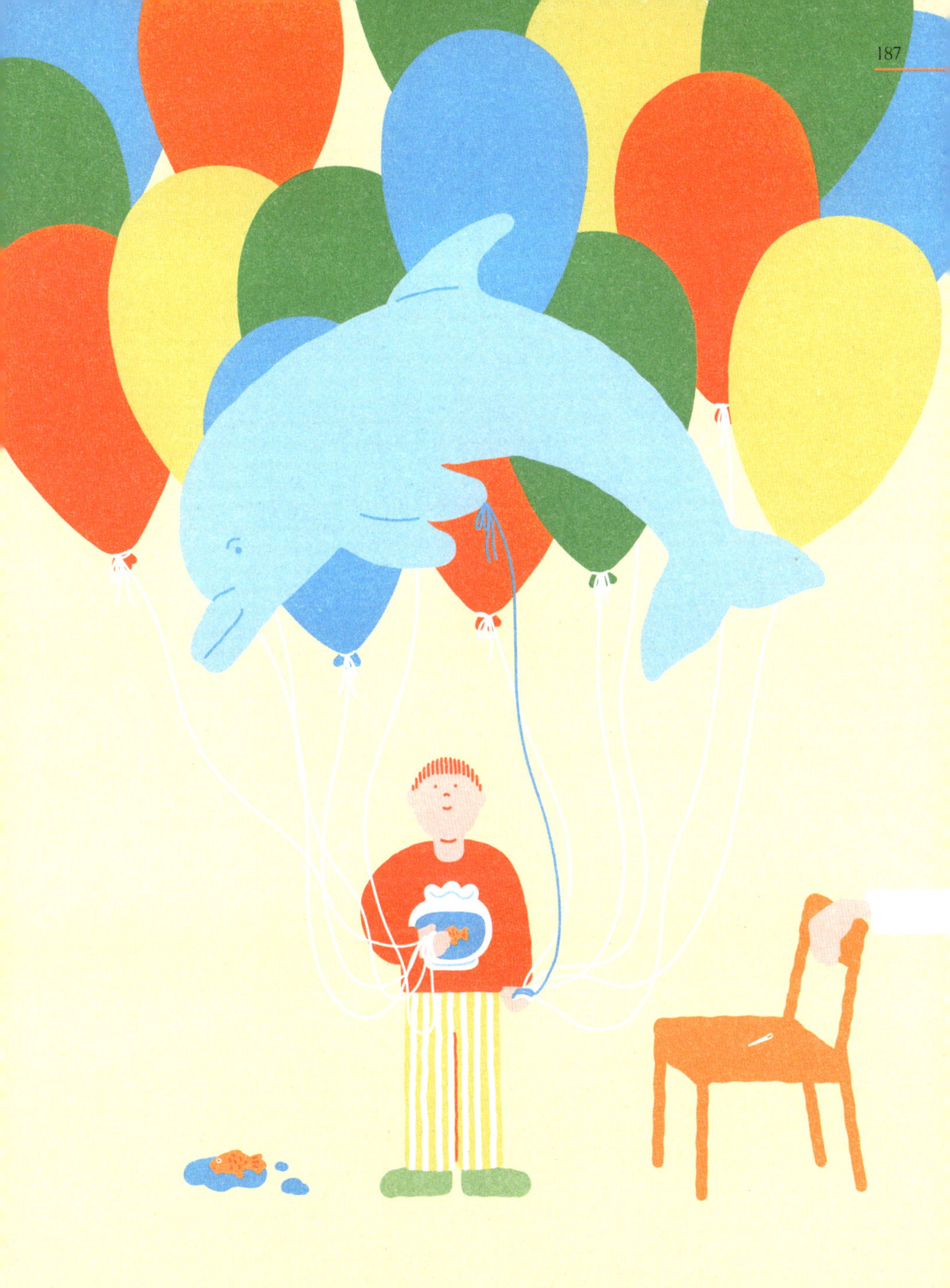

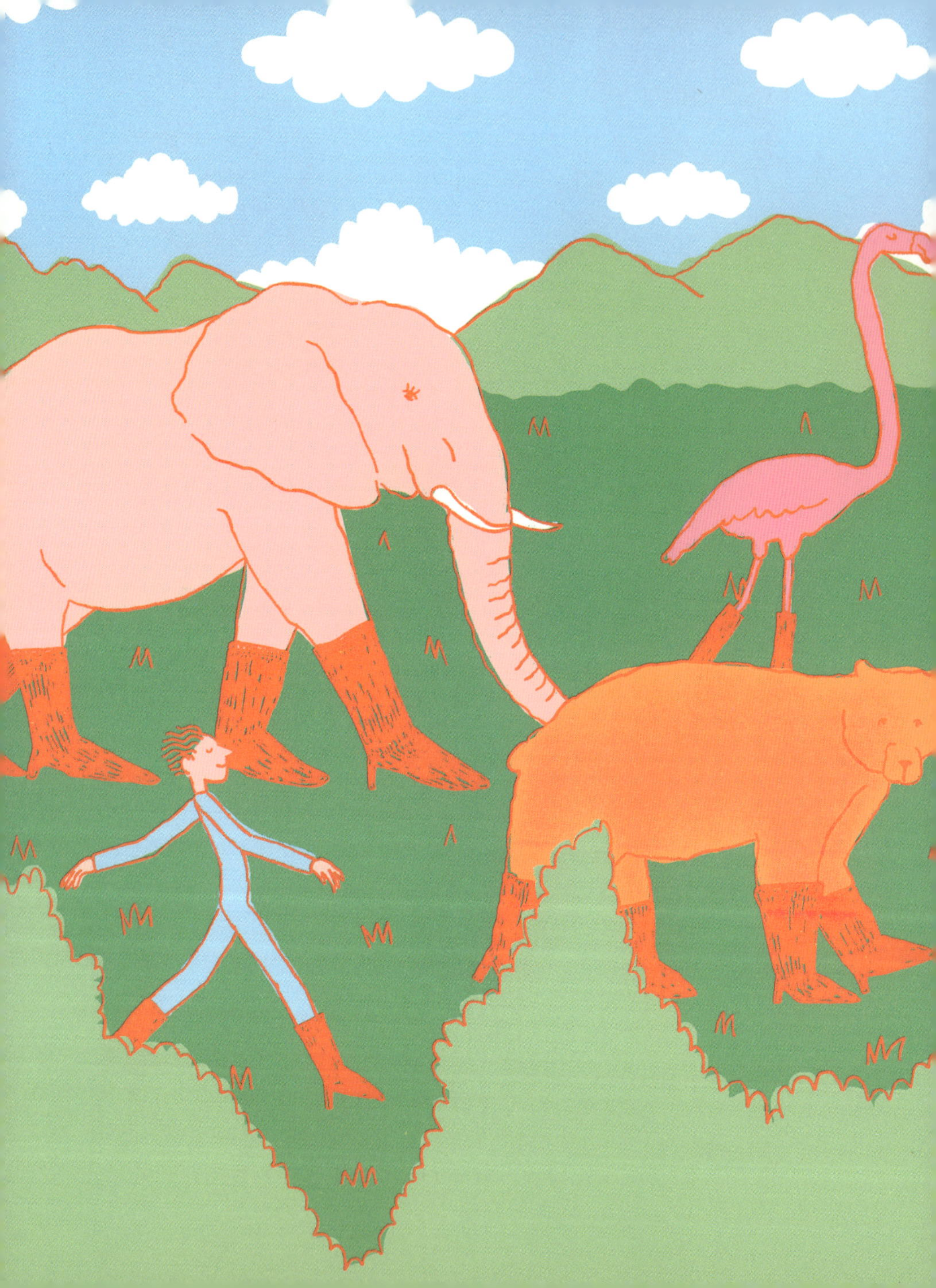

조금 낯선 것들의 당당한 행진.
누가 빨간색 장화를 두려워하겠는가?

커다란 꿈을 많이 갖더라도 발은 땅을 디뎌야 해.

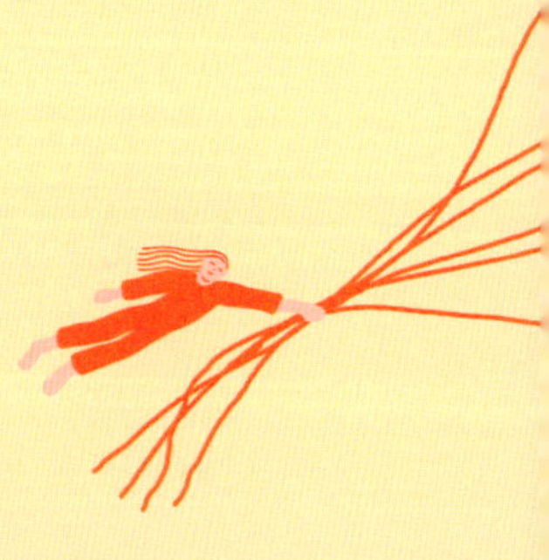

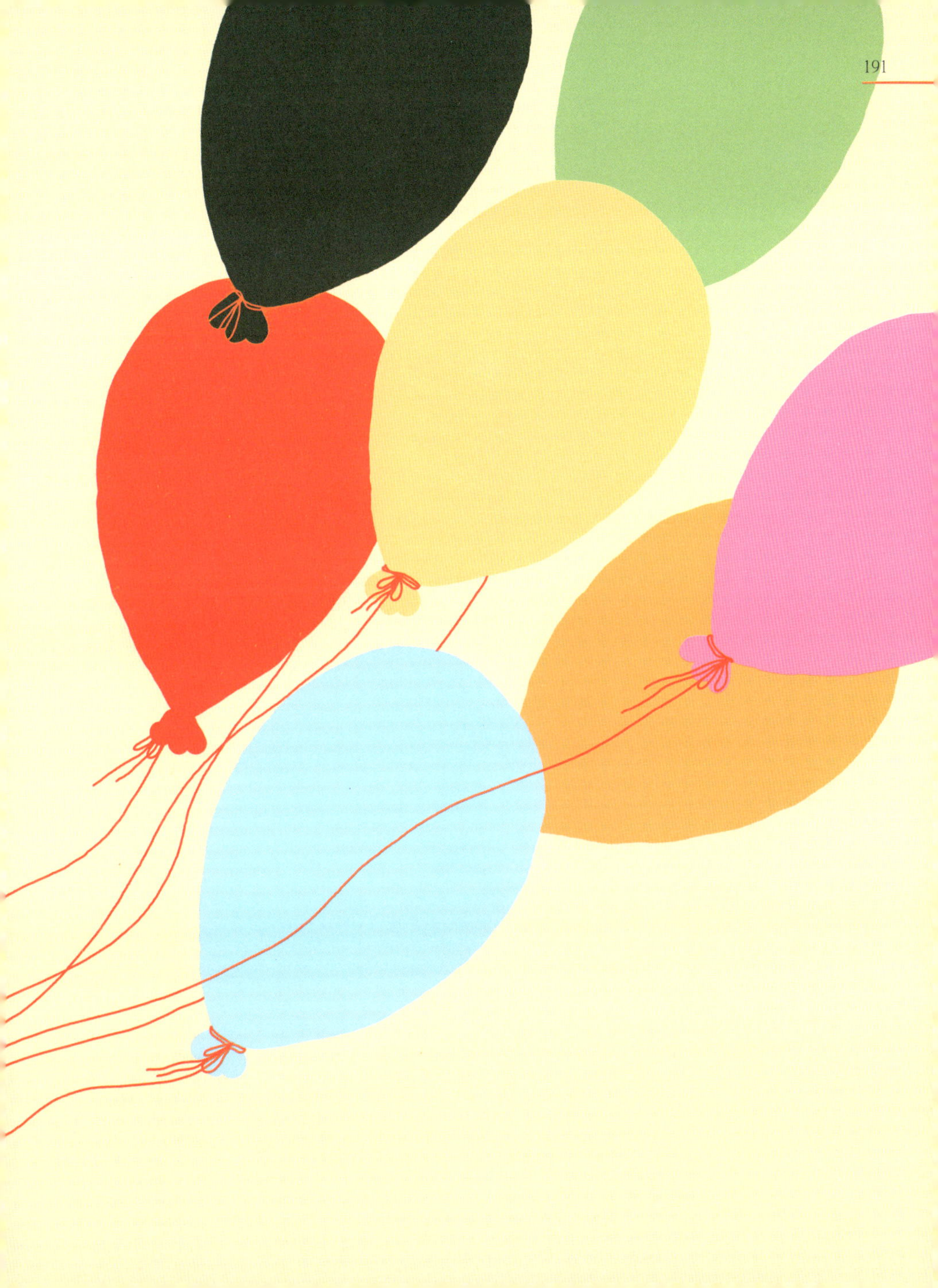

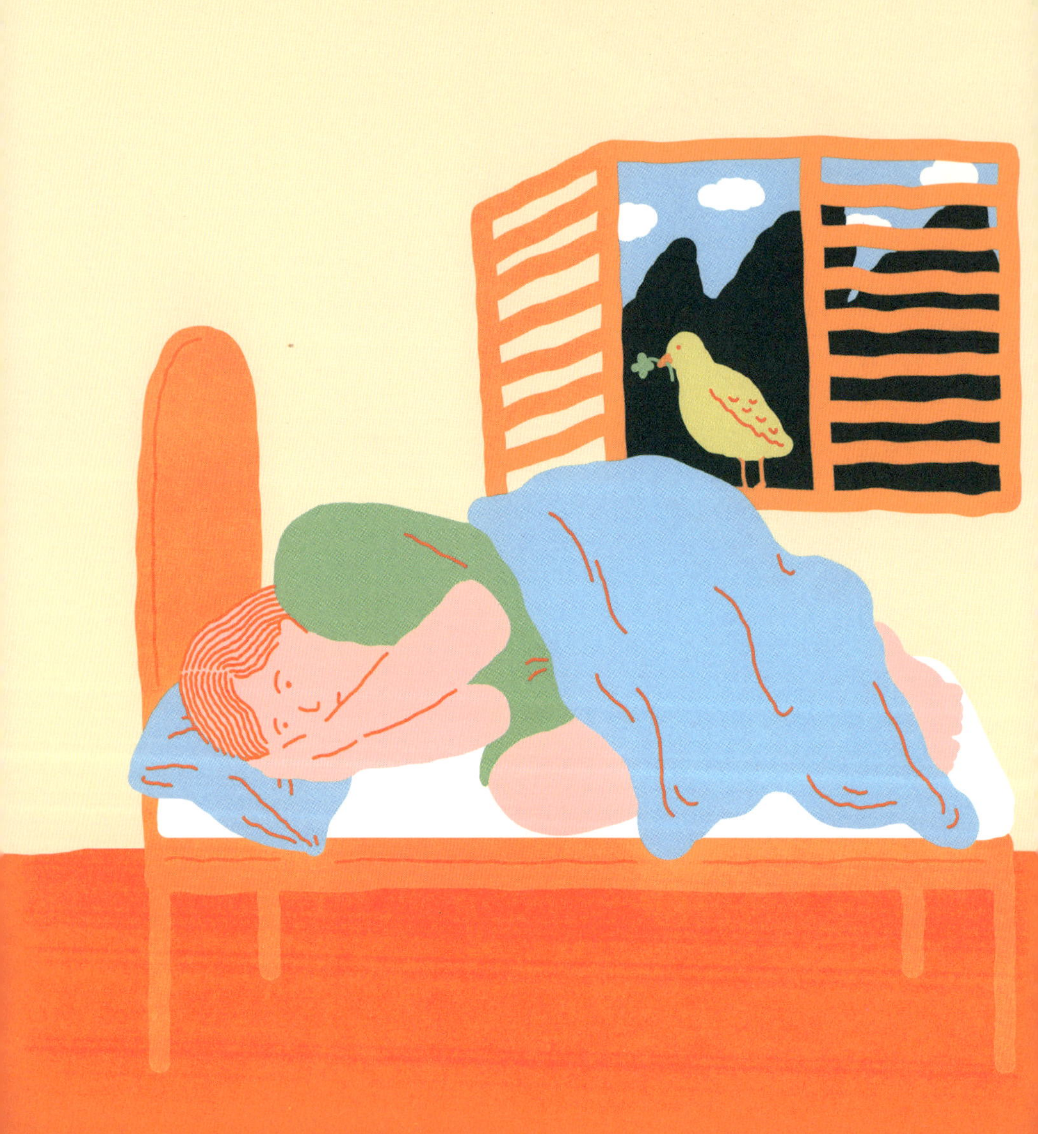

희망은 이미 곁에 와 있어.
네가 아직 느끼지 못할 뿐이지.

――――― 금방이라도 주저앉고 싶었는데
          갑자기 이상한 나라의 앨리스가 솟아나왔어.
                    싱크홀에서 찾은 꽃을 한다발 들고서.

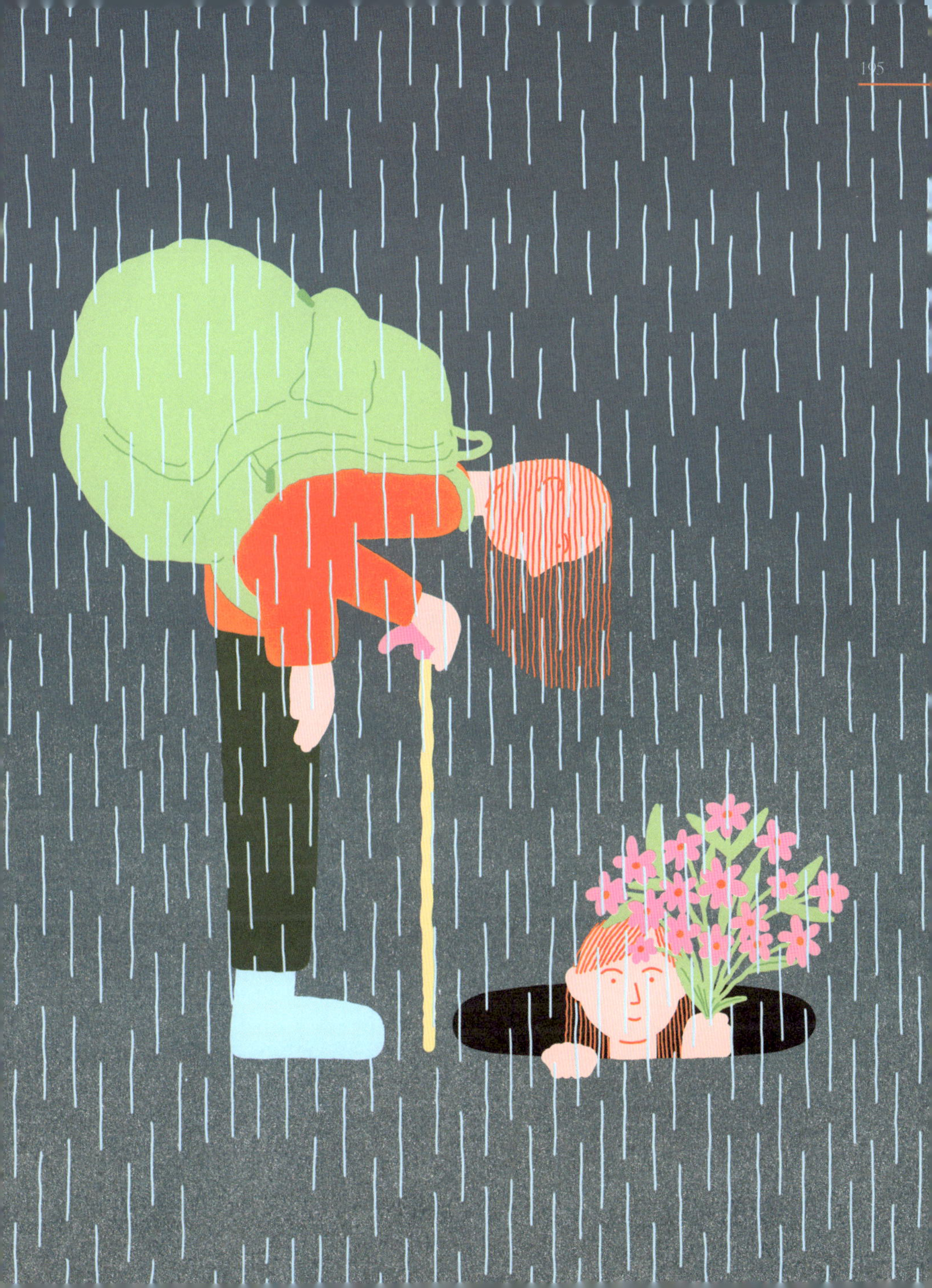

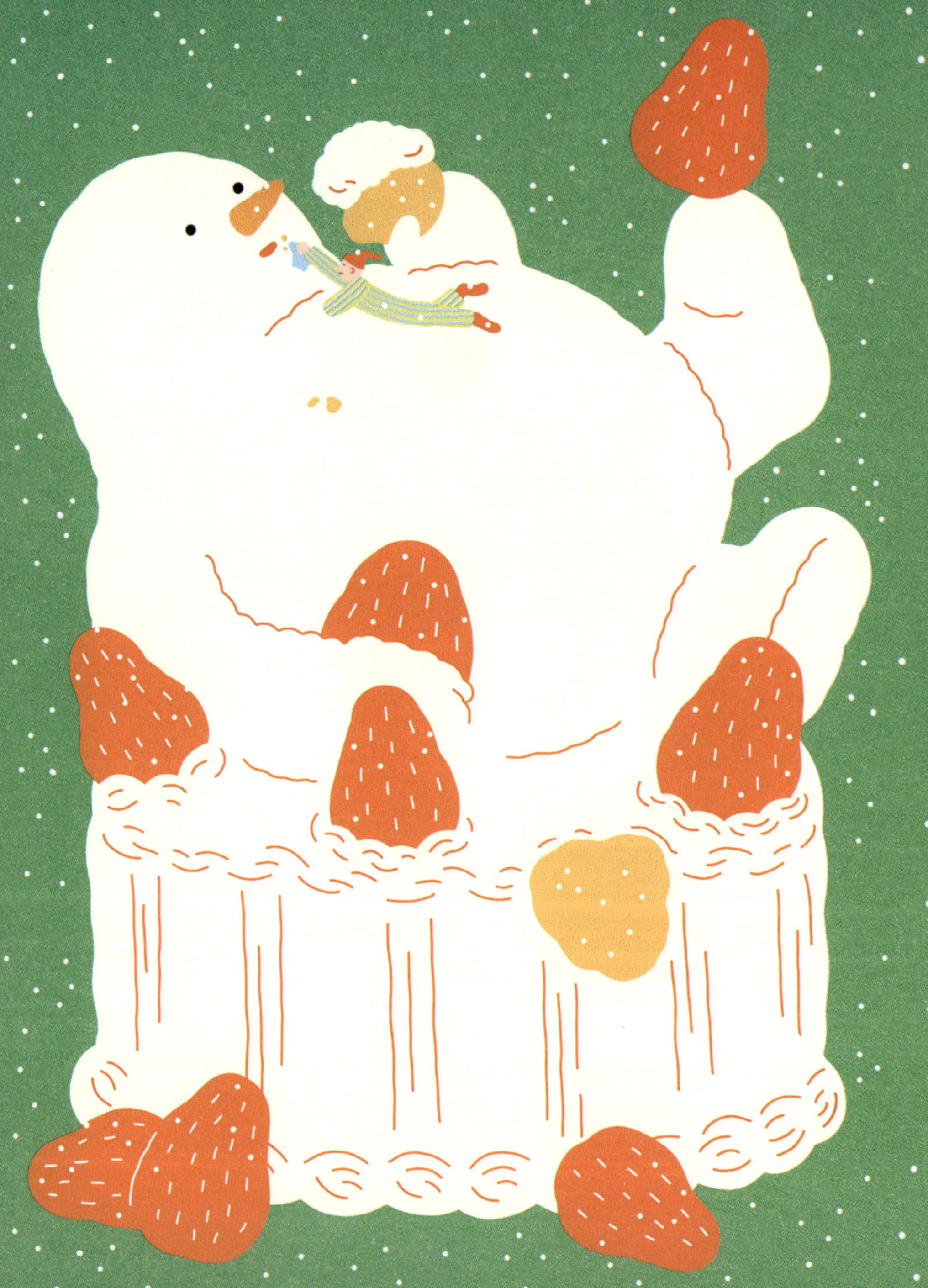

첫눈은 하늘에서 생크림으로 내리면 좋으련만. ———

─────── 상상력이 없었어도 이 세상이 살아남을 수 있었을까?

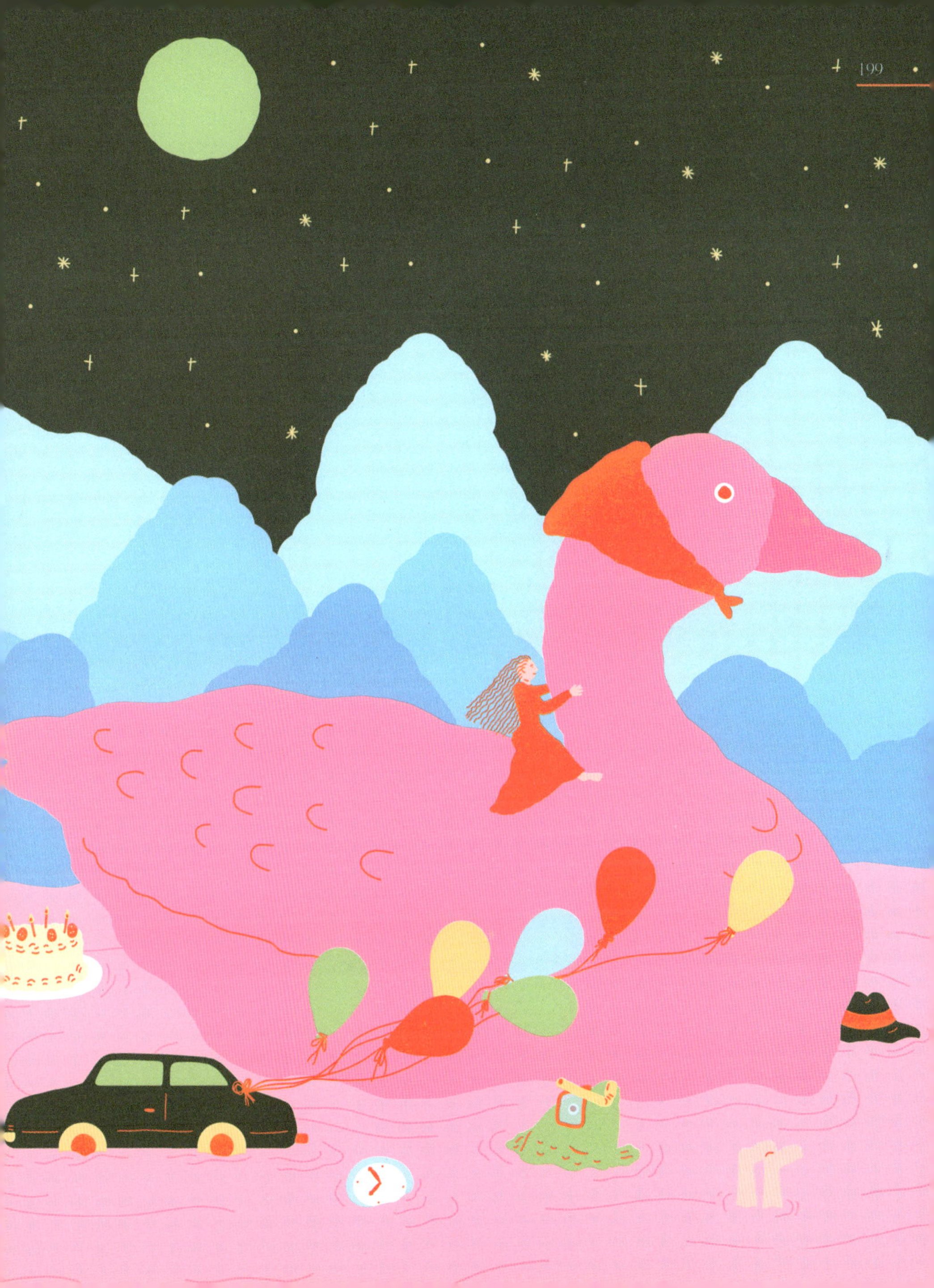

빛과 어둠,
선과 악.
같은 것의 두 얼굴일까?

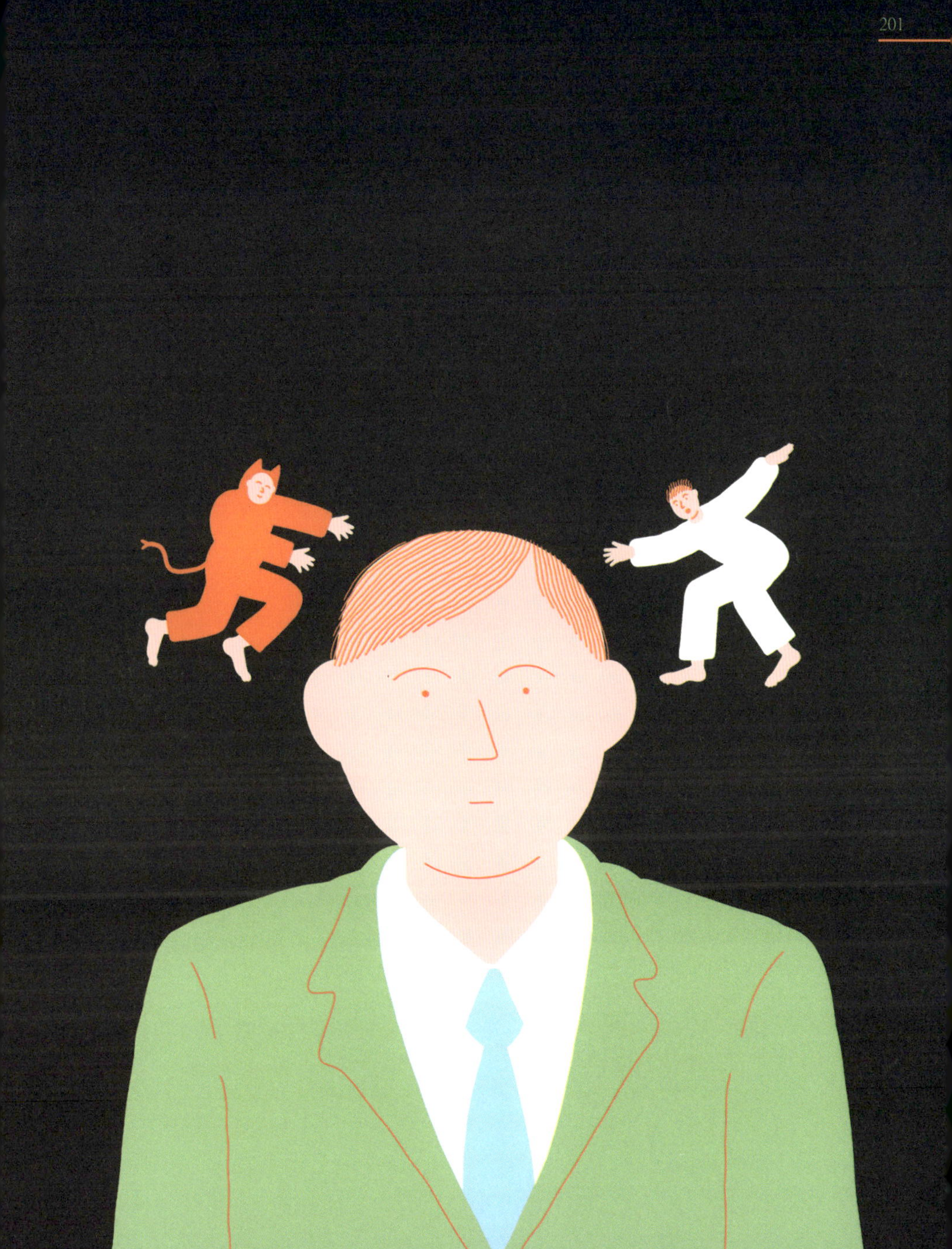

—————— 화초가 사람들에게 휴식을 준다는 게 틀린 말은 아니군.

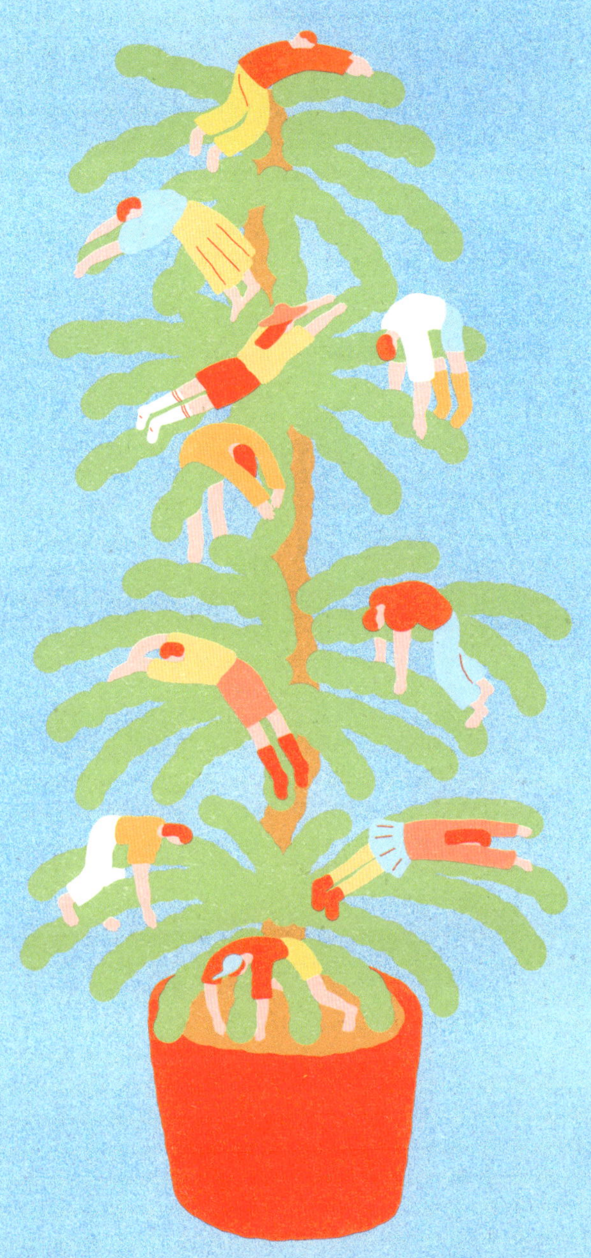

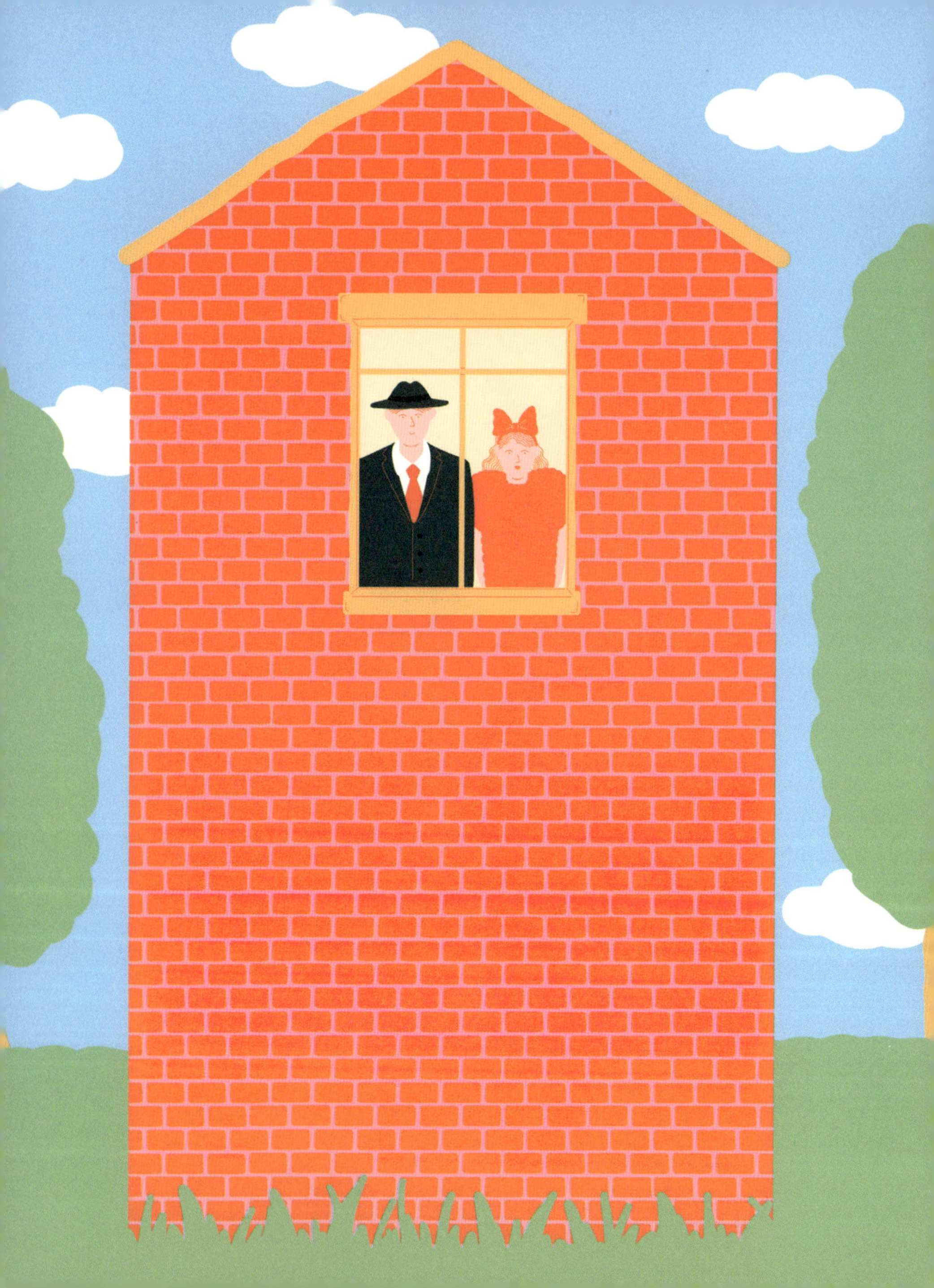

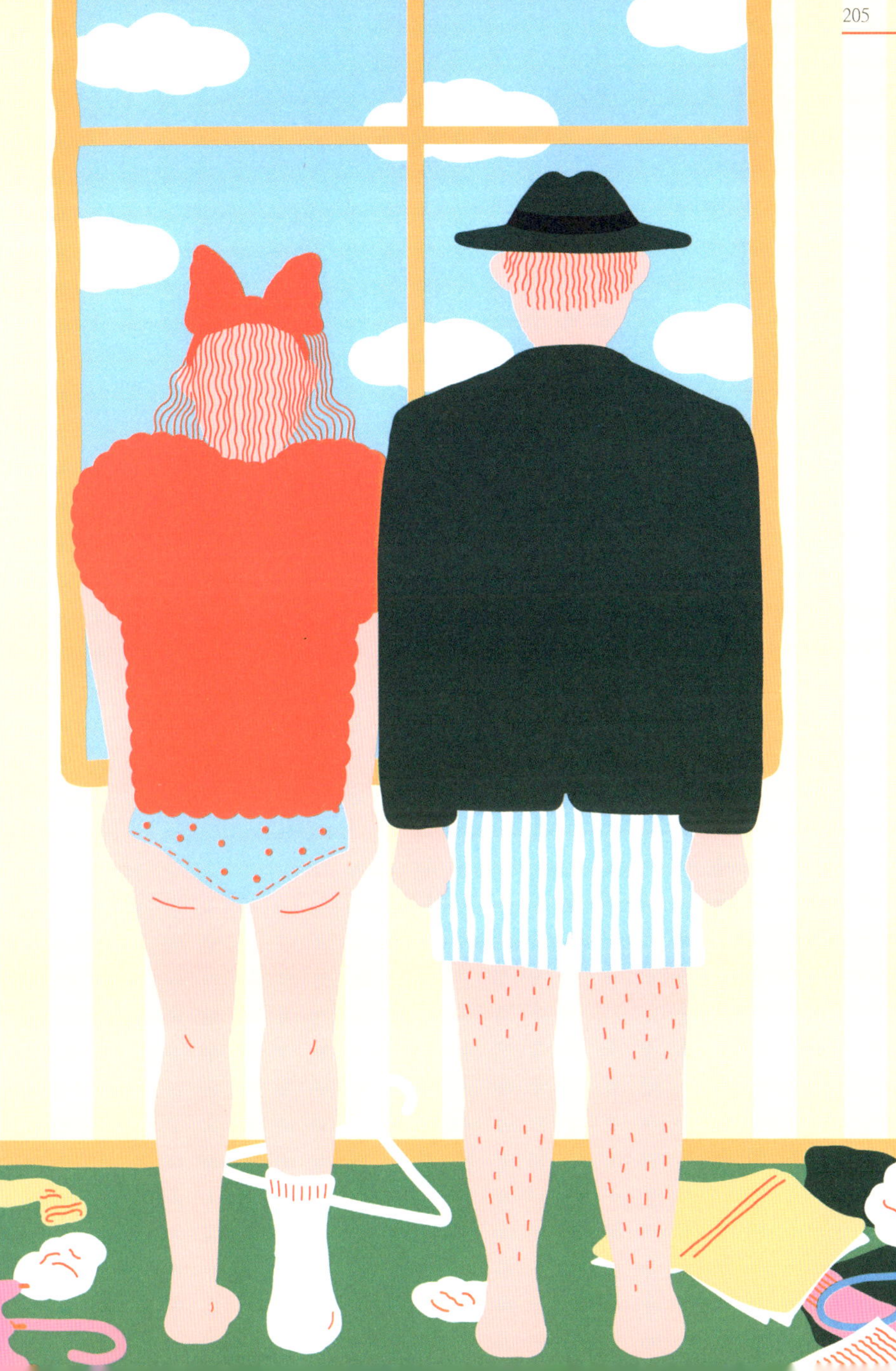

———— 내게 주어진 모든 짐들을
사랑하기로 했어.

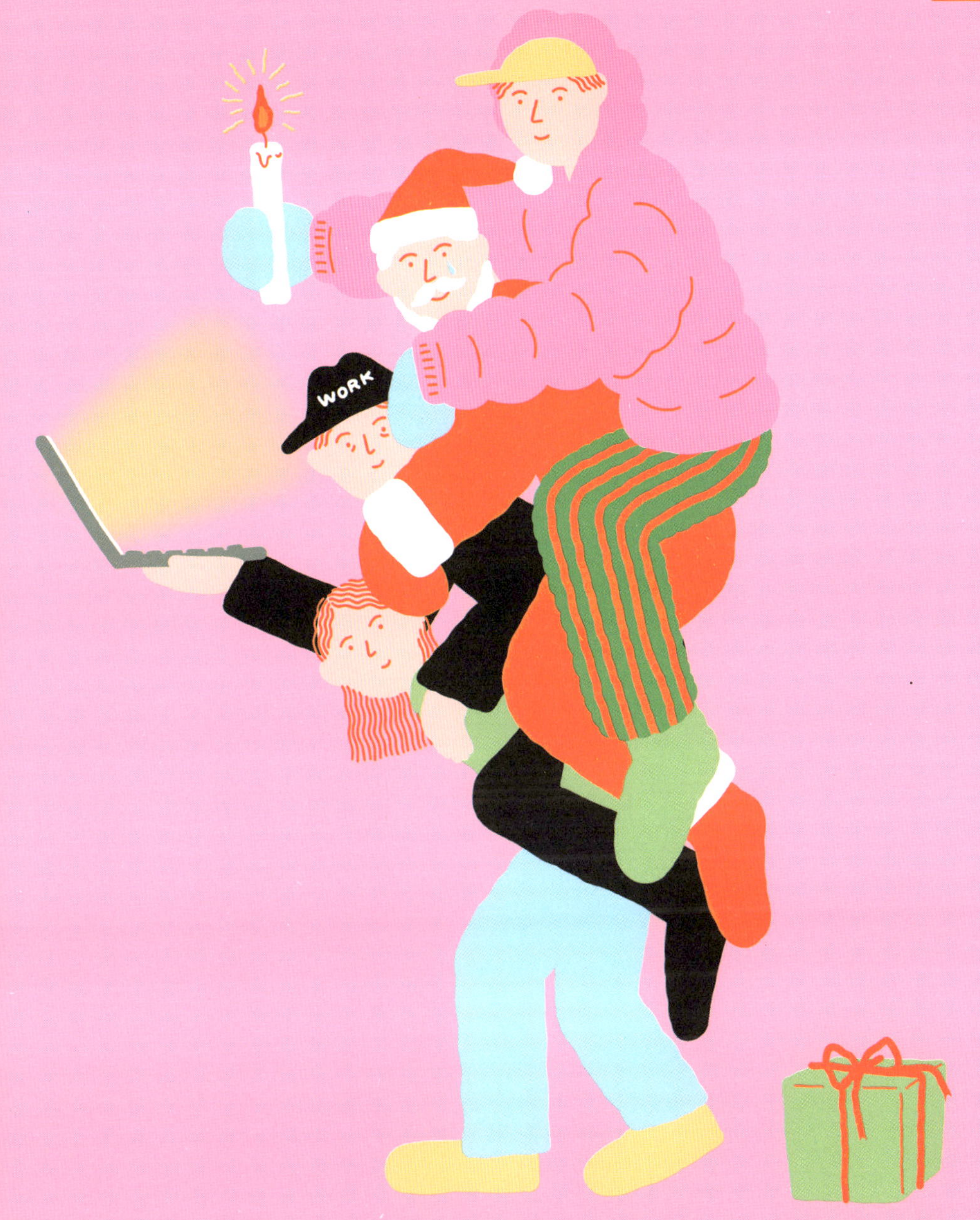
WORK

——— 너 정말 슬픔에 잠겨 있구나.
가슴까지만 울다가 눈물이 목에 차오르기 시작하면
천천히 헤엄쳐 나와.

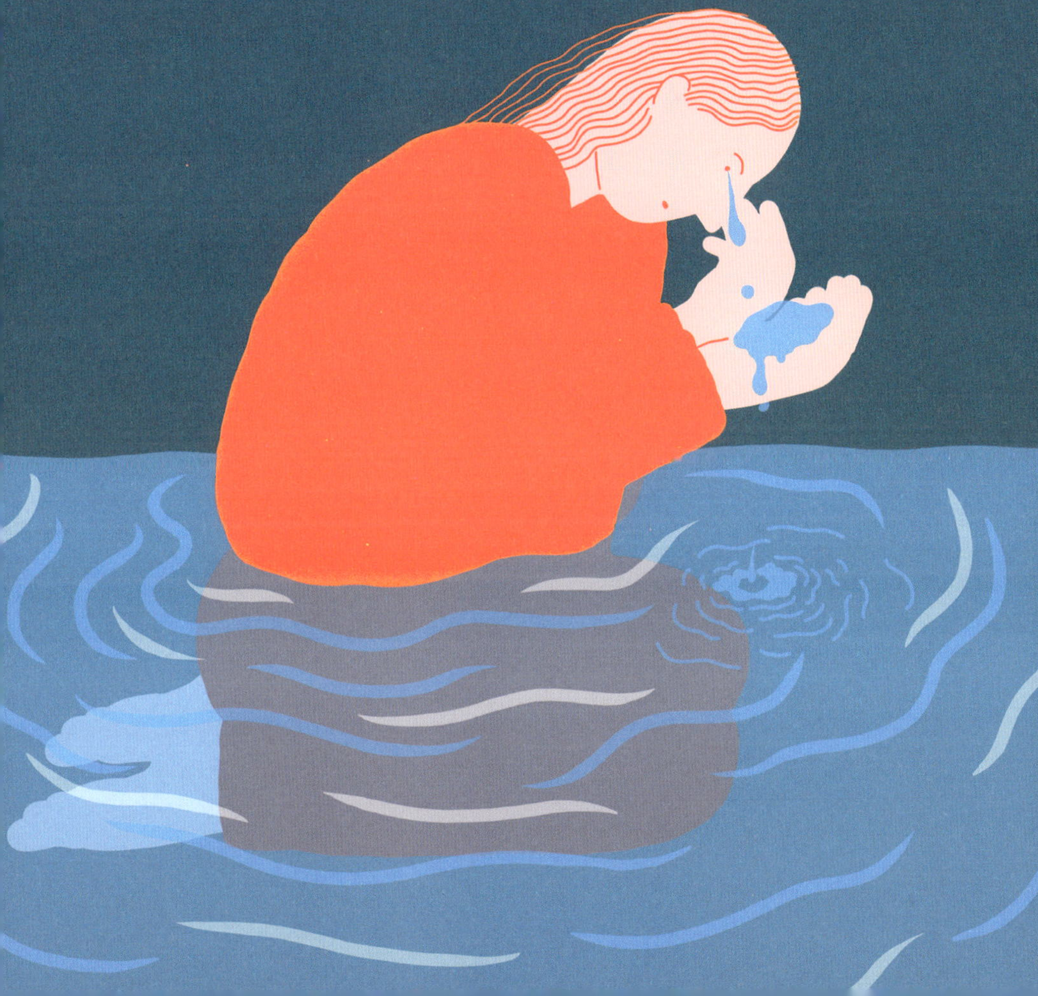

자세히 보아야 예쁘고 오래 보아야 사랑스러운 건 맞지만

너무 가까이서 보면 아무것도 안 보여.

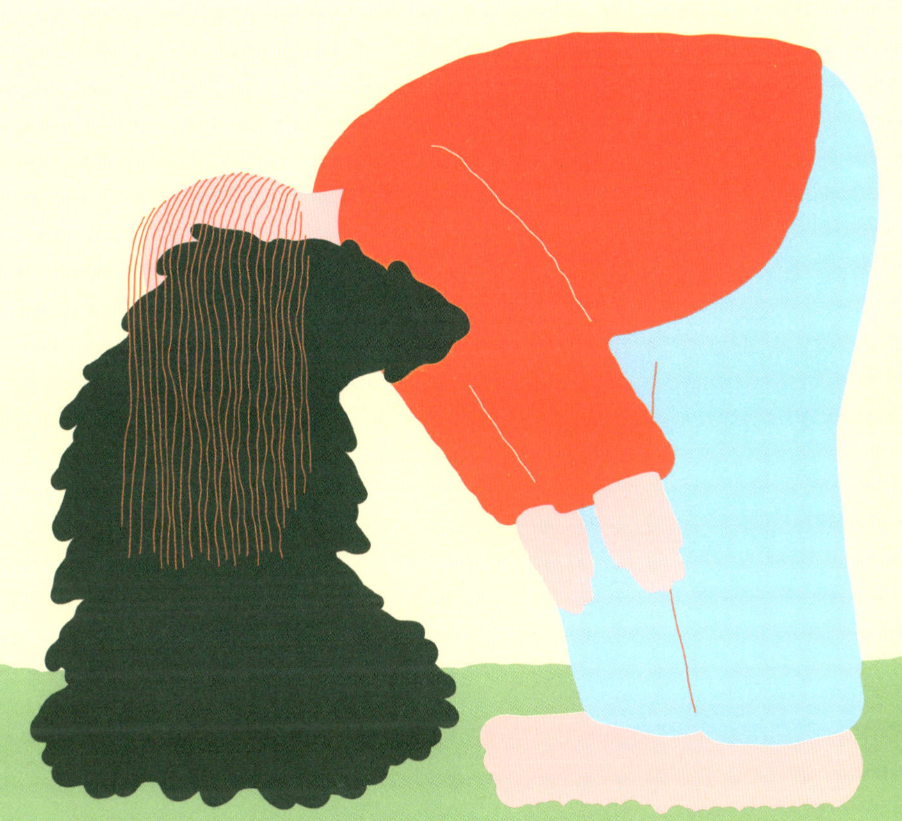

—— 지나친 관심은 독이 될 수도.

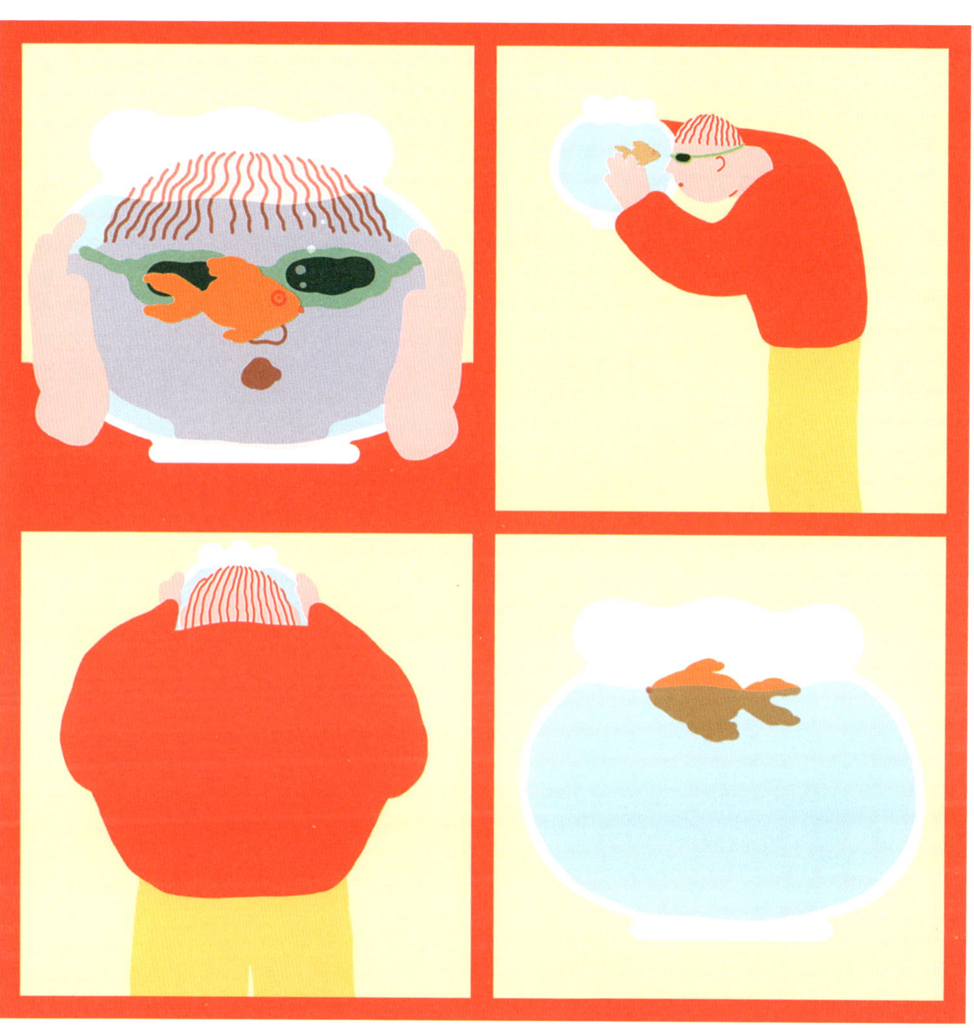

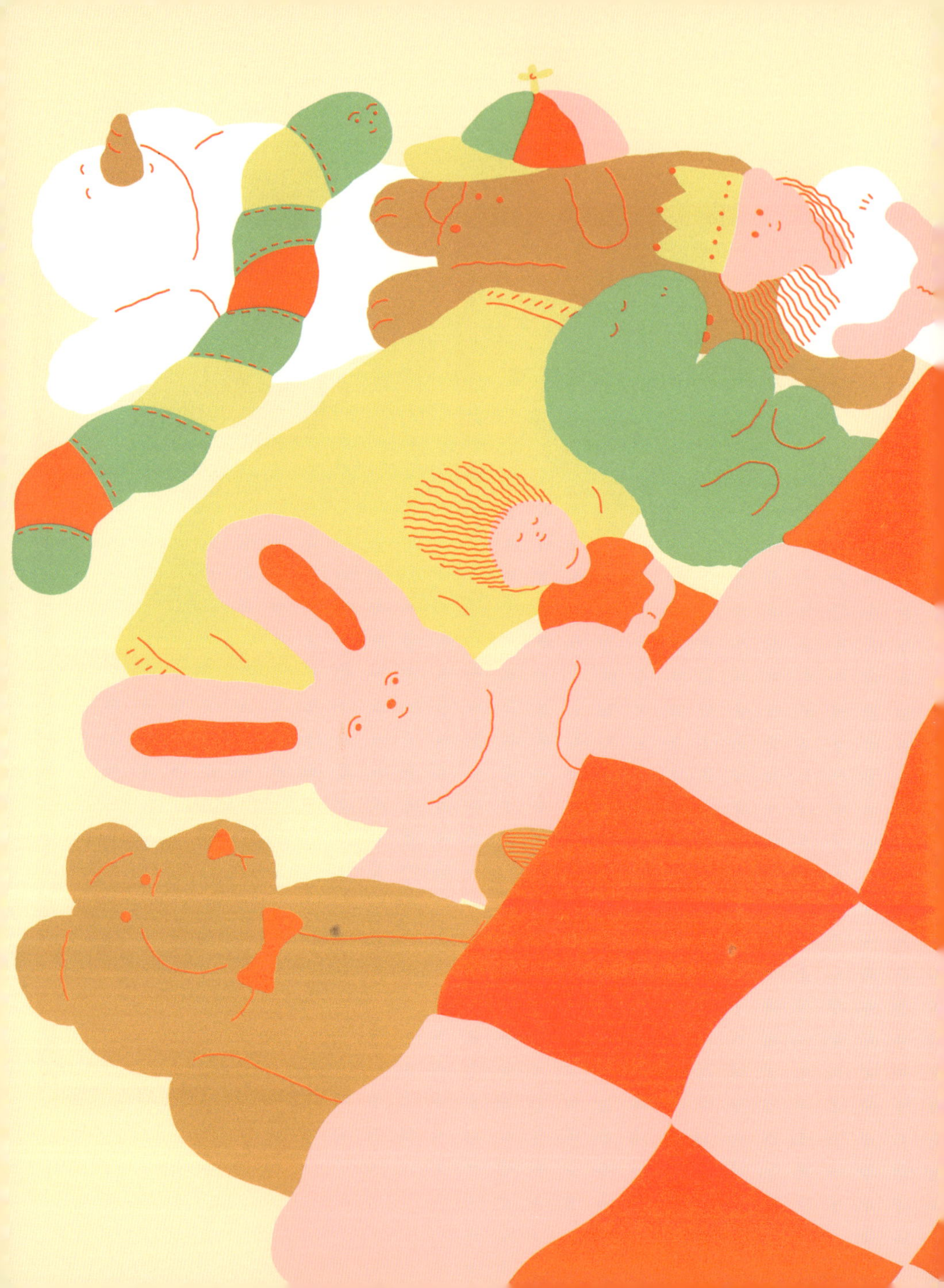

내가 너희들을 지켜줄 테니 마음 푹 놓고 잘 자. ——

우리가 서로 다를지라도
사랑할 수 있다는 게 중요해.

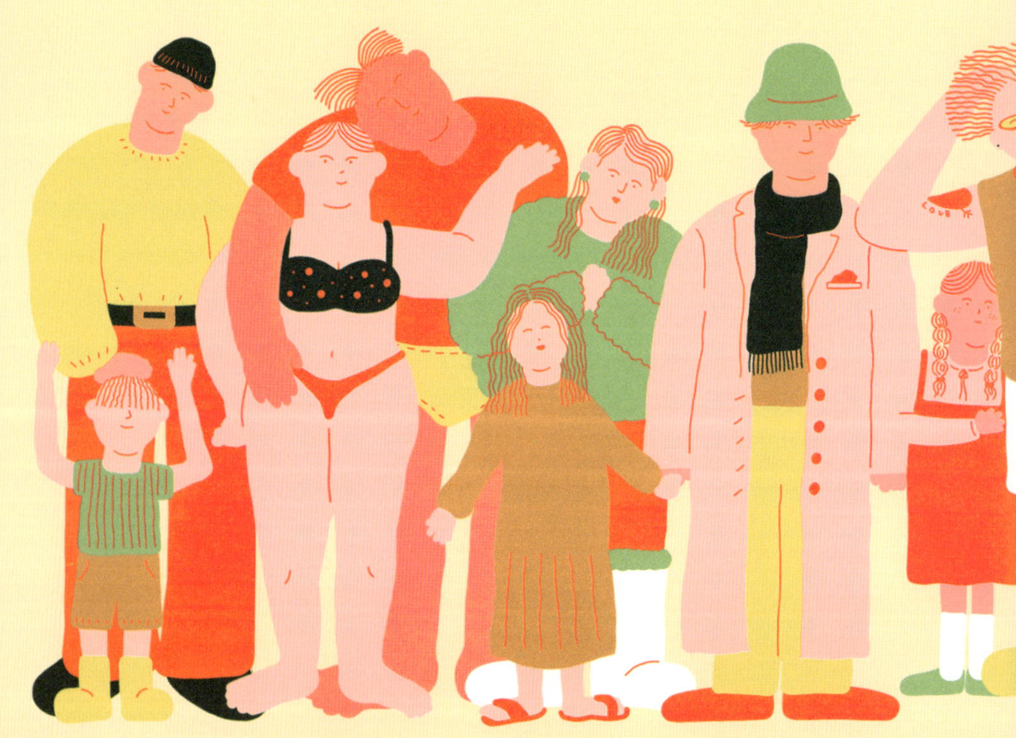

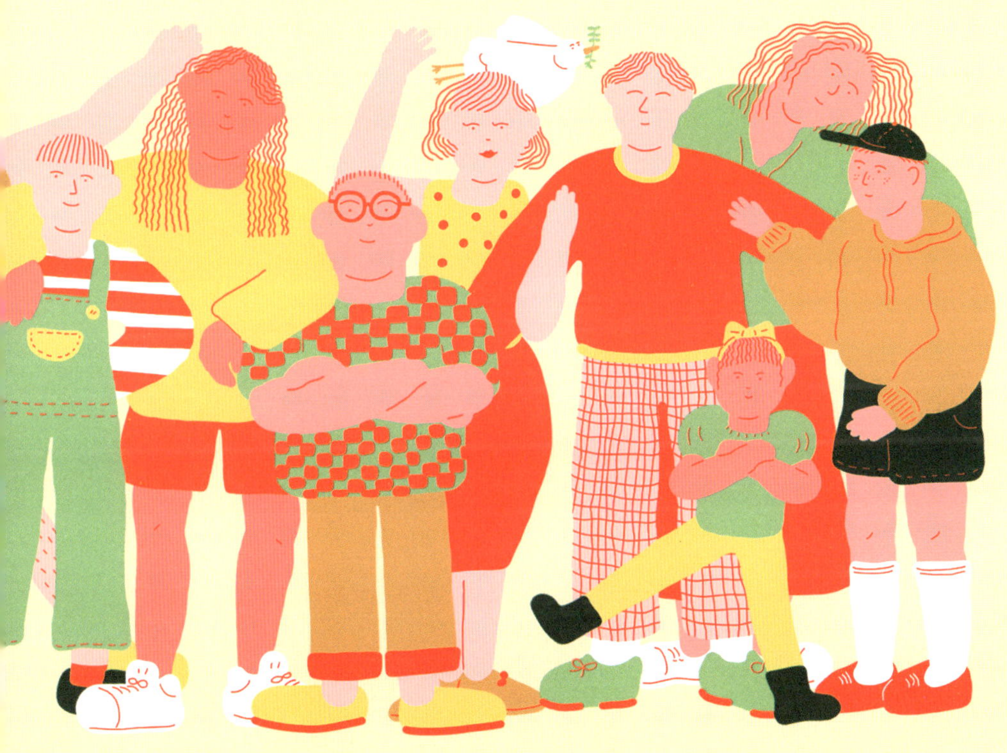

———— 이 세상 누구보다도
자신을 더 사랑하고 위로해주기를!

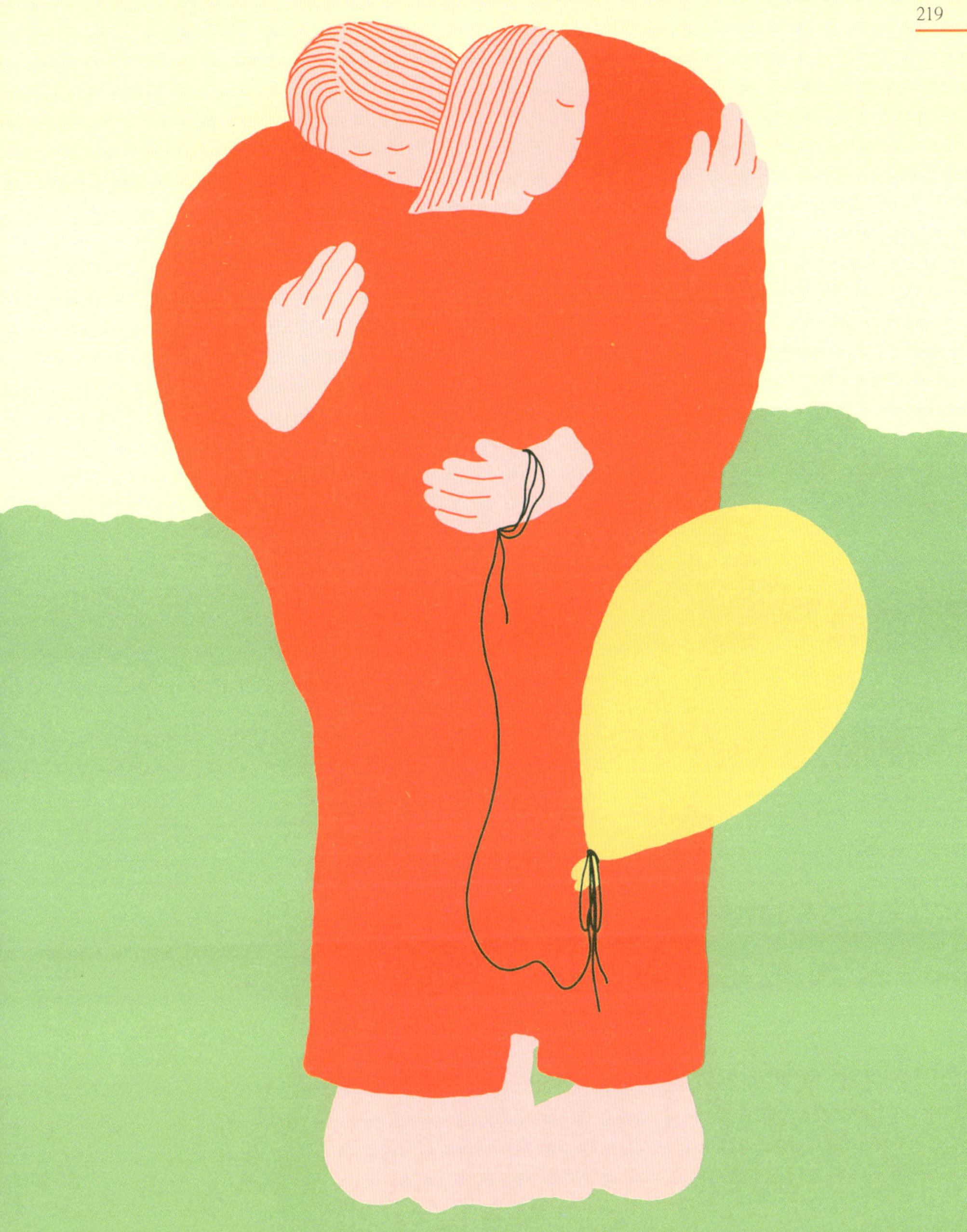

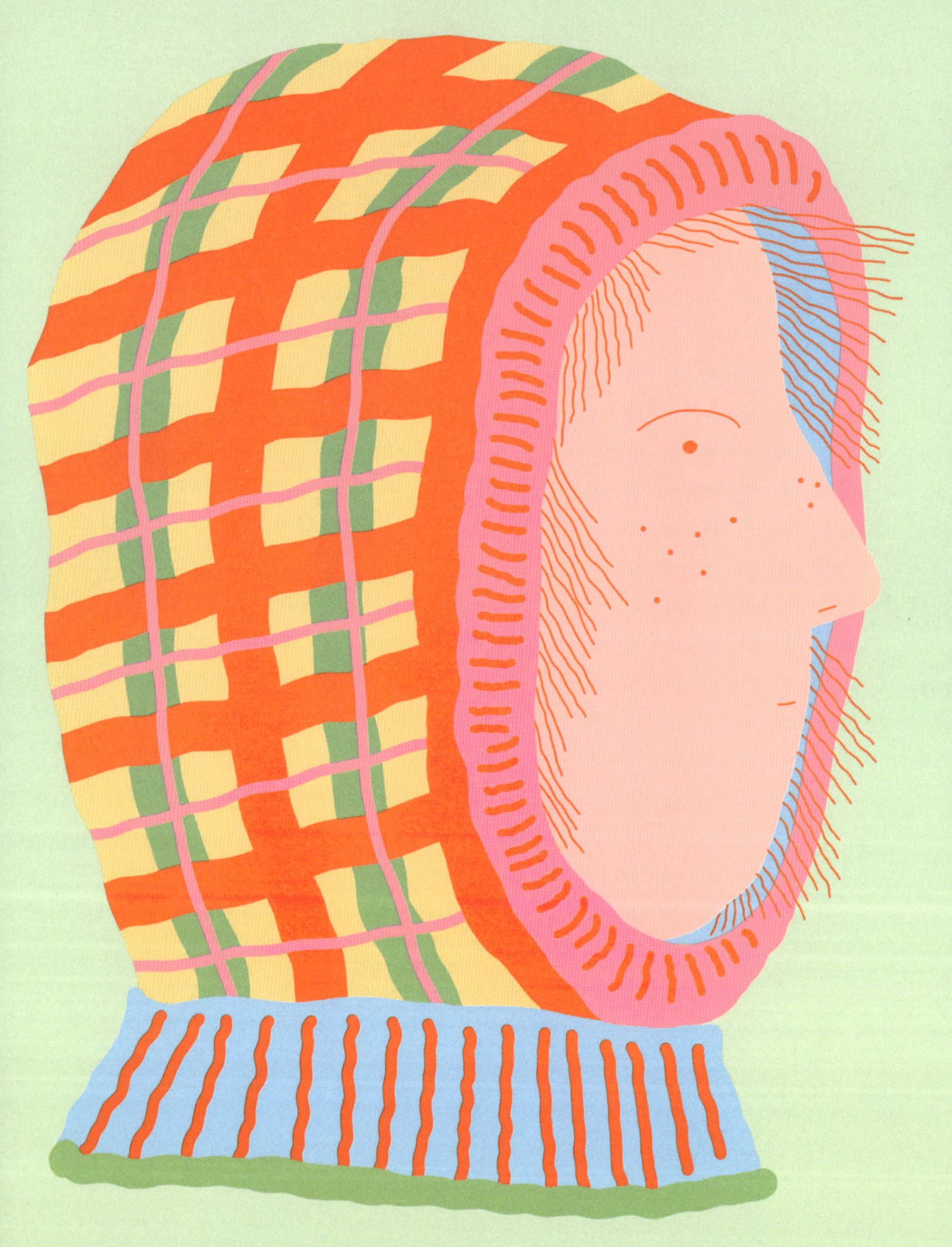

헝크러진 머리를 모자 속에 쓸어 넣고 다시 앞을 보는 거야! ─────

───── 한 사내가 눈길을 걷고 있어.
미끄러질 듯 비틀거리며 어디를 가는 걸까?
                힘겹게 언덕을 오르는 자동차를 바라보며,
                크리스마스트리가 된 거대한 나무를 바라보며,
                보일 듯 말 듯 미소를 지으며
                누굴 만나러 가는 걸까?

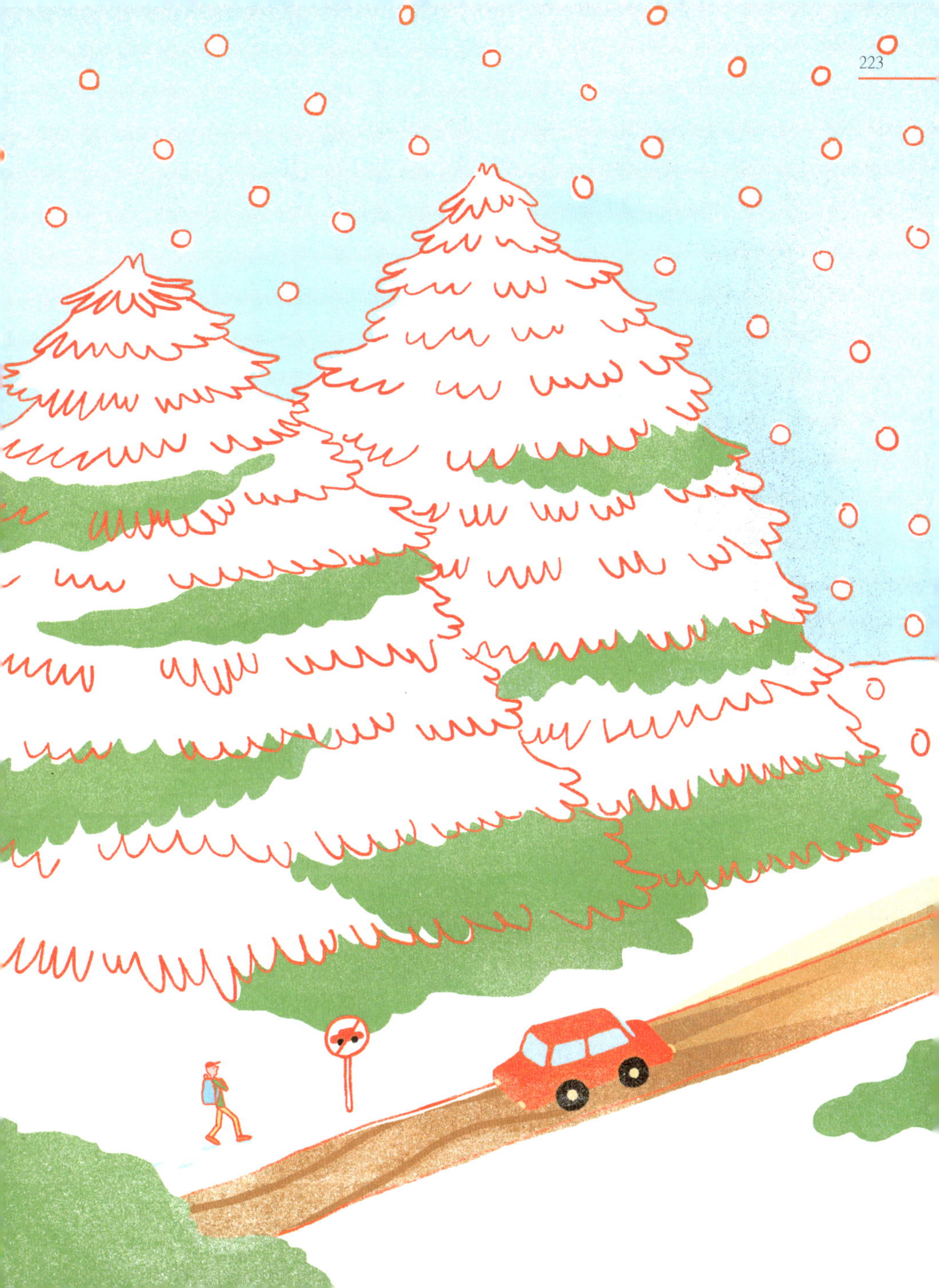

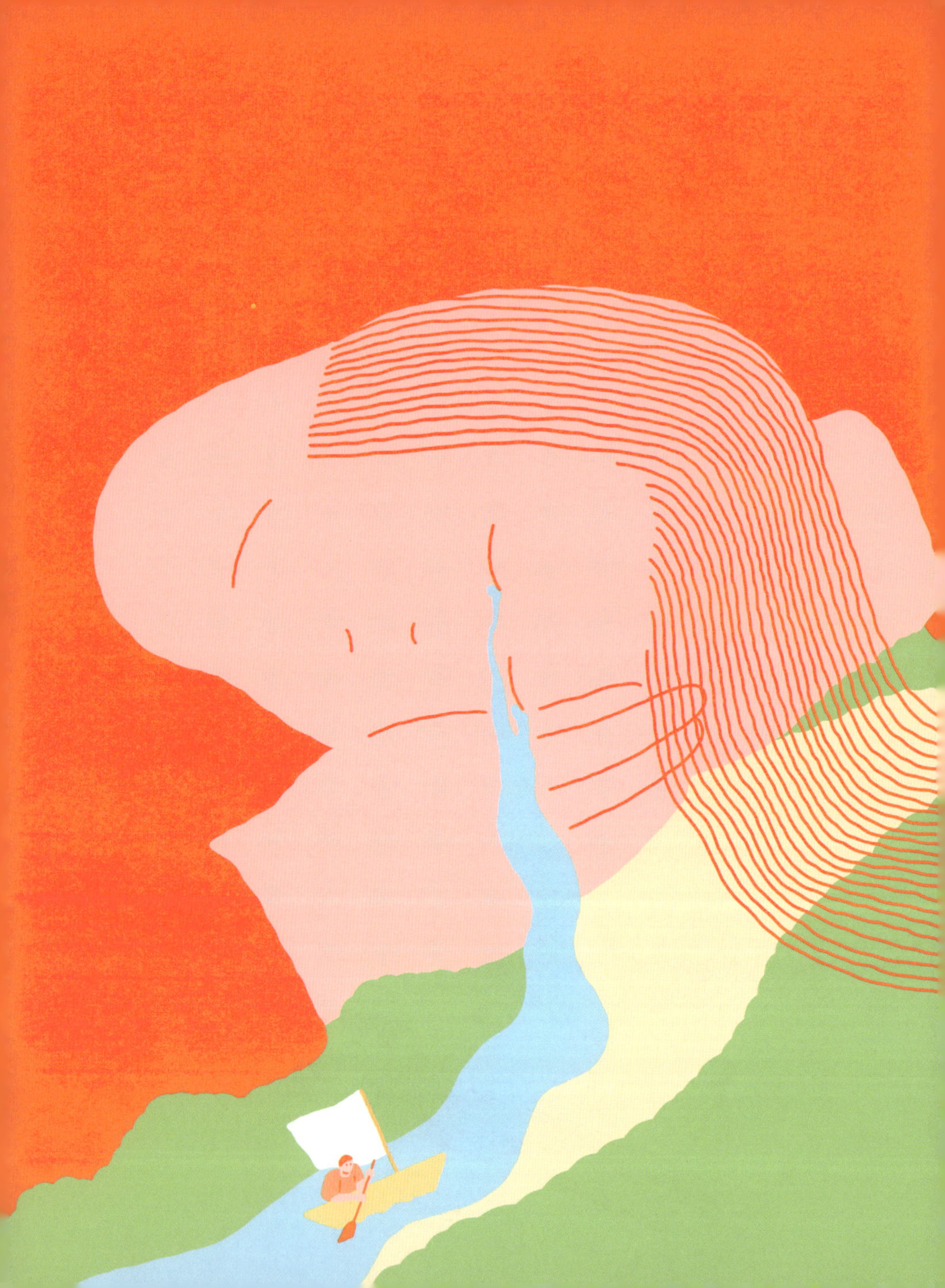

내 눈물은 너를 위한 강이 되고 ───
너는 그 물살에 올라타 노를 저어라.

———— 나를 가장 구속하는 게 어쩌면 내가 아닐까?

자신을 내려놓는 것이야말로 진정한 자유일수도.

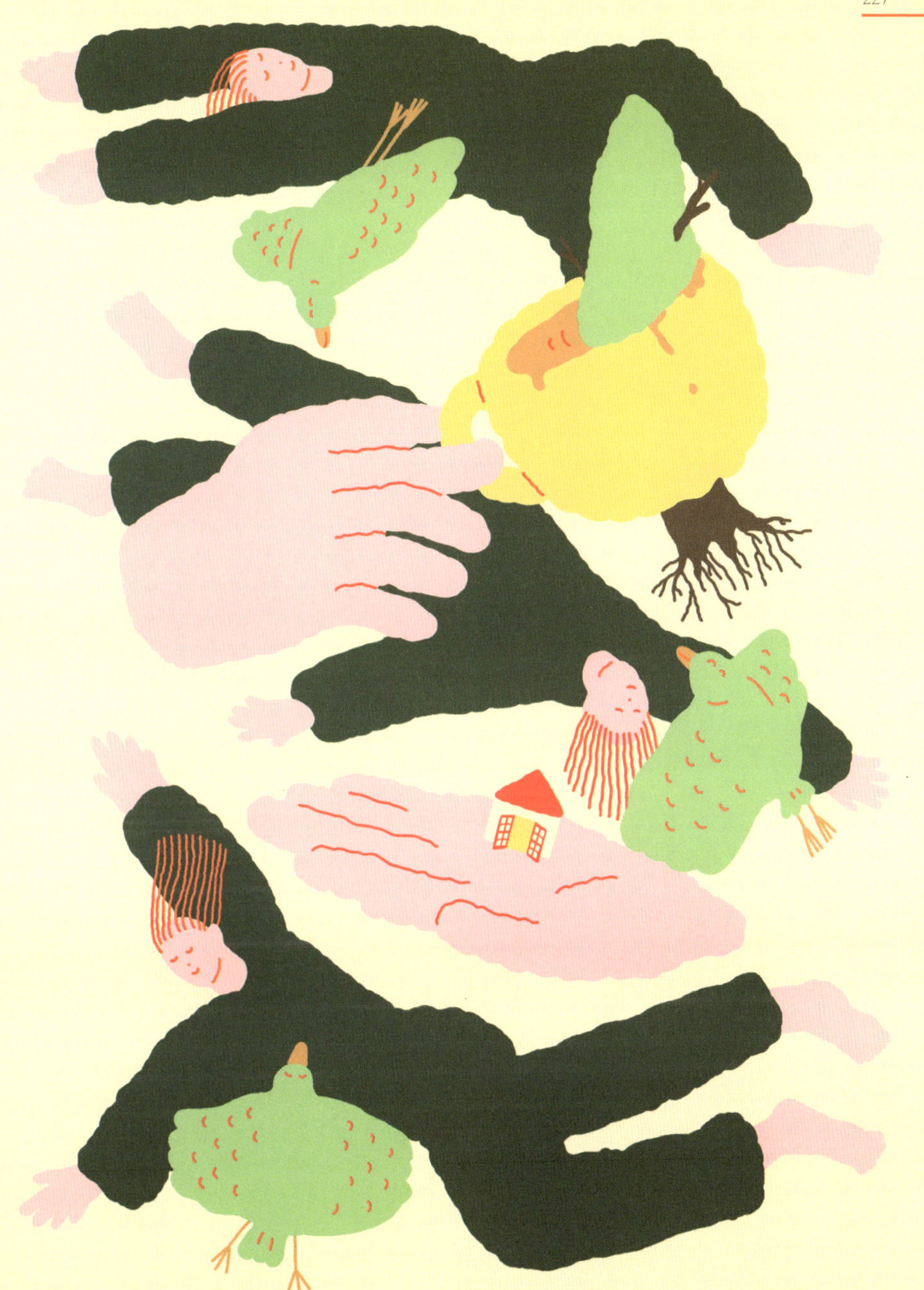

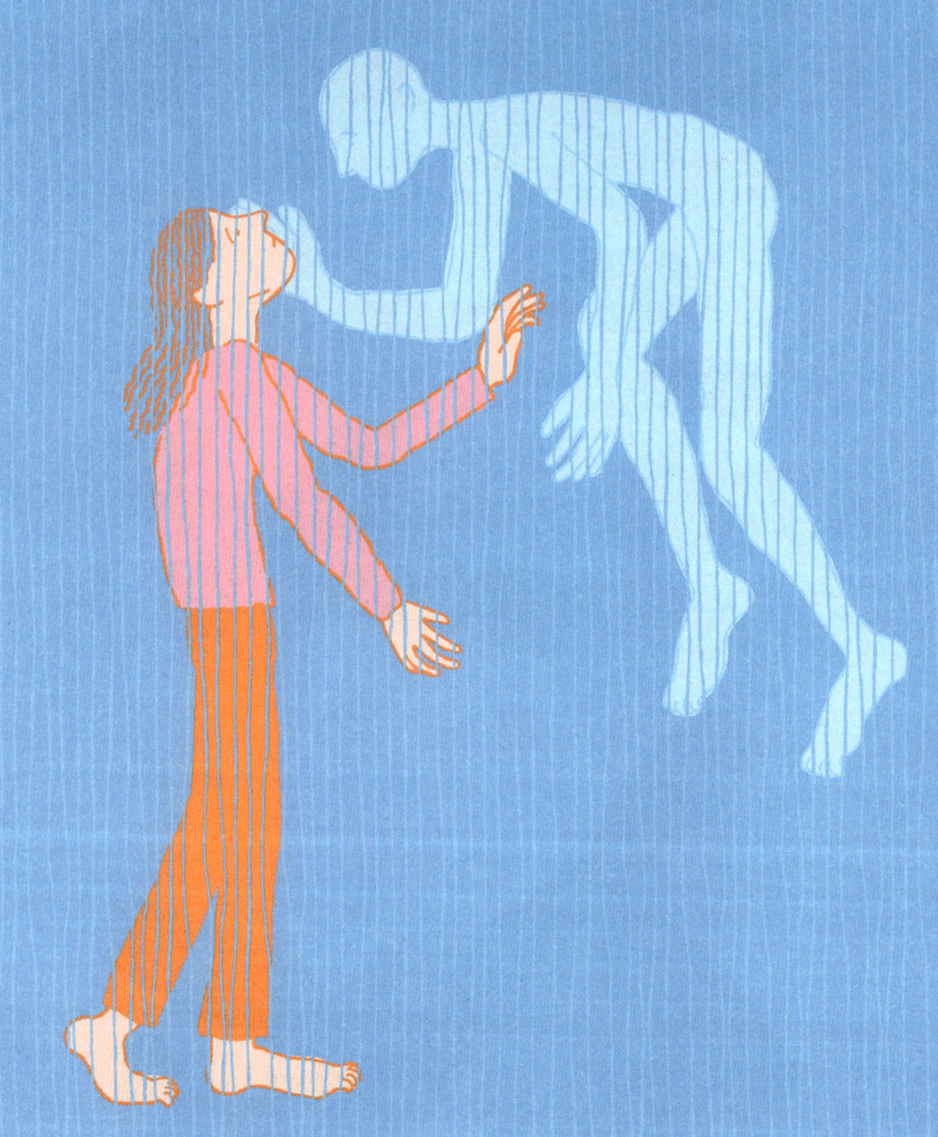

나의 그리움은 끝없는 하늘색.
나는 너를 보내지 못하고
추억은 비가 되어 내리네.
영원히 그치지 않을 것처럼.
하지만 이 세상에 내린 비 가운데
그치지 않은 비는 없겠지.

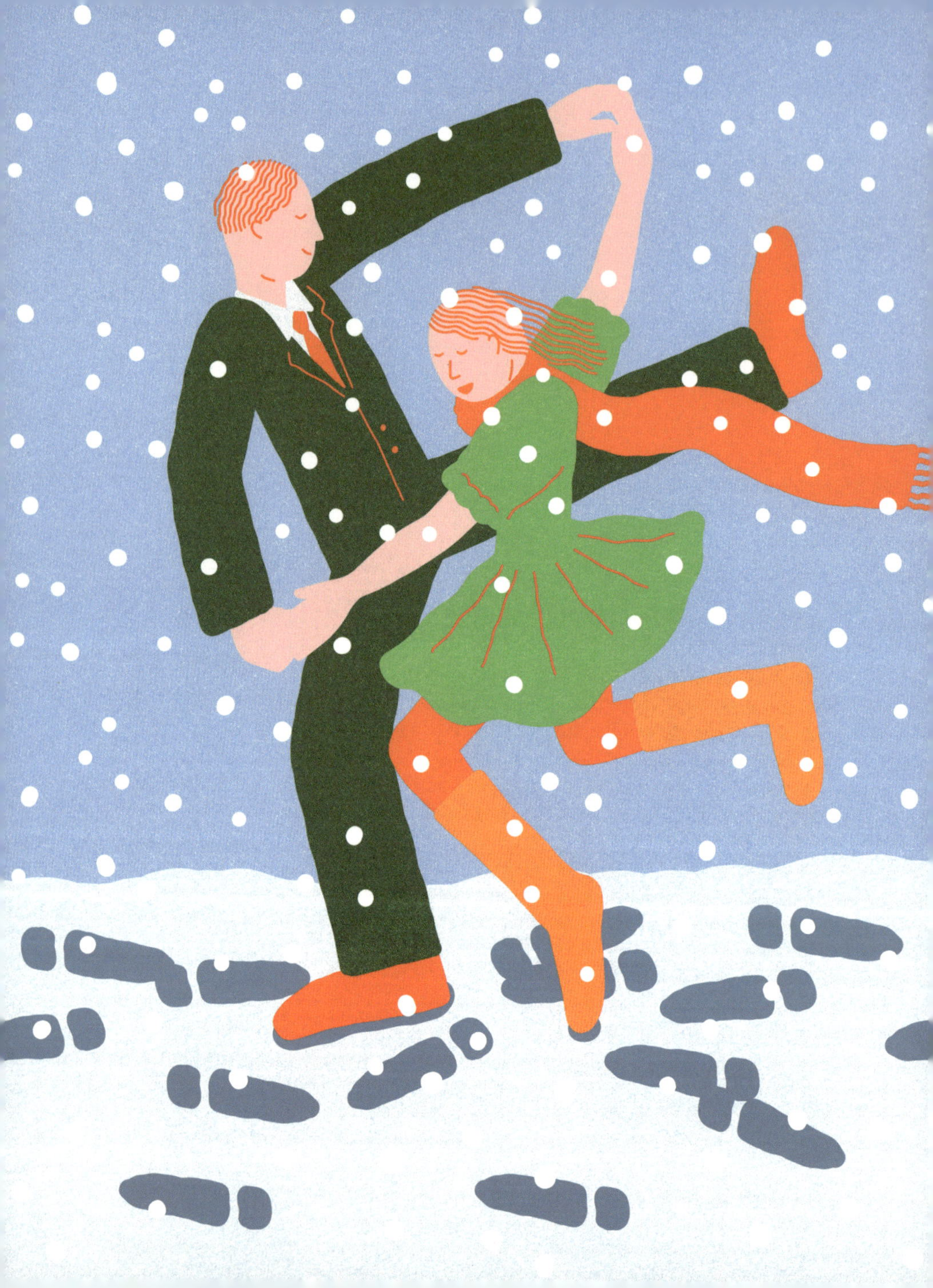

추운 줄도 모르고 우리는 눈밭에서 춤을 추었어.
따스한 당신의 손길이 내 발걸음을 이끌었고
부드러운 내 몸짓은 당신의 발걸음으로 이어졌어.
당신과 내가 남긴 아름다운 발자국들!

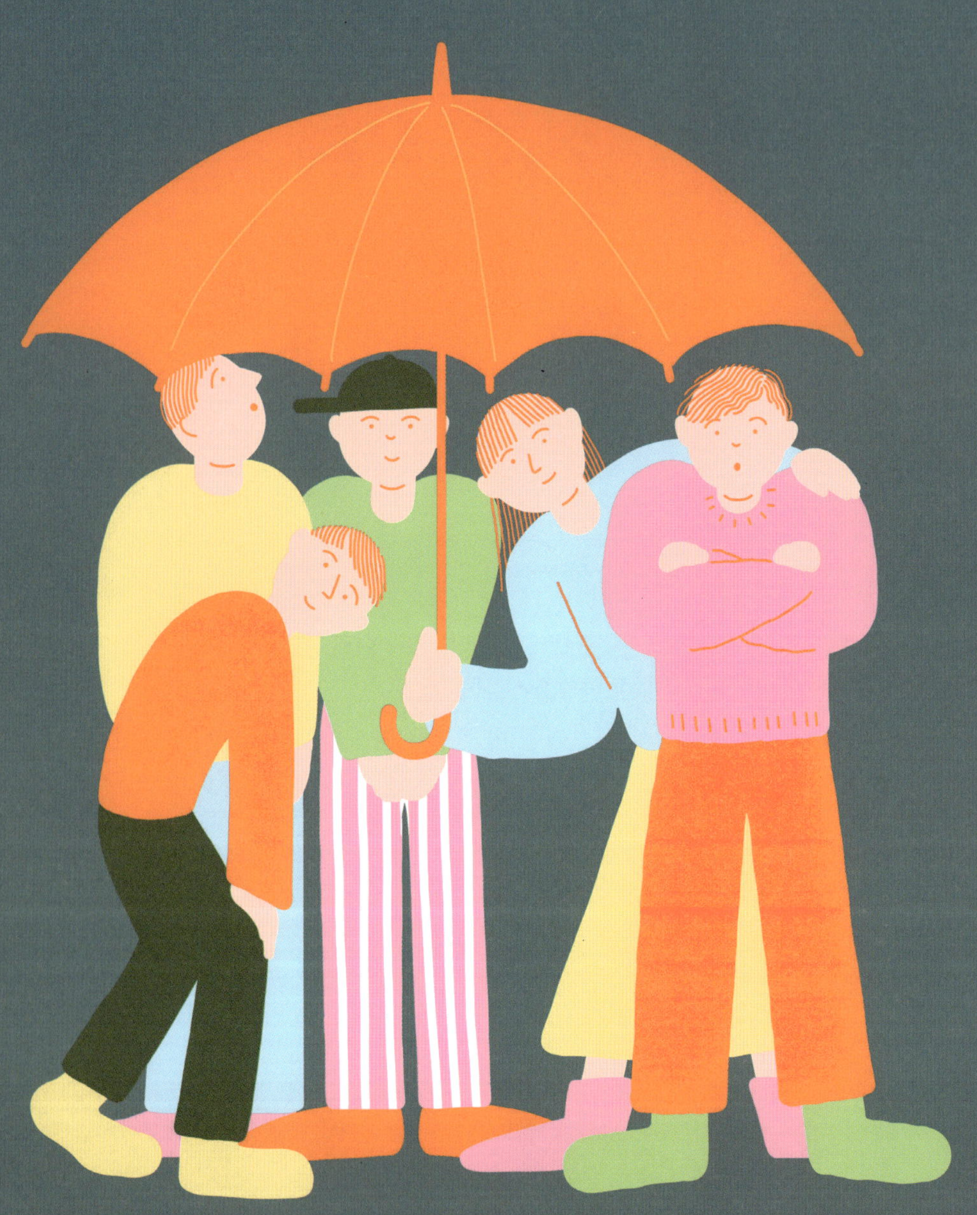

현실을 직시하지 않는 자는 누구인가?

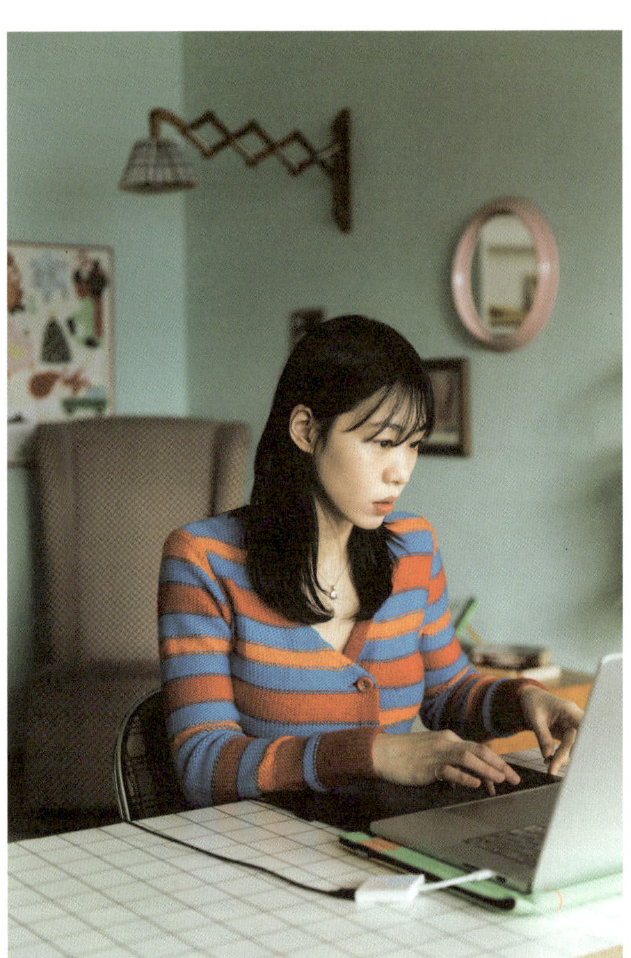

작가의 말

첫 번째 책《크리스마스 편지》를 출간한 지 어느덧 5년이라는 시간이 흘렀습니다. 《크리스마스 편지》에는 나름 하고 싶은 이야기의 흐름이 있었습니다. 두 사람이 오랜 기다림 끝에 만나 사랑을 키우다 크리스마스를 맞아 '함께하는 삶'을 약속한다는 내용이었어요.

두 번째 책《사랑한다고 말해야지 날이 좋으니까》는 그동안 인스타그램에 올렸던 일러스트와 글을 모은 에세이입니다. 때마다 떠오르는 짧은 생각과 이미지를 편안하게 그렸고, 거기에 글을 붙였습니다. 늘 그렇듯 사랑에 관한 내용이 많지요. 사랑은 늘 영감을 주니까요. 사랑하면 응원하고 위로하고 걱정하니까요. 할 말도 많고 그리고 싶은 것도 많았습니다.

이 책은 누군가에게 뭔가 충고하려는 마음보다 저의 고백이라고 여겨주세요. 제 그림 이야기가 여러분과 나눌 만한 공통점 하나쯤은 있을 거라 믿습니다. 기쁨과 슬픔, 설렘과 걱정, 꿈과 실망에서 누가 자유로울 수 있을까요? 제 그림 이야기가 '우리'의 독백이 되고, 서로의 가슴에 손을 대고 함께 마음을 나눌 수 있는 공간이 되었으면 좋겠습니다. 이렇게 한 권의 책으로 만들고 나니 사랑 말고도 제법 많은 이야기가 있어서 조금 놀랐습니다. 불쾌한 골짜기, 우리의 그림자, 까닭 모를 공포증, 휴가 끝의 출근, 페르소나, 내 안의 적, 중력의 법칙, 속도의 맹점…… 그리고 피식 웃음이 나오는 유머 몇 개 등등. 사랑 말고도 다른 삶의 시선들이 있으니 함께 읽고 공감해주길 바랍니다.

이 책이 나오기까지 함께 글을 고민해준 균둘 님, 그리고 인스타그램에 그림과 글을 올릴 때마다 '좋아요'로 성원해주시는 인친 님들께 감사의 마음을 전합니다. 마지막으로 이 책은 물론이고 내 모든 작업과 영감을 주며 변함없이 응원해주는 가족에게도 끝없는 사랑을 보냅니다.

삶과 사랑의 조각들을 엮은 감성 그림 에세이

사랑한다고 말해야지 날이 좋으니까

초판 1쇄 인쇄 2025년 6월 25일 | **초판 1쇄 발행** 2025년 7월 7일

지은이 규하나

윤문 균둘 | **편집** 신효주 | **디자인** 봄에
마케팅 용상철 | **제작·인쇄** 코리아피앤피

발행인 신수경 | **발행처** 드림셀러
출판등록 2021년 6월 2일(제2021-000048호)
주소 서울 관악구 남부순환로 1808, 615호 (우편번호 08787)
전화 02-878-6661 | **팩스** 0303-3444-6665 | **이메일** dreamseller73@naver.com
인스타그램 dreamseller_book | **블로그** blog.naver.com/dreamseller73

ISBN 979-11-92788-42-5 (03810)
ⓒ 규하나, 2025

- 책값은 뒤표지에 있습니다.
- 잘못 만들어진 책은 구입한 곳에서 바꾸어 드립니다.
- 이 책은 저작권법에 의해 보호를 받는 저작물이므로 무단 저재와 복제를 금합니다.

※ **드림셀러는 당신의 꿈을 응원합니다.**
　드림셀러는 여러분의 원고 투고와 책에 대한 아이디어를 기다립니다.
　주저하지 마시고 언제든지 이메일(dreamseller73@naver.com)로 보내주세요.

《사랑한다고 말해야지 날이 좋으니까》
독자 북펀드에 참여한 분들께 감사드립니다. (가나다 순)

강은희 · 고영숙 · 고은순 · 김경혜 · 김나경 · 김도현 · 김동건 · 김리연 · 김민서 · 김민정 ·

김민지 · 김상균 · 김수민 · 김연주 · 김용호 · 김인애 · 김정희 · 김지희 · 김혜미 · 김희정 ·

도승철 · 독서의 기쁨 · 박연진 · 신광수 · 신동수 · 안보영 · 오기련 · 우정희 · 유지은 ·

유현종 · 윤석임 · 윤태훈 · 이성진 · 이송은 · 이순미 · 이열매 · 이정숙 · 이지혜 · 임진선 ·

장하림 · 정하진 · 조주연 · 진정현 · 최미진 · 최소영 · 행복연구소 · 홍정민 외 89명

(총 137명)